LE LABYRINTHE

LE RIVAGE DES SURVIVANTS

L'auteur

James Dashner est né aux États-Unis en 1972. Après avoir écrit des histoires inspirées du *Seigneur des anneaux* sur la vieille machine à écrire de ses parents, il a suivi des études de finance. Mais, très vite, James Dashner est revenu à sa passion de l'écriture. Aujourd'hui, dans les montagnes où il habite avec sa femme et ses quatre enfants, il ne cesse d'inventer des histoires inspirées de ses livres et de ses films préférés.

Du même auteur chez Pocket Jeunesse

Le Labyrinthe

1. *Le Labyrinthe*
2. *La terre brûlée*
3. *Le remède mortel*
4. *Avant le Labyrinthe – L'ordre de tuer*
5. *Avant le Labyrinthe – La Braise*

Le destin de Newt

Le jeu du maître

1. *La partie infinie*
2. *La révolution*
3. *Fin de partie*

JAMES DASHNER

LE LABYRINTHE

LE RIVAGE DES SURVIVANTS

Traduit de l'anglais (États-Unis)
par Guillaume Fournier

POCKET JEUNESSE
PKJ·

Directeur de collection :
Xavier d'Almeida

Titre original :
The wicked string

Loi n° 49-956 du 16 juillet 1949 sur les publications destinées à la jeunesse : septembre 2021

ISBN 978-2-266-31664-4

Dépôt légal : septembre 2021

Épigraphe

En cet instant où les ténèbres chuchotent en moi et m'enveloppent dans des filaments de noirceur et de pourriture, où je respire la puanteur d'un monde à l'agonie, où mon sang s'échauffe et prend une couleur violacée, une chose demeure et m'apporte un peu de paix. J'ai eu des amis et ils ont pu compter sur moi.

C'est ça, le plus important.

C'est même la seule chose qui importe.

— *Le livre de Newt*

Prologue

Des voix dans la poussière

Thomas trouva le journal trois semaines après la fin du monde.

Il n'en revenait toujours pas. Quand ? Comment ? À quel moment son ami avait-il rédigé ces pages, et comment s'étaient-elles retrouvées dans l'une des caisses envoyées par transplat avant que Thomas et ses amis ne fassent le grand voyage à leur tour ? C'était forcément un coup d'Ava Paige, comme tout le reste. Mais là encore, quand, et comment ? Ces mots tournaient en boucle dans son esprit, pareils à deux invités qui refusent de partir alors que la fête est finie depuis longtemps.

Il s'assit au bord de la falaise à l'endroit habituel, face à l'immensité, l'éternité, le vide infini de l'océan. L'air était vif, chargé d'une forte odeur iodée et de relents de décomposition organique. Les embruns, d'une fraîcheur bienvenue sous la chaleur accablante du soleil, le piquaient au visage. Il ferma les yeux pour ne plus voir ce paysage intimidant qui lui donnait la sensation d'avoir échoué sur la Lune. Sur Mars. Dans une autre galaxie. Ou même au paradis ou en enfer. Quelle importance ? Il changea de position sur la corniche pour être plus à son aise, les jambes dans le vide, au-dessus des rouleaux d'eau bleu-noir qui se fracassaient bruyamment – aussi loin du monde qu'on pouvait l'imaginer.

C'était une bonne chose, bien sûr. Mais échapper à la maladie, la folie et la mort n'effaçait pas le chagrin causé par tout ce qu'il avait perdu. Ce qui le ramena au journal.

Il ouvrit les yeux et ramassa le vieux carnet sale et jauni, à l'endroit où il l'avait posé plus tôt, sur une sorte de renforcement de grès que le temps semblait avoir sculpté pour recevoir une relique sacrée. Une relique sacrée. C'était bien ça, au fond.

Il ouvrit le livre sur ses genoux et se mit à le feuilleter lentement, avec précaution. Chaque page était couverte d'une écriture enfantine. L'inclinaison des mots, l'urgence qu'on percevait dans les traits – de plus en plus appuyés, de plus en plus épais –, la taille des lettres… Chaque page supplémentaire trahissait visuellement ce que son contenu dévoilait avec une crudité poignante : la folie furieuse dans laquelle son ami avait sombré. Le journal s'achevait sur une trentaine de pages restées vierges, à l'exception de la dernière sur laquelle s'affichaient quelques mots, jetés avec violence et qui remplissaient tout l'espace disponible : *S'IL VOUS PLAÎT.*

« Newt, nom de Dieu, pensa Thomas. Comme si ce n'était pas suffisamment moche comme ça. Moi qui croyais qu'on allait enfin pouvoir passer à autre chose ! Pourquoi a-t-il fallu que tu tiennes ce journal, et qu'il arrive entre les mains d'Ava Paige ? Pourquoi ? »

Mais alors même que ces considérations amères se bousculaient dans sa tête, Thomas comprit à quel point elles étaient vides de sens. Il adorait ce journal. Ce livre. Les mots de son ami. Le chagrin qu'ils réveillaient ne servait qu'à encadrer la toile sur laquelle Newt avait choisi de peindre les derniers jours de son existence, pour que ses amis en gardent une trace à tout jamais. Pour qu'ils puissent la transmettre à leurs enfants. À la postérité. Une pièce de musée, un ensemble de souvenirs brassant le bon comme le mauvais.

Thomas posa son pouce sur une page choisie au hasard – même s'il avait triché un peu en visant les premiers feuillets, au moment où les symptômes de Newt apparaissaient tout juste. On ne savait pas exactement quand il avait commencé à écrire parce que son journal ne comportait aucune date et peu de références à des événements spécifiques. Mais le passage que Thomas avait sous les yeux devait remonter au jour où ils avaient abandonné leur ami, dans le berg, pour tenter de se glisser dans les murs de Denver.

Il en articula chaque mot, prenant le temps de le savourer, de s'en pénétrer :

Je me sens mal de dire ça, mais il faut que je me tire d'ici. J'en peux plus. J'aime ces mecs. Je les aime plus que je n'ai jamais aimé personne. Alors bien sûr, je dis ça parce que je ne me souviens plus de mes parents. Mais j'imagine que ce serait pareil. Ma famille. C'est ça qu'ils sont pour moi. Thomas, Minho, et tous les autres. Seulement, je ne peux pas rester avec eux un jour de plus. Ça me tue, et je ne dis pas ça à la légère. Je suis fini. Pour eux, je n'existe plus. Je suis au bout du rouleau. Et là non plus, ce n'est pas une blague. J'imagine que ces expressions me viennent comme ça, naturellement. La mort, le bout du rouleau. Je vais lâcher ce carnet pour l'instant. Il faut que je leur écrive un mot.

Thomas referma le livre et le replaça dans le renfoncement au-dessus de sa tête. Puis il s'allongea sur le flanc, les genoux remontés contre son torse, la tête appuyée sur son avant-bras. Et il contempla l'océan qui s'étendait à perte de vue, aussi loin qu'il pouvait l'imaginer. Il savait que sous ses vagues houleuses vivaient des milliards de créatures parfaitement étrangères à ces notions de fondus, de déserts ou de labyrinthes. Elles nageaient et s'alimentaient, sans doute affectées elles aussi par les éruptions solaires qui avaient ravagé le monde, mais déjà en train de s'adapter. Dans la nature, tout finissait un jour ou l'autre par reprendre son cours normal.

« Mais nous ? songea-t-il. Qu'en est-il des humains ? »

Au bout d'un moment, même s'il continuait à fixer les profondeurs insondables de l'océan, il ne vit plus que les visages de leurs amis disparus. Newt. Teresa. Alby. Chuck. Toutes ces vies perdues…

Il s'imposa d'arrêter de ruminer tout ça, au moins pour la journée. Il se leva, attrapa le journal de Newt et s'engagea sur le sentier qui serpentait le long de la falaise et entre les dunes herbeuses. Le nouveau Bloc l'attendait au bout. Ça ne ressemblait pas encore à grand-chose pour l'instant, mais un jour, peut-être… Il fallait bien donner une chance à l'humanité, non ?

— Hé ! lui cria Poêle-à-frire en le voyant arriver. J'ai trouvé une nouvelle manière de faire cuire ces foutus poissons !

Thomas en avait déjà l'eau à la bouche.

Première partie

SOIXANTE-TREIZE ANS PLUS TARD

C'est une drôle de sensation, de perdre ce qu'on aime. Quand j'en suis capable, j'y pense ces derniers temps. Si je pouvais remonter en arrière, à mon enfance, et qu'une espèce de divinité me révélait mon avenir pour me laisser choisir la suite, qu'est-ce que je déciderais ? Si elle me dévoilait les deux plus grandes pertes qui m'attendent, et me demandait laquelle je souhaite empêcher, qu'est-ce que je lui dirais ?

Alors, Newt ? me questionnerait cette créature céleste. *Ta conscience, ou tes amis ?*

Je sais bien ce que je lui répondrais : c'est quoi, la différence ?

— *Le livre de Newt* —

Chapitre 1

Une trinité de terreur

1

Alexandra

Alexandra Romanov se tenait sur son balcon et contemplait la ville plongée dans la nuit, éclairée seulement par la lumière jaunâtre des fenêtres et des lampadaires à gaz. Il n'y avait pas un nuage pour masquer les étoiles qui scintillaient, aussi nettes que de minuscules pointes de flèches. L'air frais l'enveloppait comme un brouillard invisible, humidifiant ses cheveux, ses vêtements, sa peau. Elle inspira profondément, savoura la vue imprenable qu'elle avait sur le monde en contrebas.

Son monde.

Et peu importait qu'elle doive le partager avec les deux autres. Elle en percevait la puissance, comme s'il était tout à elle. Peut-être le serait-il un jour, d'ailleurs. En attendant, elle comptait bien profiter de la situation et se reposer sur ses homologues de temps en temps. Ne disait-on pas que toutes les choses tragiques venaient toujours par trois ? Les morts, les tremblements de terre, les tornades. Elle n'avait connu qu'une seule fois des triplés, mais ces gamins avaient véritablement incarné l'enfer sur terre ; elle frissonnait encore en repensant à leurs cris stridents lors de la nuit de l'Évolution. Ce n'était pas elle qui les avait réduits au silence, mais ce serait mentir que de nier le soulagement immense qu'elle avait ressenti lorsqu'ils s'étaient tus abruptement.

Les mauvaises choses venaient toujours par trois. C'était vieux comme le monde.

Peut-être cela obéissait-il à un schéma – des millénaires de trinités terrifiantes qui avaient préparé la race humaine à ce qui l'attendait, à ce qui était survenu pour faire disparaître la terreur elle-même, par tous les moyens nécessaires.

La Tête de Dieu.

En tout cas, cela lui avait bien servi.

— Déesse Romanov ?

Mince. Elle avait espéré avoir plus de temps devant elle. Elle se détourna de sa contemplation pour faire face à celui qui avait prononcé son nom. Un grand gaillard dégingandé qui lui faisait penser à une branche ; elle était toujours surprise de ne pas entendre craquer ses articulations à chacun de ses mouvements.

— Que se passe-t-il, Flint ?

Ce n'était pas son nom mais elle l'appelait comme cela, parce qu'elle en avait envie. C'était le nom du personnage d'un livre qu'elle avait adoré. Elle trouvait qu'il sonnait bien. C'était suffisant.

— Il y a un ralentissement dans la rotation des pèlerins. (Sa voix évoquait un tas de gravier qu'on aurait déversé d'une charrette.) D'après les chiffres que j'ai ici, d'ici demain matin il nous en manquera au moins huit pour cent dans toute la ville. Tout va être désorganisé.

Alexandra mit à profit la science acquise grâce à la discipline de l'Embrasement pour l'observer. Ses tics musculaires, son regard fuyant, le moindre de ses gestes, aussi infime soit-il, furent passés au crible de son analyse. Il avait quelque chose derrière la tête.

— Crachez le morceau, Flint. Que s'est-il passé ?

Il cligna des paupières, et poussa un soupir de résignation en comprenant qu'il était futile d'espérer lui dissimuler ses émotions.

— Sept pèlerins ont été tués aux bassins de teinture. Cela s'est fait dans… la violence.

— La violence ?

— Une violence épouvantable. (Il avait commencé à lever sa planchette à pince, prêt à lui lire ses informations. Mais il la laissa retomber le long de sa hanche.) Quatre hommes. Deux femmes. Un enfant… un garçon. Ils ont été…

— Évidés, acheva-t-elle. On les a évidés, n'est-ce pas ?

Il blêmit un peu.

— Oui, Déesse. De manière très professionnelle, je dois dire. Comme des poissons. On n'a pas retrouvé les… heu… les restes. Seulement les côtes.

— Maudit soit-il, murmura-t-elle. (Sa colère était à deux doigts de venir à bout de sa résistance à la Braise. Elle compta mentalement les chiffres, cette séquence mathématique spécifique qu'elle avait apprise en tant qu'acolyte et qui lui procurait la paix, la sérénité, le cerveau n'ayant pas d'autre choix que de libérer les substances chimiques adéquates.) Savez-vous où il est ?

Flint savait exactement de qui elle voulait parler – elle le lut dans son regard, aussi clairement qu'elle lisait ses tableaux et ses graphiques. Elle comprit qu'il revoyait ces pauvres gens aux bassins de teinture, qu'on avait proprement éventrés, vidés de leur essence vitale avec une efficacité brutale. Le sang, la puanteur, l'horreur d'un tel acte… Il n'y avait pas trente-six personnes capables d'accomplir une telle chose et de rester lucide. Et ils en étaient parvenus tous les deux à la conclusion qui s'imposait.

— Heu, je crois qu'il est parti au…

Flint se racla la gorge, manifestement réticent à dénoncer un membre de la Tête de Dieu auprès d'un autre.

Alexandra s'approcha tout près de lui et se figea comme une statue. Elle verrouilla son regard dans le sien et se servit de la technique d'hypnose de sa discipline.

— Dites-moi où il est.

Son inflexion de voix soigneusement modulée fit le reste.

— Mikhail est parti au Bloc.

Alexandra s'efforça de ne rien laisser paraître, mais pour la première fois depuis longtemps, son entraînement aux techniques de la Braise se révéla insuffisant. Elle recula en titubant vers le siège le plus proche et s'y laissa tomber. Pourquoi ? Pourquoi maintenant ? Elle se retint de hurler – de rage ? de peur ? elle n'aurait su le dire. En tout cas elle parvint à se retenir.

Elle recouvra son sang-froid et leva les yeux vers Flint.

— Allez me chercher mon manteau, voulez-vous ?

2

Isaac

Clonk.

Clonk.

Clonk.

Isaac rêvait de ce bruit depuis un moment maintenant. Un claquement incessant, horripilant, qui trouvait toutes sortes de moyens de résonner dans ses cauchemars. Ç'avait d'abord été un oiseau, une vilaine bestiole au plumage noir ébouriffé, perché sur la palissade qui entourait le pré de Papy Poêle-à-frire du côté nord de l'île. Son bec pointu s'ouvrait et se refermait, encore et encore, en produisant chaque fois ces

« clonks » insupportables qui faisaient penser aux aboiements d'un chien mécanique.

Puis c'était devenu une machine imposante dont Isaac avait parfois entendu parler à la veillée, dans les histoires de l'ancien temps, et qu'il visualisait de manière assez vague. On appelait cela un bulldozer, et pour une raison incompréhensible cet engin s'efforçait de progresser à travers une montagne d'arbres en métal. Sa pelle géante, ébréchée et tordue, claquait vainement contre les troncs aux reflets argentés.

Puis ce fut un homme debout devant lui, qui se découpait sur un ciel nocturne empli d'étoiles. L'homme était chauve et n'avait plus d'yeux. Il ne lui restait que la moitié du nez, et une seule oreille. Et même si on ne distinguait pas grand-chose dans l'obscurité, sa peau était poissée d'un liquide épais, sans doute du sang, qui s'écoulait d'une bonne dizaine de plaies. « Toi, tu as vraiment une sale gueule », avait pensé Isaac.

L'homme avait ouvert la bouche mais le seul son qui en était sorti était ce claquement, encore et toujours.

Clonk.

Clonk.

Clonk.

Sa gorge se contractait douloureusement à chaque claquement, comme s'il s'étouffait sur une grosse prune et tentait de la recracher. Isaac avait fait d'innombrables cauchemars sur cette île, mais celui-là le laissa glacé d'effroi. Il se réveilla en sursaut, poussa un petit cri étranglé qui ressemblait étrangement au bruit de ses cauchemars.

Pire encore, il l'entendait toujours.

Il reprit ses esprits progressivement, se traîna hors de son lit et tituba comme un zombie jusqu'à la fenêtre pour écarter les rideaux cousus dix ans plus tôt par son père. Le temps était gris, avec un ciel chargé de nuages bas et une lumière sinistre. Il n'avait pas plu mais des lambeaux de brume s'accrochaient encore au ras de l'herbe, le long du grillage, flottant dans l'air comme des filaments de coton. Et au-delà des maisons, du côté est de l'île, vers la plage, quelqu'un cognait à grands coups de marteau sur un morceau de fer chauffé au rouge.

La Forge.

Isaac adorait la Forge. On l'avait installée près de la plage pour que la brise marine souffle sur les foyers. Il ne comprenait pas très bien comment on extrayait le minerai des montagnes ni comment on le transformait en une sorte de lave en fusion, mais cela ne l'intéressait pas. C'était cette étape du processus – et celles qui s'ensuivaient – qui le captivait. Il adorait la chaleur et la vapeur, le rougeoiement du fer et les étincelles crépitantes qui fusaient sous les coups. Il adorait l'odeur de l'ozone, des charbons ardents, de la fumée, et le martèlement incessant du métal contre le métal.

Oui. Il voulait devenir forgeron, et c'était pour cela qu'il travaillait sous la direction de Capitaine Flammèches depuis près d'un mois maintenant. Pour l'instant, Isaac était le seul à donner ce surnom ridicule à Rodrigo mais son objectif était de l'imposer à tous d'ici l'hiver. Il le trouvait génial et personne n'avait réussi à le convaincre du contraire.

Aujourd'hui, c'était son jour de repos. Isaac avait des projets. Avec Miyoko, Dominic, Trish, Sadina et quelques autres, ils parlaient depuis deux semaines de se rendre en kayak jusqu'à la Pointe pour nager dans les grottes et sauter du haut des falaises. Il y avait de bonnes chances que Dominic se mette tout nu et fasse un joli plat depuis la corniche qu'on appelait le Sourcil du Mort, provoquant l'hilarité de ses camarades. Isaac n'aurait voulu manquer cela pour rien au monde. Après trois noyades en cinq ans, la Pointe était désormais interdite d'accès, et lui-même ne s'y était jamais aventuré. Ce qui rendait la chose d'autant plus attirante. En un sens.

Mais aucune de ces réflexions ne parvenait à refréner l'attraction qu'il ressentait. Entendre ce « clonk, clonk, clonk » régulier, comme le battement d'un cœur de fer, l'attirait plus sûrement que s'il avait eu une corde nouée autour de la taille. Il adorait regarder Capitaine Flammèches en action et, en comparaison, ramer, nager et plonger pendant des heures lui paraissait soudain assez vain.

Pareïl à un vieux marin succombant à l'appel des sirènes – une histoire que son grand-père lui avait racontée au coin du feu, malgré les protestations de toutes les autres personnes présentes ce soir-là –, Isaac s'habilla à la hâte et sortit de sa yourte. Pour se diriger vers les flammes et le métal fondu.

Sa yourte. Il ne s'y faisait toujours pas. Il possédait sa propre yourte, cet abri à une pièce dans lequel logeaient la plupart des habitants de l'île – à l'exception de ceux assez fous pour avoir plus de deux enfants. Isaac l'avait construite de ses mains il y avait tout juste trois mois et il éprouvait encore une sensation d'accomplissement.

La journée s'était éclaircie d'un coup. Un grand soleil avait chassé les nuages et la brume, et il faisait une température idéale. Des gens s'activaient un peu partout – aux champs, aux magasins, au moulin, à l'entrepôt, à la poissonnerie –, trop occupés pour remarquer le jeune homme qui filait en direction de la plage pendant son jour de repos. M. Jerry, avec ses énormes sourcils qui ressemblaient à de la laine brossée, le salua tout de même de la main et quelques yourtes plus loin, Mme Ariana lui adressa un clin d'œil – bien innocent de la part d'une femme parmi les premières nées sur l'île, un an seulement après l'épisode du transplat. Ses cheveux gris et sa peau ridée n'étaient pas sans rappeler la grand-mère du Petit Chaperon rouge.

— Où cours-tu comme ça, mon garçon ? lui cria-t-elle depuis sa petite pelouse. (Elle tenait à la main le mémo quotidien que son amie Sadina distribuait tous les matins.) Il y a le feu quelque part ?

— J'ai du travail à la Forge, répondit-il, ralentissant juste le temps d'esquisser une petite révérence moqueuse. Et vous, qu'est-ce que vous faites aujourd'hui ? Vous avez encore un rencard avec Papy Poêle-à-frire ?

Elle s'esclaffa bruyamment.

— Il voudrait bien ! Mais ce vieux salopard ne saurait même pas comment séduire un melon.

Isaac rit poliment puis repartit au trot, avec un dernier petit salut de la main.

— Cours, mon garçon ! lui cria-t-elle. Cours comme le vent !

Il adorait cette petite vieille.

3

Minho

L'Orphelin se tenait raide comme un piquet derrière le parapet de la forteresse, son fusil sur l'épaule, le canon pointé vers le ciel nuageux. Comme il le faisait depuis onze ans, il contempla les champs dévastés qui entouraient son foyer telles des douves asséchées. C'étaient des terres mortes, d'où le poison avait chassé toute vie et toute végétation afin que rien ne vienne obstruer la vue des Orphelins. Immenses et grises, elles ressemblaient à un cimetière sans tombes, aussi vaste que l'océan.

L'Orphelin n'avait pas de nom.

À une trentaine de pas au nord se dressait une autre sentinelle sans nom, aux épaules carrées, au crâne rasé, vêtue d'une combinaison d'artillerie. Une véritable bombe humaine. Et au sud, à trente pas également, un autre Orphelin. Installé dans une tourelle de métal, celui-ci commandait une puissance de feu suffisante pour détruire le mur entier s'il l'avait voulu. Lui non plus n'avait pas de nom.

C'était en tout cas ce qu'on leur avait répété toute leur vie. Depuis le jour de leur naissance, quand on les avait arrachés à leurs mères atteintes de la Braise. Même s'il n'en avait aucun souvenir, l'Orphelin savait qu'on l'avait testé encore et encore, de toutes les manières imaginables, afin de s'assurer qu'il n'était pas infecté. Et même ainsi, il était ensuite resté en quarantaine pendant cinq ans, avec d'autres comme lui, le temps de grandir, d'apprendre et d'être formé. Avant de subir de nouveaux tests. Ceux-là, il se les rappelait, même si le jour où les résultats étaient revenus n'était plus très clair dans son esprit. Peu importait. Ils étaient négatifs. Sans cela, il ne serait pas là. On l'aurait jeté dans la même fosse que sa mère, où il aurait brûlé pendant cent jours et cent nuits.

L'Orphelin s'appelait Minho, même s'il n'avait pas de nom.

Il ne pouvait le dire à personne, bien sûr. Jamais quiconque ne l'avait appelé comme ça. Le seul fait d'y penser était dangereux. À l'idée que les Afflicteurs soient informés qu'il avait profané sa vocation en se donnant un nom, il en avait froid dans le dos. Son châtiment ne ferait aucun doute, et il serait expéditif. Il n'y aurait pas de procès. Ce devait donc rester un secret. Personne ne devait jamais savoir. Mais ses doigts se crispèrent un peu sur le fusil, il serra les lèvres et respira un peu plus fort en se raccrochant à ce simple fait.

Il s'appelait Minho.

Malgré tous les efforts de la Nation Restante, les Orphelins se racontaient à mi-voix des récits de l'époque où la Braise avait balayé la terre et dévasté la race humaine. Personne ne savait plus lesquels étaient authentiques et lesquels relevaient de la légende. Comme toujours, la plupart se situaient probablement entre les deux. Ces histoires parlaient du WICKED, des fondus, d'un remède, d'héroïsme et de perfidie. Elles parlaient du Labyrinthe et de ceux qui s'en étaient échappés. Toutes ces péripéties se mélangeaient, s'embrouillaient, sans qu'il soit vraiment possible de les démêler. Mais il y en avait une qui sortait du lot, et c'était dans ce récit marqué du sceau de la bravoure que Minho avait choisi son nom secret.

Dans son esprit, il ressemblait trait pour trait au Minho des blocards légendaires ; il pensait comme lui, s'exprimait comme lui, faisait les mêmes rêves que lui. Surtout, il se battait comme lui. Dans son cœur, il était digne de ce nom.

Toutefois, et en dépit de sa bravoure, cela devait rester secret jusqu'à ce que les choses changent.

Le mugissement d'un cor résonna dans la tour de guet la plus proche, déchirant le silence et faisant vibrer la mâchoire de Minho. Aussitôt en alerte, ce dernier se mit en position, genoux fléchis derrière le parapet, fusil pointé par-dessus le rebord. Modulant sa respiration sur la litanie du calme qu'on lui avait enseignée depuis l'âge de cinq ans, il scruta les champs, dans l'attente de ce qui avait pu déclencher l'alarme.

Plusieurs minutes s'écoulèrent. On ne voyait rien – que de la boue, de la terre et quelques végétaux pourris, sur des kilomètres.

Il patienta. Les Orphelins étaient d'une patience infinie.

Une silhouette apparut à l'horizon, et bientôt Minho fut capable de l'identifier. Un homme à cheval qui s'approchait au galop. Vêtu de haillons, sans armes, avec des cheveux ébouriffés qui volaient dans tous les sens. L'homme s'avançait tout droit vers la position de Minho. Lorsqu'il parvint à cinq cents mètres, il fit ralentir sa monture avant de l'arrêter à quatre-vingts mètres environ. Il leva les mains en l'air, pleinement conscient des armes qui étaient braquées sur lui, et cria :

— Je ne suis pas infecté ! J'ai été testé, je suis resté en quarantaine pendant six mois ! Aucun symptôme ! S'il vous plaît ! Je vous le jure ! Je vais attendre là jusqu'à ce que vous voyiez que je ne suis pas malade !

Minho l'écouta, tout en sachant que ce qu'il disait n'avait pas d'importance. Pas la moindre. Comme pratiquement tout sous le règne de la Nation Restante, l'issue de ce scénario était écrite d'avance. La Braise était leur diable, le remède était leur dieu. Il se prépara, sachant qu'il n'aurait pas le courage d'enfreindre le protocole, pas encore, pas avant très longtemps.

— S'il vous plaît ! supplia l'homme. Je ne suis pas…

Une détonation claqua ; son écho roula dans toutes les directions.

L'inconnu tomba de sa selle, un trou fumant au milieu du front, et s'écroula dans la boue avec un bruit mouillé. Une autre détonation, et le cheval s'écroula à son tour.

Minho respira l'odeur de poudre qui s'élevait de son fusil, fier de la précision de ses tirs. Déçu qu'il ait fallu en arriver là.

L'Orphelin se releva et se remit au garde-à-vous, l'arme sur l'épaule, comme il le faisait sans faillir depuis onze ans.

Il n'avait pas de nom.

Chapitre 2

L'EXCURSION

1

Isaac

— Non, non, non, pas question.

Isaac n'était plus qu'à vingt mètres de la Forge quand son amie Sadina surgit de nulle part pour lui barrer la route. Elle ne fit rien de mignon ou d'amusant, comme poser les poings sur les hanches ou agiter un doigt sévère. Elle se contenta de froncer les sourcils et laissa ses yeux se charger du reste. Ses grands yeux sombres, magiques, auxquels personne ne pouvait résister.

Il fut obligé de s'arrêter sans quoi ils se seraient cogné le front.

— Hé, commença-t-il, se creusant la tête à la recherche d'une excuse.

L'odeur d'ozone et de bois brûlé était si forte qu'il en pleurait presque, et pas uniquement à cause de la fumée. Il éprouvait pour cet endroit une tendresse invraisemblable.

— Pas question que tu nous fasses faux bond aujourd'hui, déclara Sadina d'une voix aussi inflexible que les barres de fer en train de refroidir dans les bassins de la Forge. Le mois prochain, il fera déjà moins chaud et plus personne ne voudra se rendre à la Pointe. C'est aujourd'hui ou jamais. On y va maintenant, et tu viens avec nous. En plus, ce sera ta première fois.

Elle lui sourit pour atténuer un peu la dureté de ses paroles, mais cela ne voulait pas dire qu'elle était prête à négocier.

— Donc je viens avec vous ? demanda-t-il.

— Absolument. Ou alors, tu meurs. À toi de choisir.

Isaac jeta un coup d'œil à la Forge par-dessus l'épaule de son amie. C'était ridicule. Un jour de congé, il aurait dû avoir envie de s'amuser comme n'importe qui.

— Je ne pensais pas que c'était si important pour toi, dit-il enfin. Je suis très touché, vraiment.

Elle rit.

— Tu parles ! J'ai juste besoin de quelqu'un qui ait encore plus la frousse que moi au bord de la falaise. Comme ça, ce n'est pas moi qui passerai pour une dégonflée.

— Merci d'être venue me chercher, dit-il, à sa propre surprise. Enfin… tu sais. Merci.

Il s'attendait à la voir lever les yeux au ciel et répliquer par un sarcasme, mais elle le surprit à son tour.

— Arrête, mec. Tu sais bien qu'on ne s'amuserait pas autant si tu restais coincé ici toute la journée. Moi, en tout cas, ça me gâcherait le plaisir.

Isaac en resta momentanément sans voix. Il pensa enfin à tout ce qu'il refoulait soigneusement depuis la seconde où il s'était réveillé au son des « clonks ». L'émotion qui l'étreignait n'avait rien à voir avec Sadina – elle avait une petite amie, nom de Dieu. Mais sa gentillesse ravivait en lui le souvenir de toutes les tragédies qu'il avait vécues ces derniers mois, la vraie raison qui le poussait désespérément à se perdre dans le travail à la Forge. Les coups de marteau, la chaleur étouffante, la vapeur et la transpiration, tout cela l'empêchait de réfléchir.

— Tu sais qu'on t'aime, continua Sadina. On tient à ce que tu viennes avec nous aujourd'hui. Oublie tout le reste. On va faire les fous, et si on veut pleurer, eh bien, on pleurera. Si on veut rire, on rira. Mais je te jure sur la tête de Papy Poêle-à-frire qu'on va bien s'amuser !

Isaac hocha la tête, suffoqué par la gratitude. Sadina le serra dans ses bras, considérant sans doute que les mots ne pouvaient plus grand-chose à ce stade. Elle le prit par la main, lui adressa le plus adorable des sourires et l'entraîna loin de la Forge et de la colonne de fumée noire qui s'en élevait à perte de vue.

2

Le grondement de l'océan s'amplifia à mesure qu'ils approchaient de la côte nord de l'île, où les plages étaient surmontées de hautes falaises. Les vagues venaient s'y briser avec fracas, soulevant des milliards de gouttelettes d'écume qui retombaient en pluie scintillante. L'eau ruisselait ensuite au bas des rochers noirs en laissant des petites flaques dans les creux. C'était un endroit magnifique, et Isaac ressentait un pincement au cœur chaque fois qu'il y revenait. Ç'avait été l'endroit préféré de sa mère sur cette île – et dans le monde entier, sans doute.

Il tenait toujours la main de Sadina quand ils atteignirent le sentier sinueux qui menait du sommet de la falaise aux multiples lieux d'aventure en contrebas. Leur amie Trish venait juste de descendre un premier lacet, mais quand Sadina cria son nom elle rebroussa chemin pour remonter jusqu'à eux au pas de course. Les deux filles s'étreignirent puis tournèrent leur attention sur Isaac. Il les rejoignit dans un câlin collectif et elles l'embrassèrent sur les deux joues. Personne ne dit rien pendant une bonne minute.

Finalement, Dominic apparut à son tour.

— C'est quoi, ces embrassades ? railla-t-il. Vous voulez que je vous laisse entre vous ?

Dominic lançait sans arrêt ce genre de vannes, qui en théorie auraient dû le rendre insupportable, sauf qu'il le faisait de telle manière qu'on le lui pardonnait volontiers. Voilà un talent qu'Isaac aurait bien voulu avoir. Dominic avait beau les charrier à longueur de temps, tout le monde l'adorait.

— Salut, Dominaze, répondit sèchement Trish.

C'était un surnom assez lamentable, à vrai dire, mais elle l'employait aussi souvent que possible. Selon Isaac, il avait à peu près autant de chances de s'imposer à tous que celui qu'il avait trouvé pour le forgeron.

Quant à Dominic, il avait sagement choisi de faire comme s'il n'entendait pas.

— Salut, Trish. Sadina, Isaac…

Dominic ponctua chaque nom d'un hochement de tête mais ne put s'empêcher d'afficher un air grave quand vint le tour d'Isaac. À son crédit, il l'effaça rapidement. Isaac aurait bien voulu que les gens cessent de s'apitoyer sur lui une bonne fois pour toutes.

— Toujours un plaisir de te voir, ironisa Isaac, sans parvenir tout à fait à égaler le ton sarcastique de son ami.

— Qui s'occupe des kayaks ? demanda Sadina.

— Miyoko a commencé à les traîner dans le sentier, répondit Trish. J'étais censée l'aider, alors j'espère qu'elle ne s'est pas cassé le cou en faisant une mauvaise chute.

— Hum, fit Sadina. Allons voir.

Ils s'engagèrent dans la pente.

3

Miyoko avait renoncé à mi-chemin à tirer cinq kayaks attachés l'un à l'autre. Bien sûr, le sentier était en pente, mais cela représentait tout de même un gros travail pour une seule personne.

— Vous comptiez me laisser tout faire, hein ?

Ce n'était pas vraiment une question.

— Tout juste, répondit Trish. On aurait dû attendre dix minutes de plus. Enfin, on le saura pour la prochaine fois.

— Où sont les autres ? demanda Miyoko.

Sadina avait prévenu Isaac que Carson et quelques adolescents de la côte ouest de l'île devaient les rejoindre. Soit dix personnes en tout, deux par kayak.

— Ils sont peut-être déjà en bas, répondit-elle. Ou en retard comme d'habitude. On s'en fiche. Descendons ces bateaux avant qu'il fasse nuit.

— Moi, j'ai mal aux dents, prévint Dominic.

— Quel rapport avec… ?

Trish était tellement perplexe qu'elle ne sut même pas comment achever sa question.

— Et puis, il faut que j'aille pisser.

Au moins, il fut le premier à empoigner la corde pour se mettre à tirer.

4

Une heure plus tard, Isaac se remettait tout juste du choc que lui avait causé Sadina en venant le chercher devant la Forge, et des mauvais souvenirs qui l'avaient assailli quand il avait compris pourquoi il la fuyait. Descendre les kayaks jusqu'à l'océan, les détacher, les tirer sur le sable au milieu des rires et des conversations, tout cela lui fit beaucoup de bien. À vrai dire, il ne s'était pas senti aussi bien depuis des semaines.

— Dis donc, s'étonna Trish, je croyais que tu avais besoin de pisser ?

Dominic s'était placé à l'avant d'un des kayaks, assis comme un écolier qui attend son professeur.

— Plus maintenant, répondit-il avec un grand sourire.

— Ne me dis pas que… Ah, mais tu es immonde !

— Arrête, je suis sûr que les poissons adorent l'urine. Ça doit rajouter du goût à leur ordinaire.

— Waouh. J'avais oublié à quel point ça volait haut, la discussion des gens de l'Est, ironisa Carson.

Ce jeune géant aux muscles protubérants était arrivé quelques minutes plus tôt avec plusieurs de ses camarades. Il semblait toujours un peu disproportionné, comme s'il faisait travailler trop dur certaines parties de son corps. Le jour où il atteindrait enfin une harmonie parfaite, sa peau éclaterait sans doute à cause de la tension accumulée et il mourrait, réduit à l'état de pulpe sanglante.

— On aurait bien eu besoin de tes gros bras, observa Sadina en indiquant ses biceps, quand il a fallu descendre les kayaks de la falaise.

— Ouais, désolé. Lacey a eu des petits soucis intestinaux et on a décidé de l'attendre.

Lacey, dont le tempérament était mille fois plus volcanique que sa petite taille aurait pu le laisser supposer, lui envoya un grand coup de poing dans le ventre. Carson s'efforça de rester impassible mais ses abdominaux ne le protégèrent pas complètement.

— Quoi, ce n'est pas vrai ? protesta-t-il, grognant et riant à moitié, se tenant le ventre à l'endroit où elle l'avait frappé.

— Si, mais tu n'étais pas obligé de le raconter à tout le monde. Sale petit plouc de plonk.

Le groupe entier ricana. Lacey était bien connue pour son refus absolu de recourir aux jurons et insultes traditionnels. Son grand-père, qui avait fait partie des anciens blocards, lui avait transmis quelques récits de l'époque et un éventail de mots d'argot tombés en désuétude. Lacey faisait de son mieux pour les remettre au goût du jour. Personne ne comprenait pourquoi, mais tous s'accordaient à trouver cela très amusant.

— Ça fait mal, ça, Lacey, déclara Carson en mimant la dignité offensée. Encore plus que ton crochet du droit.

— La prochaine fois, je viserai plus bas.

— Oh, je n'ai aucun doute là-dessus.

Trish frappa dans ses mains. Elle tenait une pagaie double et semblait prête à partir.

— Bon, les gars. Je passerais bien la journée à vous écouter discuter des besoins naturels de Dominic et de Lacey, mais si on pagayait plutôt jusqu'à la Pointe ?

Une clameur d'approbation s'éleva du groupe. Ils étaient donc dix au total : Isaac, Sadina, Trish, Dominic et Miyoko de la côte est, Carson, Lacey, Boris, Jackie et Shen de la côte ouest. Isaac ne connaissait pas très bien ces derniers mais ils avaient l'air cool. Boris était un gars discret, du genre pensif, avec les cheveux en brosse et les oreilles décollées. Jackie avait la peau noire et de longs cheveux rassemblés en tresse épaisse. Shen semblait bruyant, agité et débordant d'énergie, même s'il était aussi maigre que Carson était massif. Avec neuf personnalités aussi différentes, Isaac se dit qu'ils ne risquaient pas de s'ennuyer.

— Toi, tu viens avec moi, lui dit Sadina en lui indiquant le kayak dans lequel elle avait déjà jeté son sac.

— Tu ne préfères pas rester avec Trish ? s'étonna-t-il.

C'était une question dictée par la seule politesse. Il était ravi d'embarquer avec Sadina – ne serait-ce que parce qu'elle était la plus expérimentée de leur bande.

Son amie s'esclaffa.

— Tu rigoles ? On s'entretuerait au bout de cinq minutes !

Trish accueillit ce commentaire par un haussement d'épaules mais ne contesta pas.

— Très bien, déclara Dominic. Assez discuté comme ça. On y va !

Isaac grimpa à bord, et s'assit à l'avant puisque Sadina avait mis ses affaires à l'arrière. L'eau froide lui coupa le souffle. Comment se faisait-il que le soleil qui tapait toute la journée ne suffise pas à réchauffer l'océan ? Il était glacé jusqu'aux os.

Sadina se laissa tomber sur son banc et empoigna sa pagaie. Puis elle la plongea dans l'eau du côté droit.

— Tu te souviens comment on fait ?

Isaac fut tenté de lui répondre qu'il n'était pas complètement stupide mais se dit que cela risquait de paraître prétentieux. Alors il se contenta de hocher la tête et de plonger sa pagaie du côté gauche. Ils se mirent à ramer en cadence et ne tardèrent pas à distancer les autres.

« On fait une bonne équipe », pensa-t-il.

5

La Pointe se dressait au bout d'une péninsule rocheuse qui s'étendait au nord de l'île avant de s'incurver vers l'ouest. Ils avaient embarqué au commencement de la péninsule, côté ouest, et coupaient à travers la baie pour en rejoindre l'extrémité. Même si la terre, au point le plus éloigné, n'était jamais qu'à deux kilomètres de distance, Isaac ressentit un frisson d'excitation et d'adrénaline. Comme s'ils risquaient à tout moment d'être engloutis dans l'immensité de l'océan et n'avaient que dix pour cent de chances d'échapper à une mort horrible. Pas de doute, il était quasiment aussi courageux que les blocards d'autrefois.

— Il y a une petite crique juste avant la Pointe, lui dit Sadina. On y laissera les kayaks pour qu'ils soient à l'abri des vagues. On rejoindra la falaise et les grottes à pied.

— D'accord, répondit-il en s'appliquant à maîtriser sa voix.

Il sut soudain, sans l'ombre d'un doute, qu'il était le moins courageux de leur petit groupe. Sauter d'une falaise ? Il ne voyait aucune falaise dans le coin d'où il aurait eu envie de sauter. Et comment savoir ce qu'on risquait de trouver dans ces fameuses grottes ? Des chauves-souris ? Des requins ? Des alligators ? Il ne s'était jamais senti aussi ridicule.

Ils atteignirent bientôt la crique dont Sadina avait parlé, entourée de parois de roche noire. Ils tirèrent leurs kayaks sur les galets de la plage et les attachèrent au tronc d'un grand arbre qui devait déjà être mort cent ans auparavant. On ne voyait aucun autre signe de végétation dans les parages.

— Bon, commença Trish quand ils furent rassemblés devant l'entrée d'une grotte qu'Isaac n'aurait jamais repérée tout seul. (Une corniche en surplomb masquait l'ouverture dans l'ombre.) Voilà le plan. On va emprunter ce tunnel qui traverse la barrière rocheuse. Si une vague arrive, ne paniquez pas ou vous serez sûrs de boire la tasse. Serrez les dents et attendez que ça passe. S'il y en a un qui se noie, je vous promets de le rembourser.

Personne ne rit, et surtout pas Isaac. Sadina avait oublié de le prévenir qu'il faudrait emprunter un passage souterrain dans lequel des vagues risquaient de s'engouffrer.

Trish continua :

— De l'autre côté, il y a une ou deux falaises desquelles on peut sauter, et d'autres grottes à explorer. Il y en a même certaines dans lesquelles on peut nager, vous verrez, c'est super. On va bien s'amuser… tant que personne ne se noie.

Décidément, c'était de plus en plus encourageant.

— Ça n'embête personne si je me baigne tout nu ? intervint Dominic.

— Si ! lui répondit un concert de voix unanimes.

— Je m'en doutais, grommela-t-il.

Isaac se sentit désolé pour lui. L'humeur de Dominic dépendait de sa capacité à faire rire ou pas. Il ne pouvait pas s'empêcher d'essayer.

— Je passe en premier, annonça Trish, pas plus amusée que les autres. Sadina fermera la marche pour être sûre que personne ne se perde.

Elle regarda autour d'elle, sourcils levés, dans l'attente de questions. Voyant que personne ne réagissait, elle pivota sur elle-même, rentra la tête dans les épaules et se faufila dans l'obscurité.

— On se retrouve de l'autre côté ! lança-t-elle par-dessus son épaule.

L'écho de ses paroles fut absorbé par les rochers.

6

Isaac ne se rappelait pas avoir jamais eu aussi froid. Le passage à travers la péninsule ne pouvait pas s'étendre sur plus d'une centaine de mètres, mais la noirceur des lieux était suffocante. Personne n'avait pensé à emporter de torche, et les lampes de poche n'existaient plus que dans le souvenir des anciens. Comment Trish parvenait-elle à se repérer, il n'aurait su le dire. Ils restaient proches les uns des autres, chacun s'efforçant d'imiter les gestes de la personne qui le précédait. Une fois que ses yeux se furent habitués à l'obscurité, Isaac s'aperçut qu'une lueur suffisante filtrait aux deux extrémités du tunnel pour lui éviter de se cogner contre un rocher toutes les dix secondes.

En revanche, pas moyen d'échapper à l'eau glaciale. Il en avait au minimum jusqu'aux chevilles et souvent jusqu'aux cuisses. Le clapotis de leurs pas dans le passage étroit lui fit penser au sifflement des barres de métal rougies que Capitaine Flammèches plongeait dans les bassins de refroidissement. Que n'aurait-il pas donné pour retrouver la chaleur de la Forge !

Ce n'était pas très agréable de se découvrir de telles pensées de mauviette. « C'est à cause du froid et de l'humidité. Je peux tout endurer tant qu'il fait chaud. » Il avait exploré et escaladé la majeure partie de cette île, mais presque toujours par beau temps.

— J'ai l'impression qu'une bête a dû crever dans un coin, se plaignit Carson, qui marchait en deuxième ou troisième position derrière Isaac. Je sens une drôle d'odeur.

Isaac renifla un bon coup mais ne sentit rien de particulier, en dehors d'une forte odeur marine qui évoquait naturellement le poisson pourri.

— Ce n'est pas moi, plaisanta Dominic, ce qui n'étonna personne.

De sa position à l'arrière, Sadina lança :

— En soixante-dix ans, il doit bien y avoir deux ou trois pauvres types qui se sont égarés là-dedans. On est probablement en train de marcher sur des ossements et des morceaux de cadavre en ce moment même.

— Rappelez-moi de ne plus jamais aller nulle part avec des comiques de l'est, dit une voix.

Isaac crut reconnaître celle de la fille à la longue tresse, Jackie.

— Je ne me souviens pas t'avoir invitée, rétorqua Sadina.

— Ouille, répondit la fille.

Ils continuèrent à patauger ainsi, plic-ploc, plic-ploc, tandis que les commentaires sarcastiques fusaient les uns après les autres, ce qui avait le mérite de rappeler à Isaac qu'il n'était pas seul.

Bientôt, l'obscurité s'estompa et la sortie du côté nord apparut devant eux. Trish, en tête, se découpait en ombre chinoise. Soulagé, Isaac commença à chercher un prétexte pour rester sur la falaise pendant que les autres partiraient explorer les grottes. Il avait entendu dire que, lors des guerres d'autrefois, certains soldats se tiraient une balle dans le pied pour être envoyés loin du front. Eh bien, peut-être pourrait-il trébucher accidentellement et se fouler une cheville ou deux ?

Trish était toujours plantée sur le seuil du tunnel, tandis que les autres se pressaient autour d'elle. Tous regardaient vers le nord, en direction de l'océan. Pourquoi ne se dispersaient-ils pas dans la chaleur du soleil ? Isaac fut pris d'une envie subite de se frayer un chemin entre eux pour sortir au grand air. Mais quelque chose retenait leur attention, quelque chose qu'il ne pouvait pas encore voir, et personne ne faisait un geste ni ne prononçait un mot.

— Qu'y a-t-il ? demanda Sadina qui se tenait juste derrière lui. Qu'est-ce que vous regardez comme ça ?

Sans répondre, Trish finit par sortir sur la corniche rocheuse, d'un pas hésitant, sans quitter des yeux ce qu'elle fixait au loin. Les autres la suivirent lentement et Isaac fut traversé d'une vague de soulagement en quittant cet horrible tunnel. Quand il déboucha à son tour à l'extérieur, il vit ce qui avait retenu leur attention.

Flottant à la surface de l'océan, à plusieurs centaines de mètres, montant et plongeant dans la houle, une masse énorme s'avançait droit vers eux. Une chose qu'aucun n'avait jamais vue auparavant. Et pourtant, ils savaient tous exactement de quoi il s'agissait.

Un bateau. Un bateau en métal de l'ancien monde.

Un bateau gigantesque. Plus haut que n'importe lequel des bâtiments de l'île.

Un *navire.*

À peine le cerveau d'Isaac eut-il enregistré ce qu'il voyait que le bateau fit mugir sa corne de brume, produisant le son le plus grave, le plus fort et le plus effrayant qu'il ait jamais entendu.

Chapitre 3

Les anciens noms

1

Alexandra

Mikhail avait toujours dit à Alexandra qu'il avait des visions. Elle détestait cela.

C'était l'aspect de leur vie qui lui faisait le plus peur. Même après toutes les épreuves, toutes les expérimentations des dernières décennies, la vraie nature de leur maladie continuait de lui échapper. Comment établir un jugement définitif sur une chose qui ne cessait de changer, d'évoluer, de manière totalement imprévisible ? Et pourtant, elle avait accompli l'impossible depuis le jour de l'Évolution. À présent, alors qu'elle marchait à grands pas à travers la ville avec sa Garde évolutionnaire à ses côtés, à l'affût du moindre danger, elle n'éprouvait aucun regret.

Dans son esprit, tout avait une finalité, une raison d'être. Tout cela devait mener à sa *propre* vision de l'avenir. Mais pas pour Mikhail. Quand il parlait de visions, il faisait plutôt penser à un cinglé.

Et c'était là le nœud du problème. La source de toutes ses craintes.

La folie.

L'aube pointait, les nuages au-dessus de la ville commençaient à briller sous les premiers rayons du soleil. Cela aussi l'inquiétait. Les fanatiques d'autrefois effectuaient souvent leurs rituels et leurs cérémonies à l'instant précis où le soleil franchissait l'horizon. Elle ne serait pas surprise d'apprendre que Mikhail avait fait de même. L'idée de la Tête de Dieu lui était montée à la tête, au sens propre. Son manque de contrôle menaçait tout ce pour quoi elle s'était battue.

Et maintenant, ceci.

Il s'était rendu au Bloc. Au lever du jour. Dans un endroit où le soleil n'avait jamais brillé.

Cette perspective avait quelque chose de glaçant. Plus encore que l'air de l'Alaska.

Comme d'habitude, une foule de pèlerins s'était rassemblée devant l'entrée fortifiée des cavernes. Une foule inquiétante, pour le moins. Certains étaient nus, le dos zébré d'entailles qu'ils s'étaient infligées eux-mêmes. D'autres portaient une robe de laine grossière jaune moutarde. Quelques-uns étaient vêtus des fourrures factices des Affligés, avec deux pointes implantées de chaque côté du front, dressées vers le ciel comme des cornes.

Un frisson parcourut Alexandra. Ces gens la dégoûtaient, lui faisaient toucher du doigt une maladie bien plus terrible que celle dont elle souffrait. Et pourtant, d'après tous les rapports, ils n'étaient plus porteurs des souches inférieures du virus qui détruisait la rationalité. Les tests l'avaient abondamment prouvé. Leur cerveau fonctionnait à peu près normalement, et c'était en pleine conscience qu'ils choisissaient d'arpenter les chemins du Labyrinthe. Elle se dit que la définition de la démence aurait bien besoin d'une mise à jour. Littéralement. Elle se promit d'y réfléchir avec l'appui des experts et des dictionnaires adéquats. En attendant, il y avait au moins une chose qu'elle savait avec certitude :

Elle n'était pas folle.

Les pèlerins du Labyrinthe virent les gardes longtemps après que ceux-ci les eurent repérés. Comme chaque fois. C'était d'ailleurs la raison pour laquelle on les avait choisis comme protecteurs. La Tête de Dieu n'était pas à l'abri de ces fanatiques, pas plus que les autres – et peut-être même moins. Le temps que leurs gémissements, leurs chants et leur folle envie de toucher un membre de la Tête de Dieu se muent en ruée confuse, les gardes étaient en place. Comme toujours, ils avaient pour consigne d'éviter de faire des blessés graves – dans la mesure du possible.

Les corps crasseux, suants, sanguinolents, se pressèrent autour d'eux en poussant des cris, des geignements sinistres, en une cacophonie cauchemardesque. Mais aucun n'osa s'approcher. Les gardes avaient manœuvré à la perfection, recourant à leurs matraques électriques chaque fois que c'était nécessaire. Le grésillement, l'odeur d'ozone de ces armes, avait toujours eu un effet rassurant sur Alexandra. Elle était membre de la Tête de Dieu, et personne – ami, ennemi ou adorateur – ne pourrait jamais lui faire du mal.

Un chemin s'était ouvert jusqu'à la grande porte en acier qui débouchait sur les escaliers, ces escaliers qui s'enfonçaient dans les entrailles de la terre. Tandis qu'elle s'avançait entre les fidèles massés de part et d'autre, beaucoup renoncèrent à la toucher et se laissèrent tomber à genoux en poussant des cris d'adoration. C'était inévitable, elle était leur déesse, mais cela n'amoindrit ni sa nervosité ni sa répugnance à les voir se tordre ainsi, se prosterner devant elle, au point que certains gardes étaient obligés de les enjamber pour ne pas leur marcher dessus.

Elle atteignit la porte, rendue graisseuse par les innombrables mains de fidèles venues se plaquer dessus. Seules trois personnes au monde étaient capables de l'ouvrir. Le résultat d'une technologie récupérée dans les ruines de cet endroit sacré, comme presque tout ce qui avait conduit à l'instauration de la Tête de Dieu. Il y avait du pouvoir dans la technologie, un pouvoir immense. D'autres auraient pu parler de magie. De miracle. De sacerdoce.

Alexandra savait exactement où poser ses mains, les paumes à plat, les doigts écartés. Une fine épaisseur de verre dépoli recouvrait les détecteurs d'empreintes digitales afin de les faire paraître plus mystérieux qu'ils n'étaient. On entendit une succession de petits déclics, en staccato – un son mystique pour les fidèles prosternés à ses pieds. Puis il y eut un claquement sourd, un grincement de métal, et la porte se mit à coulisser bruyamment vers la droite. Les gens poussèrent des « oooh » et des « aaah » émerveillés devant ce spectacle. Une lueur rougeâtre baignait le seuil, à peine suffisante pour éclairer les premières marches qui s'enfonçaient dans les ténèbres.

Les membres de la Garde s'étaient déployés en arc-de-cercle autour de l'entrée, épaule contre épaule, tournés vers l'extérieur. Le flamboiement bleuté de leurs matraques dissuadait les plus téméraires de s'approcher. Leur bourdonnement aussi était intimidant, presque assez fort pour masquer le claquement de la porte achevant sa course dans son compartiment de béton.

— J'irai seule, déclara-t-elle.

Elle sentit les gardes se raidir à cette idée, mais ils avaient assez de bon sens pour ne pas protester. Les fidèles, bien sûr, seraient transportés d'extase par cette manifestation de bravoure. Il n'y avait pourtant pas de quoi. Si quelqu'un d'autre que Mikhail avait passé cette porte, elle l'aurait su, et ce n'était pas le cas. De plus, elle pouvait compter sur un véritable arsenal dissimulé dans ces cavernes. Non, elle devait y aller seule. Ce qui allait se passer là-dessous ne devait pas avoir de témoins.

Alexandra franchit le seuil, touchant du pied la petite bosse discrète qui déclenchait le mécanisme de fermeture. La porte s'ébranla de nouveau dans un grondement à faire trembler le sol. Le regard rivé aux traces que Mikhail avait laissées dans la poussière, elle resta là sans bouger, jusqu'à ce que le battant se referme derrière elle avec un choc sourd.

Lorsque les derniers échos se furent éteints, elle se retrouva enveloppée dans un silence total. Elle ferma les yeux et inspira profondément plusieurs fois. Mikhail l'avait forcément entendue entrer. Ce qu'elle ignorait, en revanche, c'était comment il allait réagir. Personne ne s'était rendu au Bloc depuis plus d'un an.

Elle entama sa descente, marchant dans les pas d'un dieu.

2

Minho

L'Orphelin montait la garde sur les remparts depuis plus de dix heures. Ses muscles étaient raides ; ses articulations endolories ; il commençait à avoir des crampes dans le bas du dos. Et il avait faim. *Très* faim. S'il avait pu, il se serait laissé glisser au bas du mur, aurait marché jusqu'aux cadavres de l'homme et du cheval qu'il avait abattus plus tôt, et se serait repu de leur chair. Homme ou bête, peu lui importait. Il se serait allumé un feu, aurait découpé quelques quartiers de viande et les aurait fait rôtir à la flamme.

Peut-être était-il en train de perdre un peu la tête sur son rempart.

Finalement, il perçut un sifflement dans le lointain – un son qu'aucun Orphelin ne pouvait entendre sans avoir aussitôt envie de chanter, de danser ou de pleurer de soulagement.

Voire les trois à la fois. Il sentit ses muscles se détendre les uns après les autres, descendit son fusil au creux de son bras, et attendit la relève, qui arriva moins d'une minute après le coup de sifflet. Il n'échangea pas un mot, pas un regard, avec l'autre Orphelin. Plus tard, dans les baraquements exigus où ils dormaient, mangeaient, lisaient et jouaient, ils pourraient se relâcher et faire semblant d'être amis. Mais pendant le service, ils n'étaient que des serviteurs anonymes, uniquement concentrés sur la défense de la Nation Restante. Les Orphelins n'avaient ni parents, ni frères, ni sœurs, ni amis. Seulement des ennemis.

L'Orphelin gagna la tour la plus proche, poussa la porte en bois endommagée et descendit l'escalier en sautant une marche sur deux. Il dévala comme cela sept niveaux, jusqu'au sous-sol. Il n'y avait qu'un seul niveau au-dessous de celui qu'il habitait, et son nom, l'enfer, n'encourageait pas les visites. L'Orphelin ne s'y était rendu qu'une fois, pour y conduire un autre Orphelin qui avait enfreint les règles en accordant l'asile à un étranger venu du nord. Il revoyait encore l'endroit dans ses cauchemars, et espérait bien ne jamais y retourner. Aussi longtemps qu'il vivrait, il ne pourrait jamais oublier les hurlements, les gémissements, les supplications, la sueur, le sang, les cheveux poisseux, les yeux exorbités, la crasse, la boue, la puanteur.

L'Orphelin suivit les couloirs humides et sombres, dont la pierre noire semblait avoir été taillée à l'explosif un millénaire plus tôt. C'était peut-être bien le cas, d'ailleurs. La capitale de la Nation Restante avait été déplacée dans cette forteresse avant sa naissance, et il n'en connaissait pas l'histoire. Ce genre de choses lui importait peu. En revanche, il défendait l'endroit depuis suffisamment de temps pour savoir qu'il avait bénéficié de multiples rénovations et extensions au fil des ans. Ceux qui vivaient entre ces murs seraient à l'abri pour longtemps.

Il passa devant plusieurs sentinelles assises derrière un bureau éclairé par la lumière graisseuse d'une lampe à huile.

Les Orphelins se connaissaient tous de vue et personne ne lui posa de questions. Il croisa d'autres compagnons, de plus en plus nombreux, qui retournaient eux aussi dans leurs quartiers. Il arriva enfin, avec une pointe d'impatience, devant le baraquement numéro 7 et tapa son code sur le terminal mécanique à l'entrée. Cela marquait officiellement la fin de son service.

Aussitôt libéré du fardeau de protéger la nation la plus importante du monde, il éprouva comme souvent un sentiment de vertige qui confinait au délire. Une excitation extrême, dont il ne comprenait pas l'origine, s'empara de lui et il se trouva incapable d'y faire face. Il se mit à rire, d'un rire sans joie, et regarda autour de lui, sachant qu'il devait dépenser cette énergie qui vibrait dans chacune de ses molécules. Il courut vers le mur le plus proche, une paroi noire irrégulière, et le cogna avec son poing gauche. Puis avec le droit. Et encore, avec les deux poings tour à tour. Et encore. Encore. Gauche, droite, gauche, droite, gauche, droite. Il continua ainsi jusqu'à avoir les phalanges en sang.

Il s'arrêta enfin, pantelant, et releva la tête.

Plusieurs Orphelins se tenaient à proximité et le regardaient fixement. Sans jugement : ils le comprenaient. Ils lui adressèrent un hochement de tête, qu'il leur rendit.

— Content de ne pas être ce mur, observa l'un d'eux, un maigrichon au nez cassé.

— Je t'en prie, protesta une autre aux cheveux orange. Je serais impressionnée s'il l'avait fendu, mais là…

C'étaient des Orphelins, tous les deux. Ils n'avaient pas de nom. Mais il les connaissait. Orange et l'Avorton. Pas compliqué.

— Attendez que j'aie mangé un morceau, leur dit-il. Je meurs de faim. Avec un bon steak et quelques pommes de terre dans le ventre, je pourrai vous creuser un tunnel jusqu'au numéro 8.

— Je veux bien te croire, concéda Orange. Seulement, il te faudrait de nouvelles mains après. Et ça risque de faire mal.

L'Orphelin secoua la tête.

— Il n'y a rien qui me fait mal.

— On a fini notre service nous aussi, lui dit l'Avorton. Tu viens manger avec nous ?

— Je veux bien. (Il aurait parié qu'on pouvait entendre son estomac gargouiller jusqu'en enfer.) Mais je me sers en premier. Et je ne promets pas de vous laisser quoi que ce soit.

Orange leva les yeux au ciel et partit en direction de la cantine.

— On a compris, répliqua-t-elle. Tu as faim. Allez, viens.

L'Avorton et lui la rattrapèrent, et une délicieuse odeur de viande grillée parvint bientôt à ses narines. Il en eut l'eau à la bouche. Il aimait bien Orange et l'Avorton. Il avait d'autres amis, également. Mais il ne pourrait jamais partager ses secrets avec eux. Il y avait beaucoup de choses qu'il gardait pour lui.

Dans l'immédiat, cependant, Minho avait juste envie de manger.

3

Isaac

Les amis d'Isaac réagirent de la même manière que lui à l'apparition du navire. Sobrement, gravement. Le garçon s'assit au bord de la corniche et laissa pendre ses jambes dans le vide. Bien sûr, il avait déjà entendu parler de ce genre de bâtiment de haute mer – les anciens avaient transmis aux jeunes générations le souvenir des usages et des merveilles de l'ancien monde. Mais entendre la description d'un squale et se trouver nez à nez avec lui lors d'une pêche aux palourdes étaient deux expériences très différentes.

Il frissonna, principalement par peur de l'inconnu.

Le bateau était énorme, vingt mètres de long au moins, et dix de large. À l'origine, il avait été peint en blanc et orné de rambardes en chrome mais il semblait désormais aussi vieux que Papy Poêle-à-frire. Il était d'une saleté repoussante, sa peinture s'écaillait, sa coque était bosselée et couverte de rouille. La plupart de ses hublots étaient cassés ; seuls quelques morceaux de verre s'y accrochaient encore par endroits. Dans l'ensemble, il donnait l'impression d'avoir traversé plusieurs guerres et d'innombrables tempêtes.

« Qui est à bord ? Qui a déclenché la corne de brume ? »

Personne ne dit rien pendant de longues minutes tandis que le bateau s'approchait lentement, poussé par le courant. Isaac eut le sentiment que les deux questions qu'il se posait ne tarderaient pas à trouver une réponse. Trish finit par rompre le silence.

— Je vois quelque chose sur le pont arrière. Plusieurs choses, à vrai dire.

Elle dit cela sur un ton sinistre, comme si elle savait exactement de quoi il s'agissait mais ne voulait pas le formuler.

— Oui, confirma Sadina. On dirait…

Un seul mot s'échappa de la bouche de Dominic, mais qui en disait plus long que les autres.

— Oh.

Isaac se leva pour voir de quoi ils parlaient. Il vacilla un peu sur ses jambes et Jackie dut le retenir par le bras.

— Ce n'est pas le moment de sauter, mec, le prévint-elle.

— Merci, dit machinalement Isaac, plissant les paupières dans la lumière du soleil pour scruter les « choses » en question.

Il ne lui fallut pas longtemps pour comprendre de quoi il s'agissait. Il ne vit d'abord que des formes oblongues, puis il distingua des vêtements, des cheveux, des mains. Des corps gisaient sur le pont, au moins huit ou neuf. Impossible de déterminer leur état à cette distance.

— Ils sont peut-être en train de dormir, murmura Dominic.

Cette suggestion était à la fois si grotesque et empreinte d'un espoir naïf qu'Isaac fut tenté de le serrer dans ses bras. Personne ne voulait voir ce bateau chargé de cadavres s'échouer sur l'île. Ce serait affreux, à tous les égards. D'abord parce que cela leur rappelait la maladie qui avait conduit leurs grands-parents jusque ici. Comment savoir si leurs descendants étaient immunisés ? Ils avaient entendu toutes sortes de récits au sujet du virus, mais la plupart d'entre eux n'avaient jamais pensé devoir se soucier un jour de la Braise. Pas avant plusieurs générations, en tout cas.

— Il y a bien quelqu'un qui a actionné la corne de brume, observa Miyoko. Ils ne peuvent pas être tous morts.

— Elle est peut-être réglée sur minuterie, suggéra Trish. À moins qu'elle ne se déclenche automatiquement à l'approche de la terre.

Personne ne répondit. Ce n'était pas nécessaire. Il restait au moins une personne en vie à bord, et ils le savaient tous.

Sadina se racla la gorge puis dit, d'une voix troublée qu'Isaac ne lui connaissait pas :

— Je ne sais pas ce qui serait le pire. Qu'ils soient morts ou vivants.

— Comment ça ? s'étonna Dominic.

Elle lui lança un regard acerbe qu'il n'avait peut-être pas mérité.

— Réfléchis un peu, un bateau rempli de cadavres, c'est forcément une mauvaise nouvelle. Mais si certains passagers sont toujours en vie, qui sait ce qu'ils peuvent apporter ? Peut-être des armes dont on n'a jamais entendu parler, des maladies auxquelles on n'a jamais été exposés… va savoir.

En tout cas, il suffit de regarder ce truc pour savoir qu'il ne vient pas pour nous sauver… en admettant que ce soit ce qu'on veuille !

— On fait quoi, alors ? demanda Isaac. Il va heurter la falaise, c'est sûr. Sauf s'il vire et longe la péninsule avant de s'échouer sur la plage.

— Je vais te dire ce qu'on fait, répondit Dominic. On court comme des dératés jusqu'au village et on prévient le Congrès qu'on a des visiteurs. Dont certains sont morts et d'autres peut-être vivants.

C'était sans doute la chose la plus sensée qu'il avait jamais dite.

Trish prit la main de Sadina.

— Ça me fait mal de l'admettre, mais je suis d'accord avec Dominaze, déclara-t-elle.

— Ne m'appelle plus comme ça, rétorqua sèchement Dominic. Ras le bol de ce surnom.

Il paraissait avoir grandi de dix ans en cinq minutes. Isaac avait la même impression. Ils avaient passé leur vie entière à considérer tout ce qui entourait leur île comme une sorte de monde imaginaire, notamment dans ses aspects les plus effrayants. Mais voilà que ce navire, qui s'approchait inexorablement, lui donnait soudain une dimension très concrète.

— Il a raison, reconnut Sadina. Il faut prévenir les autres.

Isaac resta figé. Il n'avait aucune envie de partir. Une curiosité comme il n'en avait encore jamais connu menaçait de le submerger. Jusqu'à présent, la chose la plus excitante dans sa vie avait été la Forge. Fondre du métal et le marteler pour en faire des outils… C'était une existence honorable, bien sûr. Mais la vision de ce navire avait touché quelque chose d'inexplicable au plus profond de lui. Il n'était pas question qu'il s'en aille. Les autres pouvaient bien en penser ce qu'ils voulaient, il n'en démordait pas.

— Je reste ici, déclara-t-il. Allez-y et prévenez le Congrès, un agent, ou qui vous voulez. Moi, je reste là pour surveiller ce qu'ils font.

— Pas sûr que ce soit une super idée, objecta Dominic.

— Et s'ils sont armés ? protesta Sadina. Et si… ?

Isaac mit toute l'assurance possible dans sa réponse :

— Les gars, c'est bon. Filez donner l'alerte. Il faut bien que quelqu'un garde un œil sur eux. Je ne vais pas les lâcher une seconde. S'ils commencent à sortir avec des armes et des bombes, je me cacherai dans les grottes, promis.

Tous échangèrent des regards embarrassés. Isaac ne s'était jamais distingué par son courage, il l'avait encore montré lors de la traversée du tunnel plongé dans le noir. Mais ils savaient aussi qu'il avait raison. Ce qu'il proposait n'était pas si dangereux, d'ailleurs. Il ne pouvait pas y avoir tant de monde que ça sur ce bateau. Ce n'était pas comme s'il envisageait de s'en approcher en kayak et de monter à bord.

— Grouillez-vous ! aboya-t-il. Plus vite vous préviendrez les autres, plus vite ils pourront tirer ça au clair.

— Je reste avec lui, annonça Miyoko.

Cela acheva de les convaincre, comme si deux personnes couraient moins de risques qu'une seule. À moins qu'ils aient davantage confiance en Miyoko qu'en Isaac. Ce dernier s'en moquait, et de toute manière il n'était pas mécontent d'avoir de la compagnie.

— D'accord, dit Trish. Mais pas d'imprudences, hein ? Allons-y, les gars.

— Promis, fit Miyoko en venant se placer à côté d'Isaac. On sera sages.

— On sera très sages, renchérit Isaac.

Malgré leur répugnance, les autres finirent par s'en aller et disparurent dans le tunnel.

4

Une brise constante, chargée de sel et d'embruns, soufflait au visage d'Isaac et de Miyoko tandis qu'ils longeaient la corniche pour suivre le bateau. On entendait toutes sortes de sons – le cri rauque des mouettes, le fracas des vagues contre les rochers, le murmure de l'eau contre la coque du bateau, ses grincements et craquements chaque fois qu'il montait et s'enfonçait dans la houle… Mais ils n'avaient plus entendu la corne de brume, et on ne voyait toujours aucun signe de vie à bord.

Comme Isaac l'avait prédit, le courant avait fait pivoter le bateau qui dérivait désormais le long de la falaise, la proue pointée d'abord vers l'est, puis au sud-est et enfin plein sud tandis qu'il continuait à s'approcher de l'île. À mesure que la distance qui les séparait du bâtiment se réduisait, les deux adolescents remarquaient certains détails qui ajoutaient au parfum de menace et d'aventure qui flottait dans l'air.

— Tu arrives à lire ce qui est écrit ? demanda Miyoko.

Il s'était écoulé une demi-heure depuis le départ des autres, et les deux amis, le regard rivé sur le bateau à la dérive, n'avaient pas dit grand-chose jusque-là. Miyoko indiqua la coque couverte d'éraflures et de bernacles où l'on distinguait trois mots à moitié effacés, juste sous la rambarde rouillée. Il y manquait quelques lettres, qui avaient dû se détacher longtemps auparavant.

Isaac plissa les paupières pour tâcher de les déchiffrer.

— Je crois que ça dit… euh… *Taille*… quelque chose.

— Labyrinthe, lut Miyoko. Nom d'un panier à coquillages ! C'est « Taille-Labyrinthe ».

Isaac contempla les mots inscrits sur la coque, incapable de comprendre pourquoi on avait donné un nom pareil à ce bateau.

Ce mot revêtait une signification très forte sur l'île. Il faisait référence à son plus célèbre habitant, Thomas, mort depuis plus de vingt ans. On racontait toutes sortes d'histoires sur lui et sur le Labyrinthe dont il s'était échappé avec ses amis. Les blocards. Le WICKED. Ava Paige. La Braise. Des histoires si nombreuses qu'il était impossible qu'elles soient toutes vraies. Mais même après plusieurs décennies, il y avait une chose qui n'avait jamais changé dans la manière dont on les racontait. Thomas y était toujours désigné comme le coureur du Labyrinthe.

Et voilà qu'à cinquante ou soixante mètres d'Isaac, comme surgi d'un cauchemar, dérivait un bateau au nom étrangement similaire gravé dans la rouille et la crasse. Il en restait sans voix.

Miyoko n'avait pas le même problème.

— Qu'est-ce que ça veut dire, bon sang ? Tu as une idée ? Tu sais quoi ? À mon avis, ce foutu bateau est là *exprès* pour nous. Ils sont au courant pour Thomas et tous ceux qui sont venus avec lui. Après toutes ces années, je suppose que quelqu'un s'est décidé à retrouver les braves petits blocards qui se sont échappés grâce à leur machine magique. Ou leurs enfants, leurs petits-enfants, leurs arrière-petits-enfants, peu importe. Thomas doit être une sorte de dieu pour eux, et ils sont venus en pèlerinage. Ou alors pour nous tuer. Ou nous aider. Ou nous dire quelque chose.

Isaac détacha enfin les yeux de ces mots à moitié effacés. Le *Taille-Labyrinthe*. Il se tourna vers Miyoko.

— Pardon, tu disais ?

Elle lui sourit.

— Rien. C'est bizarre. D'un côté, j'ai peur, et de l'autre je suis surexcitée.

— Moi aussi, avoua-t-il. Il faut qu'on monte à bord de ce bateau.

Il s'attendait à ce qu'elle proteste, lui dise que rien ne pressait. Mais sa réaction le surprit.

— On y va à la nage ?

Déstabilisé, il se mit à rire. Elle ne tarda pas à l'imiter.

— Ce ne sera pas la peine, répondit-il enfin. Regarde. Il est tout près, maintenant.

Le bateau, qui avait continué de dériver, se rapprochait de la falaise et des plages, au sud, à une allure régulière. Isaac et Miyoko, qui l'avaient suivi à pied, réalisèrent brusquement qu'il ne se trouvait plus qu'à une vingtaine de mètres. Ils pouvaient désormais distinguer clairement certains détails qui leur avaient échappé jusque-là. Le nombre de corps, notamment.

— Je… j'en compte huit, dit Miyoko à voix basse, comme si elle avait peur de réveiller les morts. (C'était peu probable, toutefois. Chacun d'eux avait reçu une balle dans la tête. Leurs plaies étaient incrustées de sang séché.) Que… qui les a tués, à ton avis ?

— Sans doute celui qui a actionné la corne de brume.

Les victimes portaient des vêtements chauds, encore trempés pour la plupart ; le bateau avait dû essuyer une tempête juste avant d'atteindre l'île. Il y en avait des deux sexes et de diverses tailles, ethnies, couleurs de cheveux. Mais toutes étaient mortes. Et les meurtres ne devaient pas être tout récents car les corps semblaient… en mauvais état. Pas frais.

Pendant qu'Isaac réfléchissait à tout cela, le bateau continuait de se rapprocher. D'ici quelques minutes ils pourraient probablement sauter à bord depuis la corniche s'ils le voulaient.

Comme si elle avait lu dans son esprit, Miyoko dit :

— On a promis aux autres qu'on se contenterait de regarder. Tu ne crois pas qu'on ferait mieux de se cacher ? Si quelqu'un sort de la cabine avec un fusil, on sera fichus, à moins de se jeter à l'eau.

— Tu as raison, on ferait mieux de se cacher, approuva son camarade.

Mais aucun d'eux ne fit mine de battre en retraite. Au contraire, ils continuèrent d'avancer pas à pas. Isaac n'avait jamais éprouvé une telle appréhension, comme s'il avait des anguilles électriques dans le ventre. Quelque chose était sur le point d'arriver.

5

Le bateau finit par s'échouer vingt minutes plus tard.

Quand son côté tribord fut si près de la falaise qu'il menaçait de la racler, il se produisit un phénomène étonnant. Un grondement de moteur s'éleva de ses entrailles et l'eau se mit à bouillonner bruyamment à l'arrière, comme si une pieuvre géante était sur le point d'émerger des profondeurs de la mer. Ça ne dura qu'une minute ou deux mais cela suffit à empêcher le bateau de toucher la roche. Puis le moteur se coupa et le *Taille-Labyrinthe* se remit à dériver vers le sud.

Isaac et Miyoko s'étaient arrêtés instinctivement et fixaient l'arrière du bateau, où gisaient les cadavres.

— J'imagine que ça répond à la question, dit Miyoko.

Isaac n'ajouta rien. Il y avait bien du monde à bord de ce bateau, et peut-être que ce n'était pas une bonne idée de le suivre, après tout. Mais il en mourait d'envie. C'était plus fort que lui.

— Restons à distance, suggéra-t-il. J'ai l'impression qu'ils se dirigent vers cette plage, là-bas. Elle est en pente douce. C'est probablement le meilleur endroit sur toute l'île pour échouer un navire.

Miyoko hocha la tête.

— Oui, je suppose qu'ils ne doivent plus avoir beaucoup de carburant. Et qu'ils le réservent pour les manœuvres urgentes.

Le bateau continua de dériver, ballotté par la houle, tandis qu'Isaac et Miyoko le suivaient à une trentaine de mètres. Il y avait une telle tension dans l'air qu'Isaac en avait des bourdonnements dans les oreilles.

Finalement, ils descendirent de la corniche rocheuse pour s'approcher de la plage de sable au nord, qui dessinait un angle droit par rapport à la péninsule. Il n'y avait pas un chat ; personne ne venait par là, sauf en été, pendant les vacances. On était à la saison des moissons et ce n'était pas une sinécure de faire vivre une société entière sur une île perdue au milieu de nulle part. Tout le monde était débordé.

— J'espère qu'il ne va pas se renverser, remarqua Miyoko.

Isaac comprit ce qu'elle voulait dire. Quand on passait de la péninsule à la plage, c'était comme si on franchissait une barrière magique. Les eaux profondes empêchaient les hautes vagues de se former. Mais à l'approche de la plage, le fond remontait d'un coup et des rouleaux de cinq mètres venaient s'écraser violemment sur le sable en soulevant des gerbes d'écume. Toutefois, il y avait entre la péninsule et la plage un banc de sable idéal pour s'échouer. À croire que…

— Ils le savaient, souffla-t-il. Enfin, lui, elle, ou eux, peu importe. Ils le savaient avec précision.

— Quoi donc ? demanda Miyoko.

— Où échouer leur bateau. C'est le meilleur endroit de l'île pour…

Soudain, un grondement de moteur lui coupa la parole. Le navire qui venait de passer devant les falaises vira brusquement vers la droite en brassant de gros bouillons derrière lui. Dans ce qui était peut-être un ultime sursaut d'énergie, il fonça vers la bande de sable entre les rochers. Le moteur toussota et s'éteignit. Profitant de son élan, le bâtiment alla s'échouer sur la plage dans un long crissement puis s'immobilisa. Isaac ne savait pas grand-chose de l'ancien monde mais il connaissait son île sur le bout des doigts ; et il se dit que le pilote de ce bateau venait d'accomplir un joli tour de force – ou d'avoir un sacré coup de chance.

Miyoko et lui s'étaient arrêtés de marcher sans qu'il s'en rende compte. À présent, tout semblait plus silencieux.

— Et maintenant ? murmura-t-il.

— Vite, par ici !

Miyoko courut se cacher derrière les derniers rochers de la péninsule. Isaac la suivit et ils s'accroupirent tous les deux pour surveiller le bateau échoué sur le sable à une quarantaine de mètres. On pouvait être sûr que ses occupants les avaient déjà repérés, mais au moins seraient-ils à l'abri au cas où les visiteurs sortiraient avec des armes.

— C'est dingue, chuchota Miyoko.

— M'en parle pas.

Isaac avait du mal à respirer tant son excitation était grande. Il s'appliqua à inspirer profondément puis à souffler lentement l'air iodé par le nez.

De longues secondes s'écoulèrent. Plusieurs minutes. Qui parurent durer des siècles. Rien ne bougeait à bord du bateau. L'eau clapotait le long de ses flancs sans parvenir à l'ébranler le moins du monde. Son étrave s'élevait à trois mètres au-dessus de la mer et s'avançait sur six bons mètres au-dessus du sable. Le *Taille-Labyrinthe* semblait solidement coincé.

Un crissement métallique se fit entendre, brisant le silence. D'instinct, Isaac se cramponna à Miyoko, qui fit de même avec lui. Ils se penchèrent pour mieux voir.

Là.

Quelque chose… quelqu'un rampait hors de la cabine sur le pont arrière, où se trouvaient les cadavres. Une femme. Isaac n'avait jamais vu un être aussi maigre ; son corps n'était qu'un amas d'os sous ses vêtements miteux. Elle se déplaçait lentement, péniblement, se traînant comme elle le pouvait sur le pont déformé. Elle avait la peau noire et les cheveux en bataille. Le moindre mouvement semblait lui demander un effort monumental. Elle finit par atteindre la rambarde.

— On dirait qu'elle a besoin d'aide, déclara Miyoko. Je n'ai pas l'impression qu'elle va sortir une machette ou un fusil. Amène-toi.

— Attends ! protesta Isaac. Tu en es sûre ?

— Oui. Je ne vais pas rester cachée derrière un rocher et la regarder mourir.

— Mais si elle est malade ?

S'il y avait bien une chose que les anciens leur avaient enseignée, c'était de se méfier de la maladie.

— Ces gens ont reçu une balle dans la tête, Isaac. Ce n'est pas un virus qui les a tués.

La femme gémissait, tâchant vainement d'atteindre le premier barreau de la rambarde.

— Je comprends bien, Miyoko, mais peut-être que c'est elle qui a mis fin à leurs souffrances ?

Miyoko était l'une des personnes les plus intelligentes, les plus raisonnables que connaissait Isaac, et elle prit le temps d'examiner cette possibilité. Puis elle prit une décision, et Isaac sut qu'il s'y conformerait parce qu'elle était meilleure que lui à ce jeu-là.

— Non. Tous en même temps ? Ils auraient atteint simultanément le point de non-retour ? Et pourquoi n'aurait-elle pas elle aussi mis fin à ses jours, à ce moment-là ? Non, il y a autre chose. Viens ; on fera attention.

Elle sortit de leur cachette et s'avança à découvert sur la plage. Isaac s'empressa de la rejoindre mais ne put dissimuler son appréhension.

— D'accord, mais c'est encore pire, non ? Si elle a éliminé tous ses compagnons de bord ?

— Regarde-la, lui conseilla Miyoko.

Isaac s'exécuta. La femme était émaciée, squelettique, les yeux enfoncés dans leurs orbites. Pourtant elle avait réussi à s'accrocher aux barreaux pour se hisser sur ses pieds. Cramponnée à la rambarde, elle paraissait indifférente à la rouille qui lui entaillait la peau.

Miyoko continua sans ralentir, Isaac sur ses talons.

— Je veux bien que ce soit la pire tueuse du monde, mais en l'état elle ne serait pas fichue d'écraser une fourmi. C'est la première fois dans toute l'histoire de notre communauté qu'on voit débarquer une personne du monde extérieur. On ne va quand même pas laisser passer cette occasion d'apprendre quelque chose.

— Tu as raison, reconnut Isaac. (Il le pensait sincèrement. Cette femme pourrait leur être précieuse, même s'ils devaient la mettre en quarantaine pendant un moment.) C'est une bonne chose qu'on ait emporté de quoi manger dans nos…

Il s'interrompit en voyant la femme pousser un grognement, balancer une jambe par-dessus la rambarde et laisser la gravité faire le reste. Elle bascula par-dessus bord et tomba dans l'eau avec un grand « splash ».

6

Isaac et Miyoko empoignèrent la femme chacun par un bras. Malgré l'eau froide qui lui bloquait la respiration, Isaac s'efforça de soutenir l'inconnue le plus délicatement possible. Elle avait puisé dans ses dernières forces pour maintenir sa tête hors de l'eau jusqu'à ce qu'ils l'atteignent, et lorsqu'ils la traînèrent sur le sable, ils s'écroulèrent tous les trois.

Quand Isaac finit par reprendre son souffle, il s'assit pour regarder la femme qu'ils venaient de sauver de la noyade. Allongée sur le flanc, elle recrachait de l'eau de mer en respirant péniblement. Si maigre, si faible… Elle faisait peine à voir. Mais elle semblait tout de même moins mal en point qu'il l'avait tout d'abord cru. Isaac songe qu'avec de la nourriture et du repos elle se rétablirait rapidement. L'éventualité qu'elle soit infectée continuait cependant de lui trotter dans la tête – on ne pouvait pas l'écarter.

— Miyoko, maintenant qu'elle est en sécurité, on devrait garder nos distances, suggéra-t-il.

Son amie hocha la tête. Ils se levèrent et allèrent s'asseoir à une dizaine de mètres. Miyoko attrapa son sac à dos, en sortit du pain, du fromage et un fruit enveloppés dans un torchon, ainsi qu'une gourde en métal, et les jeta à l'inconnue. Les provisions atterrirent juste devant son visage et lui projetèrent un peu de sable dans les yeux, le nez et la bouche. La pauvre se mit à tousser et cligner des paupières.

— Pardon ! s'écria Miyoko. On essaie juste de prendre des précautions. Vous avez besoin de manger et de boire un peu.

— Et toi, tu aurais besoin d'apprendre à mieux viser, murmura Isaac avec un mince sourire.

— J'ai peur qu'elle n'ait pas la force de dévisser le bouchon.

Miyoko se leva et s'approcha de l'inconnue pour dénouer le torchon et lui ouvrir la gourde. Après quoi elle retourna s'asseoir auprès d'Isaac. Il ne leur restait plus qu'à attendre.

La femme remua avec une lenteur presque pénible à voir. D'abord, elle commença par se redresser sur un coude. Puis elle saisit la gourde d'une main tremblante, la porta à ses lèvres et but longuement. Les tendons et les muscles de son cou frémissaient sous sa peau à chaque gorgée.

Elle reposa la gourde, en l'enfonçant dans le sable pour éviter qu'elle ne se renverse, puis attrapa un bout de pain. Enfin, pour la première fois, elle leva les yeux vers Isaac et Miyoko. Son regard hanté parut se connecter à celui d'Isaac dans un grésillement d'électricité statique.

— Merci, dit-elle faiblement, avant de mordre dans le pain.

Isaac avait mille questions à lui poser. Il était sûr que Miyoko en avait mille autres. Mais l'inconnue avait à peine la force de mastiquer et il préféra attendre un peu pour lui demander d'où elle venait, qui étaient ces cadavres à bord du bateau, ce qu'elle faisait là… et tant d'autres choses encore.

Quand elle eut avalé trois bouchées, Isaac eut l'impression qu'elle commençait déjà à reprendre des couleurs.

— Je ne suis pas malade, vous savez ? déclara-t-elle. (Elle fourra le dernier morceau de pain dans sa bouche et mit un moment à l'avaler.) Je vous le jure sur la tête de toutes les personnes que je connais.

— Vous nous connaissez, maintenant, lui fit remarquer Miyoko. Il va falloir trouver mieux que ça.

La femme laissa échapper un petit bruit grinçant qui était peut-être un rire.

— Touché. C'était couru d'avance que je tomberais sur des petits malins en premier. Écoutez, est-ce que vous avez un moyen de détecter les virus ? Un centre de dépistage, ou quelque chose dans ce genre ? (Elle leur présenta son bras.) Plantez-moi toutes les aiguilles que vous voudrez, faites des analyses.

— Vous causez beaucoup pour quelqu'un qui avait l'air à moitié morte il n'y a même pas deux minutes, répliqua Miyoko. (Manifestement, elle n'avait pas l'intention de s'en laisser conter. Isaac choisit de ne pas s'en mêler.) Pourquoi devrait-on vous faire confiance, dites-moi ? D'où est-ce que vous venez ? Pourquoi tous ces gens ont-ils pris une balle dans la tête ? D'où sortez-vous ce fichu bateau ?

— Son nom ne vous en donne pas une petite idée ? répondit la femme. Je sais bien qu'il a perdu quelques lettres – les voyages en haute mer, croyez-moi, ça n'a rien d'une partie de plaisir – mais on arrive encore à le lire, non ?

Cette fois, Miyoko ne répondit rien. Isaac non plus. Mieux valait laisser parler l'inconnue sans lui donner trop d'informations.

La femme ramassa quelques grains de raisin dans le torchon et les glissa dans sa bouche. Puis elle s'assit – lentement, et avec une grimace de douleur, mais quand même, elle n'aurait probablement pas été capable de le faire quand ils l'avaient traînée hors de l'eau.

— Écoutez, dit-elle. Je ne suis pas malade. Et ceux qui étaient à bord avec moi ne l'étaient pas non plus. C'est compliqué. Je veux bien vous expliquer, mais je préférerais parler à vos… chefs. Enfin, à des adultes. S'ils pouvaient avoir quelques rides et des cheveux gris, ce serait bien. Sans vouloir vous vexer.

— Oh, ne vous en faites pas, répondit Miyoko. Ils arrivent. En nombre. Mais vous feriez mieux de nous raconter ce que vous venez faire ici, ou bien on leur épargnera la peine de se débarrasser de vous. Et n'essayez pas de nous mentir. Ce serait une perte de temps pour vous et pour nous.

Isaac dut faire un gros effort pour s'empêcher de réagir. Son amie en faisait des tonnes, mais dans l'ensemble elle s'en sortait plutôt bien.

La femme soupira, et une tristesse infinie s'afficha sur ses traits.

— Nous sommes venus parce que nous savons qui vous êtes. Et parce que le monde a changé. Beaucoup. Nous sommes venus dans l'espoir de retrouver les descendants de deux personnes très particulières. Mes compagnons, là… (Elle indiqua les corps alignés sur le pont arrière du bateau.) Ils voulaient renoncer, faire demi-tour. Quand j'ai tenté de les empêcher d'utiliser les réserves de carburant qui devaient nous permettre de rentrer si… enfin, une fois qu'on vous aurait retrouvés, ils m'ont menacée. Alors je les ai drogués pour qu'ils s'endorment et je leur ai tiré une balle dans la tête.

Ça vous donne une idée de l'importance de cette mission. Vous vouliez la vérité ? La voilà.

Elle mangea encore un peu de raisin, qu'elle accompagna d'une gorgée d'eau.

Isaac était resté silencieux jusque-là, mais cet aveu le rendit définitivement muet.

Momentanément sous le choc, Miyoko finit par reprendre la parole. Elle évita toutefois d'évoquer l'aspect le plus macabre du récit de l'inconnue.

— Des descendants de qui ? demanda-t-elle. Qui sont ces deux personnes dont vous parlez ?

La femme termina le contenu de la gourde, rejetant la tête en arrière pour être sûre de ne pas en laisser perdre une goutte. Après quoi elle plongea son regard dans celui d'Isaac, puis dans celui de Miyoko.

— Il y a d'autres personnes que vous qui sont… immunisées, répondit-elle. Vous devez bien vous douter qu'on ne les avait pas toutes retrouvées quand on vous a envoyés ici. Nous avons passé notre vie à étudier leurs enfants et leurs petits-enfants, pour tâcher de découvrir ce qui les rend… ce qui *nous* rend… comme ça. Malheureusement, nous n'avons pas réussi. Et aujourd'hui, il y a tellement de variants du virus que les choses sont devenues beaucoup plus compliquées.

L'inconnue marqua une pause, comme si ses explications venaient de lui coûter le peu d'énergie qu'elle avait regagné. Elle inspira plusieurs fois, avant de reprendre.

— Mais il nous restait des échantillons qui ont survécu à l'effondrement du WICKED. Ceux de deux patients en particulier se détachaient du lot. De manière tout à fait spectaculaire. Il y avait quelque chose de spécial dans leurs cellules et dans leur sang qu'on observait chez personne d'autre. Nous devons les retrouver, eux ou leurs descendants, sans quoi tout sera perdu.

— Comment s'appelaient-elles ? demanda Miyoko. Les personnes en question ?

La femme s'allongea sur le sable, les yeux tournés vers le ciel. Plus elle parlait, plus elle semblait faiblir. Mais au bout d'une minute, alors qu'Isaac commençait à croire qu'elle ne leur dirait plus rien, elle répondit enfin :

— Ils étaient frère et sœur. (Elle ferma les yeux une seconde, puis les rouvrit.) Ils s'appelaient Newt et Sonya.

Chapitre 4

Le gardien des ruines

1

Alexandra

Elle se tenait au milieu des ruines.

Alexandra, Tête de Dieu, deuxième de rang et pourtant sans égale.

Elle avait mis une heure entière à parvenir au niveau le plus bas des cavernes – un trajet davantage teinté par l'ennui que par n'importe quelle peur viscérale. Elle avait découvert de nouveaux ravissements depuis la grande Évolution trente et un ans plus tôt, le jour où le monde avait changé à tout jamais. L'un d'eux consistait à trouver de la joie dans les endroits et circonstances les plus inattendus grâce à la discipline de l'Embrasement. Tandis qu'elle descendait marche après marche les escaliers interminables, un petit coin de son cerveau prenait plaisir à les compter et à mémoriser l'information au cas où elle en aurait besoin un jour.

Le temps qu'elle arrive à destination – après de multiples passages par des couloirs, des salles, des portes verrouillées, et même une courte volée de marches qui *montait* au lieu de descendre –, elle avait calculé plusieurs choses sans grand intérêt qui avaient toutefois le mérite de la distraire. Le nombre de ses pas ; sa vitesse moyenne ; la distance globale parcourue et la profondeur atteinte ; l'angle précis entre son point de départ à la porte en acier et son point d'arrivée. Un autre coin de son cerveau avait noté les variations de température à mesure qu'elle s'enfonçait sous la surface, en analysant le moindre souffle d'air humide sur sa peau. C'était fascinant de voir à quel point les degrés chutaient de manière irrégulière. Elle avait enregistré l'information malgré tout, bien décidée à en tirer un graphique plus tard.

Mais pour l'instant, son plus grand défi l'attendait quelque part dans ces ruines tentaculaires.

Ç'avait été un endroit intimidant autrefois. Un lieu de pouvoir. Face à son immensité, elle pouvait toucher du doigt l'émerveillement qu'il avait dû inspirer à l'époque. Avant que ses murs géants ne vacillent, s'écroulent et se fracassent sur le sol. Elle imagina la tempête de poussière qui avait dû inonder la grotte ce jour-là. Il n'en restait plus que des monceaux de gravats, de béton et de métal, qui s'élevaient jusqu'à la voûte renforcée loin au-dessus, tels des monuments à la mémoire de ceux qui avaient souffert ici et qui y étaient morts. Dressés vers le ciel comme en prière pour leur âme.

« C'est un sol sacré, tu sais », pensa-t-elle. Le Labyrinthe. Où *il* avait vécu. Et *elle* aussi. Sans oublier l'autre vieille bique, ni ce guignol qui y avait connu une fin atroce. Avant que tout ne s'écroule dans une explosion spectaculaire de courage, de sacrifice, d'honneur et autres fadaises, comme aurait dit sa grand-mère.

Alexandra lâcha un reniflement de dédain en espérant que l'écho se propagerait aux quatre coins de la caverne. Elle avait du mal à feindre trop longtemps le respect, et cela l'agaçait prodigieusement de devoir faire semblant en présence des autres membres de la Tête de Dieu. Elle appréciait beaucoup, elle *adorait* son ascension évolutionnaire et son rôle dans le mouvement, et elle approuvait totalement la direction qu'ils avaient prise au cours des dernières décennies. Elle aurait simplement souhaité que tout le monde se détende un peu. Elle n'était pas Athéna. Mikhail n'était pas Hercule. Et… et *lui* n'était sûrement pas ce foutu Zeus.

« J'aurais mieux fait de rester chez moi. Je ne suis pas d'humeur à ça. »

Que les autres règlent leurs affaires entre eux. C'était toujours sur elle que ça finissait par retomber.

Oui. Rester chez elle. C'était ce qu'elle *aurait dû* faire.

Cela la fit sourire. Si elle avait décidé de ne pas s'en mêler – ce dont elle était parfaitement incapable, elle le savait très bien –, elle aurait tourné en rond dans ses appartements en regrettant tout ce qu'elle risquait de manquer.

C'est pourquoi elle était là, devant ce champ de ruines vieux de plus de soixante-dix ans. À travers ce fouillis de métal tordu, de roche fendue, de fragments de béton et de machines en miettes qui continuaient de crépiter de temps à autre, serpentait un sentier. Elle le connaissait. Deux autres personnes aussi. L'une d'elles l'avait emprunté pas plus tard que cette nuit-là.

C'était *cela*, surtout, qui énervait Alexandra.

Elle passa sous une arche en béton armé d'où dépassaient une multitude de tiges en fer, pareilles à des lances plantées dans le corps d'une créature antédiluvienne.

Et elle se dirigea vers le Bloc.

2

Minho

L'Orphelin était recroquevillé dans son lit, la tête sous les couvertures malgré la chaleur étouffante. Il ne tenait pas à ce que les autres remarquent sa souffrance. Sa culpabilité. Sa honte.

Il avait recommencé, à la cantine – à s'appeler Minho en secret, à croire qu'il méritait un nom. C'était un blasphème propre à briser le cœur de tous ceux qui l'avaient précédé. Ceux qui l'avaient formé. Ceux qui étaient morts pour lui donner l'occasion de devenir un Orphelin. Il faisait honte à tous les autres Orphelins. Autour de lui, alignés dans leurs couchettes comme des chars prêts à partir à la guerre, dormaient des gens qui lui cracheraient au visage s'ils apprenaient ce qu'il avait dans la tête. Qui voudraient peut-être même le tuer. Non : qui le tueraient à coup sûr.

Il était né pour cela. On l'avait éduqué, entraîné pour cela. Il était un Orphelin.

Et un Orphelin n'avait pas de nom. Il n'en avait pas besoin.

Il fallait qu'il se reprenne. Il ne pouvait pas continuer à se cacher comme ça au fond de son lit, à transpirer et à se mortifier. Après avoir sorti prudemment la tête à l'air libre, il repoussa sa couverture en grosse laine et posa les pieds sur le sol de pierre. Les coudes en appui sur les genoux, il se cacha le visage au creux des mains. Se frotta les yeux, le front. Que pouvait-il faire ? Il ne supportait plus de rester dans ce lit, ou même dans ce baraquement. Il fallait qu'il sorte. Tout de suite.

« Eh m… »

L'Orphelin se leva, sortit quelques vêtements de la petite malle posée au pied de son lit et s'habilla à la hâte, tâchant de faire le moins de bruit possible. Si on l'interrogeait, il répondrait qu'il avait besoin de se vider les boyaux. On ne risquerait pas de lui proposer de l'accompagner.

Pour gagner la porte, il dut passer devant huit ou neuf lits ; certains de ses camarades lui jetèrent un regard ensommeillé mais aucun ne fit de remarque. Dehors, la sentinelle, penchée sur un vieux livre moisi, se contenta de lui adresser un signe de tête. L'Orphelin ne comprenait pas pourquoi il était si nerveux. D'une part, il n'enfreignait pas le règlement ; et d'autre part, qu'aurait-il pu faire ? Se balader nu comme un ver en effrayant tout le monde ? On gardait leurs armes enfermées à double tour quand ils n'étaient pas de service, et s'il avait eu sur lui ne serait-ce qu'un couteau, on l'aurait banni à vie pour l'exemple. Non : on l'aurait certainement exécuté.

Alors, il se détendit. Il avait juste besoin d'air frais. De s'éclaircir les idées. De se recentrer sur la mission pour laquelle on l'avait éduqué et formé. Cette envie folle de s'appeler Minho devait être étouffée, avant qu'elle ne prenne tellement de place dans son esprit qu'il ne parviendrait plus à la contrôler. Avant qu'il ne finisse par se trahir.

À la Cascade. Oui, voilà où il irait. C'était parfait.

En chemin, il croisa plusieurs personnes dans les couloirs des baraquements, ce qui le surprit. Protéger une nation entière était un travail de tous les instants, supposa-t-il. Cela devrait aider à ce que son insomnie n'éveille pas de soupçons. Il marcha d'un pas tranquille, en prenant tout son temps, sans parler à personne. Il appréciait la promenade, les pierres, la lueur des torches, les visages presque amicaux ; un peu moins les odeurs corporelles, mais il en avait pris l'habitude au fil des ans. Il finit par atteindre sa destination.

La Cascade était le seul endroit du sous-sol duquel on pouvait voir le ciel, à travers un puits qui perçait la roche sur plus de deux cents mètres. Cela faisait partie d'un vaste système de ventilation qui permettait à l'Orphelin et aux autres de respirer normalement. De l'eau ruisselait du haut, en pluie régulière qui explosait sur la pierre noire et luisante du sol. L'Orphelin passa de l'autre côté, savourant la sensation de l'eau sur sa peau, et s'assit contre la paroi incurvée. L'air frais, l'eau froide, la balade, tout cela lui avait donné un coup de fouet qui balaya sa morosité.

Personne ne lui posa de questions. Personne ne vint l'ennuyer. Il ferma les yeux.

Le temps s'écoula.

3

Un cri lointain l'arracha au demi-sommeil dans lequel il commençait tout juste à s'enfoncer. Il crut d'abord qu'il avait rêvé, mais après s'être frotté les paupières et avoir bâillé à s'en décrocher la mâchoire, il l'entendit de nouveau. C'était plus qu'un cri, cette fois. Un hurlement de douleur. Un appel à l'aide. Des glapissements de terreur qui s'interrompirent trop brusquement pour ce que soit volontaire. Puis des sanglots étouffés.

Tous les sens en éveil, l'Orphelin se leva d'un bond.

Il se rua vers un petit tunnel d'accès à sa droite, l'un des milliers qui traversaient la forteresse. Il dut baisser la tête pour y entrer mais cela ne le ralentit pas. Courant à toute vitesse, guidé par le son, il prit à droite, à gauche, en ligne droite – tout ce qui pouvait le rapprocher de ces cris pathétiques.

Il déboucha au fond d'un autre puits, plus étroit que celui dans lequel il s'était reposé. Les gémissements provenaient d'une galerie étroite au-dessus de lui, un niveau plus haut. Sans hésiter, il bondit pour se cramponner des deux mains au bord de la galerie et se hissa dans le boyau obscur. Il vit un homme agenouillé dans la boue, penché au-dessus d'un gosse en sang, couvert d'ecchymoses, si défiguré que sa propre mère ne l'aurait pas reconnu. L'homme leva le bras pour lui asséner un nouveau coup.

La colère de l'Orphelin explosa avec la violence d'un bâton de dynamite.

Il empoigna l'homme par sa chemise déchirée, le souleva du sol et le plaqua contre le mur. Le plafond était si bas que sa tête heurta la roche rugueuse, produisant un son dont l'Orphelin sut qu'il hanterait ses rêves, un son qui lui donna le frisson. Et qui le rendit heureux. Tenant l'homme par le cou avec sa main gauche, il se mit à le cogner au visage avec la droite. Le poing fermé, il y mettait toute sa force et toute sa rage. Une fois, deux fois, trois fois. Il sentit des os céder, craquer, se briser. Quand il lâcha prise, l'homme s'écroula sur le sol comme une masse.

Haletant, l'Orphelin se détourna du bourreau pour s'intéresser à la victime. Le pauvre gamin n'était plus que plaies mais au moins il respirait toujours. Loué soit le Remède, il était vivant. Leurs regards se croisèrent.

L'Orphelin s'accroupit dans la boue et souleva la tête du petit.

— Ça va aller, lui promit-il. Il ne te touchera plus. Comment tu t'appelles ?

Il ne s'attendait pas vraiment à une réponse – le gosse était à peine conscient. Il fut pourtant surpris.

— Keuh… Keuh… Kit, bredouilla le gamin en grimaçant de douleur. Et… et toi ?

— Moi ?

La surprise se mua en sidération. Ce n'était pas une chose à demander à un Orphelin. Il ne trouvait plus ses mots, il avait même du mal à respirer.

— Oui… Comment… tu t'appelles ? demanda le gamin.

Cette petite chose fragile, brisée, faisait peine à voir.

— Comment je… ?

« Tire-toi », pensa l'Orphelin, soudain pris d'une envie de s'enfuir. De courir très loin. Loin de tout cela.

— S'il te plaît, insista le gamin, qui avait fermé les yeux et respirait très faiblement. Ton nom…

Pourquoi ? Pourquoi tenait-il tellement à le savoir ? Pourquoi ce gosse roué de coups consacrait-il ses dernières forces à poser précisément la question qui tourmentait l'Orphelin en ce moment ?

Le gamin toussa, puis rouvrit les yeux. D'un air implorant.

— Ton nom… ?

L'Orphelin baissa les yeux sur lui, suffoqué par l'amertume qu'il sentait dans sa gorge comme une boule cancéreuse. Puis il finit par répondre, pour faire taire le gamin :

— Je n'en ai pas.

4

Alexandra

Quand on marchait dans les ruines, ce n'était pas évident d'imaginer ce qu'elles avaient pu être autrefois.

Il y avait des pierres partout. Du béton. De l'acier tordu. Partout. Recouverts par la poussière de plusieurs décennies. Comme souvent, la vie avait trouvé un moyen de se perpétuer : des plants de lierre s'étaient glissés dans les moindres fissures, crevasses et recoins. Si Alexandra pouvait les voir – alors que la caverne aurait dû être plongée dans les ténèbres éternelles comme toutes les autres –, c'était grâce à la décision de la Tête de Dieu de rallumer le faux soleil qui avait brillé à l'origine sur le Labyrinthe. Une tâche monumentale, accomplie au prix d'un effort immense, même pour eux qui se donnaient le nom de dieux. Comble de l'ironie : l'énergie nécessaire provenait de panneaux solaires remis en service, alimentés par le *vrai* soleil, la première divinité vénérée par l'homme.

Pour autant, Alexandra marchait la plupart du temps dans l'ombre, parmi les montagnes de pierre et d'acier qui culminaient au-dessus d'elle comme une forêt renversée.

Le Labyrinthe.

Quelle merveille d'architecture et de technologie ç'avait été. Tant de machines conçues pour tromper l'œil. Tant de tours et de détours, tant de chemins à parcourir. Beaucoup de choses avaient changé, mais d'autres étaient restées les mêmes.

Elle parvint finalement devant les décombres qui marquaient l'entrée du Bloc. De grands murs mobiles s'étaient dressés là, désormais réduits à l'état de gravats. Au-delà, une vaste étendue dégagée l'attendait. Elle s'arrêta dans l'ombre pour scruter les lieux à la recherche de Mikhail. Elle ne mit pas longtemps à le repérer car il se tenait exactement là où elle le craignait.

À genoux, la tête basse, les mains jointes. Au bord de ce qu'on avait appelé la Boîte pour des raisons évidentes. Deux trappes métalliques dans le sol pouvaient s'ouvrir pour dévoiler un grand cube d'acier sous la surface. Il avait servi d'ascenseur autrefois, mais il était désormais hors d'usage, grippé par la rouille, cabossé de partout. Les portes, qu'on avait réparées et graissées, fonctionnaient toujours mais à condition de les actionner à la main. Pour l'instant, elles étaient fermées. Il y avait des choses dans cette Boîte qu'il valait mieux éviter de… libérer. Des secrets qu'il ne fallait pas dévoiler. Alexandra avait espéré que ses portes ne se rouvriraient plus jamais. Elle y comptait bien. Elle aurait même été ravie de ne jamais les revoir.

Pourtant, elle était là. Mikhail était là. Agenouillé juste devant.

L'appréhension qu'elle avait éprouvée plus tôt la frappa de nouveau en plein cœur, comme un coup de marteau.

Elle se reprit. Cela ne lui ressemblait pas. Elle était membre de la Tête de Dieu et ne reconnaissait qu'une seule personne au-dessus d'elle. Pour quelqu'un qui maîtrisait pleinement la discipline de l'Embrasement, c'était gênant de se mettre dans un état pareil. Une rapide énumération mentale des chiffres récoltés pendant son trajet et quelques exercices de respiration lui permirent d'apaiser son corps et son esprit. Mikhail était *en-dessous* d'elle dans la hiérarchie divine.

Alexandra redevint elle-même.

Elle sortit de l'ombre des ruines pour s'avancer résolument dans le Bloc, droit vers la Boîte et Mikhail, éclairés par la lumière du faux soleil.

— Mikhail ! cria-t-elle, mettant de l'autorité dans sa voix tout en sachant que cela n'affecterait pas son homologue. Qu'est-ce qui t'est passé par la tête ? Pour venir ici ? Sans même me prévenir ? Arrête de te vautrer comme ça dans la poussière et relève-toi !

Elle marchait d'un pas martial, comme pour monter à l'assaut.

Mikhail ne fit pas le moindre geste. Il était trop aguerri pour réagir à cette provocation.

Elle arriva enfin jusqu'à lui et s'arrêta à quelques pas de son corps prosterné.

— Mikhail, répéta-t-elle en réprimant sa colère. Explique-moi ce qui se passe. Et s'il te plaît, ne me dis pas que tu as encore eu une vision. Ne me dis pas que tu es venu ouvrir la Boîte pour déclencher un processus dont on se passerait bien. Et qu'on ne pourrait pas arrêter.

Mikhail ne réagit toujours pas, ne donna même pas le moindre signe qu'il l'avait entendue. Il était grand, bardé de muscles malgré son âge. Ses cheveux gris étaient plaqués en arrière, avec un début de calvitie au sommet du crâne. Il dégageait une odeur indéfinissable, assez déplaisante. Une odeur qui évoquait la décrépitude de l'âme. Alexandra n'aurait pas su dire exactement pourquoi mais elle n'avait jamais aimé cet homme.

— Mikhail, insista-t-elle. Mikhail !

— Alexandra, déclara-t-il tout bas d'une voix mesurée. Je suis content que tu sois venue. Joins-toi à moi dans la prière, s'il te plaît. Des choses sont sur le point de se produire.

Elle ne parvenait pas à quitter des yeux son crâne dégarni.

— Mikhail, il n'y a que moi ici. Je suis venue seule. Alors arrête ton numéro. Je suis prête à discuter. À t'écouter. Visions, prières, dieux et démons : je peux tout entendre. Mais écarte-toi de la Boîte. Écartons-nous tous les deux de cette fichue Boîte. D'accord ?

Il poussa un soupir condescendant. Puis il desserra ses mains jointes et les laissa retomber à ses côtés. Il releva la tête pour regarder droit devant lui. Enfin, mettant la patience d'Alexandra à rude épreuve – une patience qu'elle avait développée au prix de décennies de pratique pénible –, il se tourna lentement vers elle et croisa son regard.

— Je veux bien discuter, concéda-t-il. Mais il faut que tu me promettes une chose.

— Quoi, au juste ?

Il se releva, de telle sorte qu'elle devait désormais lever la tête pour le regarder. Pour regarder son visage anguleux, ses pommettes saillantes, sa mâchoire carrée, son front beaucoup trop proéminent.

Elle soupira à son tour.

— Mikhail, sérieusement. Je t'écoute. Que se passe-t-il ?

— Voilà ce que je veux que tu me promettes. Après notre discussion, quand je t'aurai dit ce que j'ai appris, tu conviendras avec moi qu'on doit ouvrir la Boîte.

— Mikhail, arrête de parler par énigmes. Dis-moi ce qu'il y a, enfin !

Il indiqua la voûte. Le ciel.

— Il est de retour.

Chapitre 5

Le théâtre du sommeil

1

Isaac

Il ne se prenait pas pour n'importe qui, se donnait une certaine importance. Comme tout le monde, non ? Mais en ce qui concernait l'île, le Congrès et les grandes décisions, Isaac ne comptait pas. Il n'était qu'un apprenti forgeron d'à peine vingt ans, et pas le plus doué, pour être honnête. Même s'il faisait des progrès. N'empêche, il adorait ça. Il était en train de marteler avec allégresse un morceau de fer chauffé au rouge quand Miyoko tenta d'attirer son attention. Elle finit par lui lancer un vieux clou tordu dans le dos après l'avoir appelé plusieurs fois sans résultat.

— Ah, c'est toi ? (Il plongea son œuvre dans une cuve de refroidissement ; c'était censé être une cuillère, mais pour l'instant cela ressemblait plutôt à une pelle.) Alors, qu'est-ce qu'ils ont décidé ?

Elle lui signifia impatiemment de terminer son travail et de la rejoindre hors de la Forge.

— Capitaine Flammèches est parti à la réunion, protesta-t-il. C'est moi qui tiens la boutique en son absence.

— Isaac, ramène tes fesses, tu veux ? Ils ont convoqué une assemblée générale pour faire une annonce. Alors viens avec moi maintenant et n'oublie pas d'éteindre derrière toi.

Il fronça les sourcils.

— Éteindre quoi, les feux ?

— Oui, voilà. Grouille-toi.

Il accentua encore son froncement de sourcils.

— Euh… tu sais comment ça marche, un feu ?

2

Trente minutes plus tard, ils passèrent devant l'école secondaire puis parvinrent devant le grand chapiteau qu'on avait dressé à proximité – une tente gigantesque qui protégeait une douzaine de tables de pique-nique. Isaac avait réduit les feux, inspecté la Forge une dernière fois avant de partir, puis Miyoko et lui avaient couru sur le kilomètre et demi qui les séparait du village. Après les grandes délibérations du Congrès, il était d'usage de prendre un repas communautaire, afin de panser les plaies et de recréer une atmosphère de solidarité alors que les dirigeants venaient de s'insulter et de se crier dessus pendant des heures, parfois des jours. Isaac était impatient d'entendre quel sort ils avaient réservé à la femme à moitié morte de faim arrivée en bateau. Et puis, comme Dominic le disait toujours, un repas gratuit, ça ne se refusait pas.

Il y avait déjà beaucoup de monde sous la tente, si bien qu'ils ne perdirent pas de temps à essayer de retrouver leurs amis ; Miyoko leur dénicha deux places libres dans un coin. Les tables croulaient sous la nourriture – il y avait du pain et des biscuits en abondance, des fruits, des fromages, des pommes de terre et des légumes, et un peu d'agneau dans de grands plats. La viande devait être consommée avec modération, sous peine que l'on soit regardé d'un sale œil par tous les anciens de l'île.

Isaac avait transpiré abondamment et brûlé beaucoup de calories à la Forge. Il se jeta sur les plats, mastiquant et avalant le plus vite possible. Il ralentit un peu en voyant Miyoko lui jeter un regard dégoûté. Il était en train de déchiqueter à belles dents une côte d'agneau grillée – qu'il avait gardée pour la fin – quand Trish arriva par-derrière et posa la main sur son épaule.

— Ce mouton s'appelait Frisotin, je crois, lui dit-elle. J'espère que tu te sens coupable.

Il se retourna vers elle.

— Ah, c'est toi. Tu sais ce qu'on va nous annoncer ?

— On ne parle pas la bouche pleine. (Elle se pencha plus près, avançant la tête entre Isaac et Miyoko.) Venez vous asseoir avec nous à la présentation, on tâchera de vous garder une place. Il y a quelque chose qui se prépare, et il faut absolument que l'on soit ensemble. D'accord ? Hé, vous n'avez pas essayé de boire du vin en douce, au moins ?

Une règle très stricte sur l'île interdisait de boire de l'alcool tant qu'on n'avait pas vingt et un ans. Parmi leurs amis, seuls Sadina et Dominic avaient atteint cet âge. Comme ce type de rassemblement s'adressait en principe à ceux qui avaient fini l'école, Isaac et Miyoko faisaient partie des rares personnes présentes à n'avoir pas le droit de savourer la spécialité de l'île. Isaac avait bien réussi à en siffler quelques gobelets au fil des ans, mais cela le rendait malade.

— Tu choisis vraiment ton moment pour jouer les chaperons, lui reprocha Miyoko. Non, je te promets qu'on n'a rien bu.

Trish ne sourit pas.

— Tant mieux. On se retrouve à l'amphithéâtre. Ne soyez pas en retard. (Voyant Miyoko sur le point de poser une question, elle leva la main pour l'interrompre.) Non. Pas ici. Plus tard. Faites-moi confiance et venez vous asseoir avec nous. À plus.

Sur quoi, elle s'en alla.

Isaac se tourna vers Miyoko. Ils échangèrent un regard perplexe.

— Allons-y, suggéra-t-il.

— Ouaip.

3

L'auditorium Galilée était un amphithéâtre à ciel ouvert installé au creux d'une falaise, avec des gradins semi-circulaires face à la scène, au-dessus d'une des plages les plus calmes de l'île. L'endroit avait des propriétés acoustiques remarquables et on y tenait toutes sortes d'événements, dont les comptes rendus du Congrès. Ceux-ci étaient généralement ennuyeux à mourir, mais Isaac attendait celui du jour avec impatience. Les attitudes de conspiratrice de Trish avaient piqué sa curiosité. « Il se prépare quelque chose », avait-elle dit. Vraiment ? N'en faisait-elle pas un peu trop ?

Les gradins se remplissaient rapidement. Les membres du Congrès étaient déjà rassemblés sur la scène en bois, à comparer leurs notes, disposer leurs chaises – la plupart affichaient un air maussade, et certains fulminaient carrément. La réunion à propos de l'inconnue et de son bateau avait dû être houleuse. Isaac n'en fut pas surpris. Ils n'arrivaient jamais à s'entendre sur rien.

— Sadina et Trish sont là-bas, dit Miyoko en pointant le quatrième rang. On ferait mieux de les rejoindre.

Ils se frayèrent un chemin vers les gradins inférieurs et se glissèrent tant bien que mal entre leurs deux amies. Une femme au bout de la rangée s'écria : « Hé, je n'ai plus qu'une fesse sur le banc, moi ! », ce qui fit rire de bon cœur tous ceux qui l'entendirent. Isaac n'était pas certain que ces gens se rendent compte de ce que cela signifiait de voir un navire de l'ancien monde s'échouer sur leur rivage. Mais peut-être était-il simplement nerveux à cause de l'avertissement de Trish.

— Salut, lui souffla Sadina à l'oreille.

Elle se trouvait à sa droite, Miyoko à sa gauche.

— Que se passe-t-il ? lui demanda-t-il sur le même ton.

Il était quasi impossible de s'entendre au milieu du brouhaha général. Il y avait plus d'un millier de personnes dans cet amphithéâtre. Ils échangèrent un sourire, puis haussèrent les épaules, renonçant à discuter pour l'instant.

Isaac repensa à l'inconnue à bord du bateau. Une équipe de secours était arrivée du village peu après qu'elle leur avait révélé la raison de sa venue (trouver des descendants de deux anciens blocards, Newt et Sonya). Isaac avait été surpris qu'elle les décrive comme frère et sœur – il n'avait jamais lu ça dans les récits consacrés à ces deux personnalités. Mais la femme avait paru très sûre d'elle. Les medjacks l'avaient conduite à l'infirmerie et il ne l'avait plus revue. Cela faisait quatre jours maintenant. Depuis, ces deux noms tournaient en boucle dans sa tête.

Newt. Sonya.

On apprenait l'histoire de Newt à l'école primaire. Son journal était une lecture imposée pour tous les enfants en âge de lire. C'était quasiment un personnage mythique, et s'il avait des descendants, ce serait une première nouvelle pour tous les habitants de l'île. Sonya était moins mystérieuse mais presque aussi légendaire. Elle faisait partie des survivants arrivés sur l'île en compagnie de Thomas et des autres il y avait plus de soixante-dix ans. Elle était morte depuis quelques années en laissant derrière elle plusieurs enfants et petits-enfants.

Une femme s'avança jusqu'au pupitre installé à l'avant de la scène. C'était la mère de Sadina, Mme Cowan. En tant que présidente du Congrès, elle avait la charge d'apaiser les rumeurs.

Elle leva les deux mains, attendit que les gens la remarquent puis se taisent. Cela ne prit pas longtemps.

— Merci, déclara-t-elle. (On aurait dit une version plus petite, plus âgée et plus ridée de Sadina. Tout le monde la respectait, même ceux à qui elle tapait sur les nerfs, en raison de son autorité naturelle.) Merci d'être venus. Ces derniers jours ont été très intéressants.

Sadina se pencha à l'oreille d'Isaac. Elle lui dit tout bas :

— Tu savais que Sonya n'avait eu qu'un enfant ?

Isaac s'écarta pour la dévisager d'un air perplexe.

— Hein ? Je croyais qu'elle en avait eu trois ou quatre ?

— Non. Un seul. Écoute la suite.

Sadina adorait faire ce genre de choses. À présent, la curiosité d'Isaac était à son comble. Il avait raté le début de la déclaration de Mme Cowan. L'écho de sa voix rebondissait contre la falaise et semblait provenir de toutes les directions.

— ... un peu déconcertant pour nous tous. Mais après avoir longuement interrogé notre invitée, nous sommes parvenus à la conclusion qu'elle nous dit la vérité. Toutefois, il n'en demeure pas moins qu'elle a, selon ses propres dires, drogué et abattu tous ses compagnons de bord. Ce n'est pas une chose que nous pouvons prendre à la légère.

Elle marqua une pause, et des murmures parcoururent la foule. Elle tenait à la main plusieurs feuilles couvertes de notes, qu'elle contemplait avec un malaise évident. Elle les plaqua sur le pupitre, releva la tête et jeta un regard circulaire sur l'assistance.

— Je ne peux pas lire ce qu'on m'a demandé de vous lire. Désolée, je refuse. C'est ridicule. C'est complètement ridicule.

— Cowan ! rugit un homme derrière elle.

C'était le vice-président Wilhelm. Il se leva de sa chaise pour s'avancer d'un pas vif derrière sa supérieure. Il se pencha sur elle pour lui glisser quelques mots rageurs à l'oreille. Même si la tonalité de ses propos ne faisait guère de doute, il parlait trop bas pour qu'on distingue ce qu'il disait.

Mme Cowan balaya d'un revers de main ses pages de notes, qui s'envolèrent à travers la scène comme des feuilles mortes. Un autre membre du Congrès, qu'Isaac ne connaissait pas, courut les ramasser avant qu'elles ne parviennent entre les mains du public.

— Je m'en fiche ! s'écria Mme Cowan, qui s'était tournée face à Wilhelm. Je me fiche complètement du monde extérieur, c'est celui-ci qui me préoccupe !

Elle passa devant son vice-président et contourna l'homme qui ramassait ses papiers. Puis elle dévala les marches qui descendaient de la scène.

La foule demeura muette. Wilhelm resta planté là, livide comme de l'écume de mer. Isaac se tourna vers Sadina, qui lui paraissait étrangement calme.

— Sadina ? Qu'est-ce que… ?

Elle le regarda droit dans les yeux.

— C'est moi, Isaac. Ils veulent m'envoyer dans l'ancien monde.

4

Après cette révélation explosive, Sadina se leva d'un bond et courut rattraper sa mère. Miyoko, qui l'avait entendue aussi, suivit Isaac en le voyant s'élancer derrière leur amie. Il ne saisissait pas toutes les implications de ce qu'il venait d'apprendre mais son instinct lui soufflait de ne pas quitter Sadina des yeux. Derrière lui, alors qu'il débouchait sur la plage, les habitants de l'île étaient sortis de leur stupeur et parlaient tous en même temps, au point qu'on ne distinguait pas un mot.

— Maman ! cria Sadina.

— Sadina ! cria Isaac.

— Isaac !

Il jeta un coup d'œil par-dessus son épaule. Dominic. Talonné de près par Trish. Ils étaient tous en train de courir après quelqu'un.

Mme Cowan finit par s'arrêter à environ cinq cents mètres de l'amphithéâtre. Elle se plia en deux, les mains sur les genoux, pour reprendre son souffle. Sadina fut la première à la rejoindre ; puis ce fut le tour d'Isaac et Miyoko, et enfin celui de Trish et Dominic. Ils se dévisagèrent les uns les autres, pantelants, attendant que quelqu'un se décide à fournir une explication.

Les premiers mots de Mme Cowan prirent Isaac au dépourvu.

— Isaac, rentre chez toi. Tu n'as rien à faire là. Tu n'es pas concerné.

— Que… quoi ? Pas concerné par quoi ? bredouilla-t-il comme un idiot.

— Maman, protesta Sadina. On tient à ce qu'il soit concerné. S'il en a envie, bien sûr.

Et là, il comprit. Tous les autres membres du groupe étaient au courant de ce qui se passait. Tous, sauf lui. Il le voyait à leur expression. Même Miyoko avait un air coupable.

Il haussa les épaules, longuement, puis les laissa retomber en soupirant.

— Bon, dit-il. Lequel d'entre vous va se décider à me mettre dans la confidence ?

Ses amis échangèrent des regards gênés, puis finirent par se tourner vers Mme Cowan. C'était la cheffe de l'île. Une personne mesurée, très intelligente, aussi prompte à la colère qu'au rire. Elle avait toujours intimidé Isaac (quand ils étaient petits, il suppliait Sadina de venir chez lui plutôt que l'inverse).

Elle focalisa son attention sur lui.

— Je t'aime bien, Isaac. Tu es un bon garçon, et tu as connu ton lot de tragédies. C'est pourquoi je... je n'ai pas envie que tu...

Sadina l'interrompit.

— Maman, c'est exactement pour ça qu'on a besoin de lui. Parce qu'il ne laissera aucune famille derrière lui. C'est nous, sa famille. Trish et moi on l'aime comme un frère, même quand il est insupportable. On ne... Je ne partirai pas sans lui.

Pour Isaac, cela faisait un peu trop d'éléments à prendre en considération d'un coup. Il ne parvint qu'à bredouiller :

— Partir ? Pour aller où ?

Le grondement des vagues venant mourir sur la plage fut d'abord sa seule réponse. Puis Mme Cowan s'approcha de lui. Elle avait beau être plus petite que lui, il eut un mouvement de recul. Comment se faisait-il qu'elle l'effrayait à ce point ?

— D'accord, écoute-moi, déclara-t-elle. On a eu un gros désaccord au Congrès. On était divisés en deux camps, et c'est le mien qui a perdu. Honnêtement, j'ai encore un peu de mal à l'accepter. Mais c'est comme ça. (Elle ferma les yeux et soupira de frustration. Puis elle le regarda de nouveau.) La femme. Celle qui était à bord du bateau. Elle s'appelle Kletter. J'ai discuté pendant des heures avec elle – plus que n'importe qui. Je serais prête à parier la vie de ma fille...

— Hé ! s'indigna Sadina.

— ... qu'elle dit la vérité. Je ne suis pas née de la dernière pluie, et j'ai connu beaucoup de monde. On m'a servi tellement de salades que je les renifle à trois kilomètres. Cette femme ne ment pas. Et après ce qu'elle nous a dit, je ne vais pas rester les bras croisés.

— Mais alors, votre discours de tout à l'heure..., commença Isaac.

— Je jouais la comédie, il s'agissait d'un coup monté. Par moi, ceux qui étaient de mon côté au Congrès, ma fille et Trish, et les amis qu'elles ont tenu à impliquer. J'aurais voulu t'épargner mais on dirait que je n'ai plus le choix. Alors… tu marches avec nous ?

Isaac jeta un coup d'œil à Sadina, qui l'encouragea d'un hochement de tête.

— Je suppose que oui, même si je n'ai aucune idée de quoi vous parlez. Je… je marche.

Sadina et Trish pouffèrent, et même la vieille Mme Cowan se fendit d'un sourire.

— C'est tout simple, Isaac. Nous allons embarquer à bord de ce bateau, avec notre nouvelle amie et quelques autres, et mettre le cap sur l'ancien monde. Ça te va, comme résumé ?

Elle lui donna une petite tape affectueuse sur l'épaule avant de repartir en direction de l'amphithéâtre.

— Attendez, protesta-t-il en voyant les autres commencer à suivre Mme Cowan. C'est sérieux, cette histoire ? Elle faisait semblant depuis le début ?

Sadina le serra dans ses bras. Fort.

5

Isaac n'avait jamais rien éprouvé de semblable, de toute sa vie. Il avait perdu sa mère, son père, et même sa sœur. Cette tragédie l'avait ébranlé à un tel point qu'il avait dû apprendre à refouler ses émotions. À ne plus rien ressentir. Mais en dépit de toutes ces souffrances, de toutes ces angoisses, il n'avait jamais connu une sensation pareille.

Un détachement total, une impression de flotter, comme si rien ne le rattachait plus à la terre. Chaque pas qu'il faisait en direction de l'auditorium Galilée lui paraissait irréel, comme s'il marchait avec des bottes magiques. Ses pensées étaient confuses. Ses sentiments aussi. Il avait l'impression d'évoluer dans un rêve, un rêve extrêmement détaillé. Il le pressentait : tout ce qu'il avait connu et voulu connaître jusqu'ici était sur le point de disparaître à tout jamais.

Lorsqu'ils arrivèrent à l'amphithéâtre, il s'arrêta, pétrifié devant la scène qui s'offrait à lui. Partout dans les gradins, les habitants de l'île gisaient les uns sur les autres, pêle-mêle, par centaines. Est-ce qu'ils étaient tous morts ?

— Ils sont juste endormis grâce à ce qu'on a mis dans le vin, le rassura Sadina en lui attrapant le bras. Cette Kletter a ramené la drogue de son bateau et l'a donnée à ma mère. C'est comme ça qu'elle a endormi ses compagnons. Elle a dit qu'au départ, elle n'avait pas l'intention de les tuer mais qu'elle avait fini par se résoudre à les achever.

— Et on est censés lui faire confiance ?

— Je fais confiance à ma mère. C'est la seule chose qui compte. Et une fois qu'on t'aura expliqué *pourquoi* on tient à partir avec Kletter, je crois que tu verras les choses comme nous, toi aussi.

Isaac fit un geste pour indiquer les corps inanimés.

— Et eux ?

— Elle a promis qu'ils se réveilleraient dans une dizaine d'heures.

Tous n'avaient pas absorbé la drogue : plusieurs membres du Congrès étaient en grande discussion avec Mme Cowan, et il y avait aussi quelques personnes qui n'avaient pas pris de vin. Elles semblaient sous le choc et passablement énervées. Il y avait de quoi.

— Elle a *promis* ? répéta Isaac. Une meurtrière à moitié folle qu'on connaît depuis quatre jours ? Super.

Sadina lui lança un regard de reproche.

— Elle n'a rien d'une folle, je t'assure. En plus, ma mère a testé la drogue hier soir. Elle a dit qu'elle n'avait jamais aussi bien dormi.

Ils se dévisagèrent un moment, puis Isaac se mit à rire et Sadina l'imita. Isaac se sentit mieux.

Quand ils se calmèrent enfin, il demanda :

— Et donc, quoi ? Vous voulez que j'embarque avec vous à bord de ce rafiot, et vogue la galère jusqu'au pays des fondus et de la Braise ? C'est ça, votre plan ?

— Attends de connaître toute l'histoire. Trish et moi, on n'allait pas partir sans toi. Fais-nous confiance. Et puis, ma mère et les autres ont tout prévu. Ils vont se débrouiller pour faire croire que c'est Kletter qui a drogué tout le monde et qu'elle nous a pris en otages. Comme ça, quand on reviendra – parce qu'on reviendra, tu peux me croire –, on pourra dire que tout était sa faute. Allez, viens.

Elle le prit par la main et l'entraîna vers sa mère. Celle-ci était en train d'aboyer des ordres comme un vrai sergent instructeur. Isaac était bien content de sentir la main de son amie autour de la sienne, d'être tenu par quelqu'un qui n'était pas sur le point de s'évaporer et de disparaître, au contraire du monde qu'il avait toujours connu.

6

Kletter, qui fermait la marche, paraissait déjà avoir repris six ou sept kilos. Isaac ne pouvait s'empêcher de l'observer à la dérobée toutes les deux minutes. Sa peau sombre luisait, ses yeux n'étaient plus aussi enfoncés dans leurs orbites, plus aussi désespérés. Lavée, vêtue de propre, bien nourrie, elle était très différente de la pauvre créature fragile qu'Isaac et Miyoko avaient sortie de l'eau. Elle faisait penser à Mme Cowan, comme si deux jumelles en force et en volonté étaient enfin réunies. Elle tenait aussi une arme imposante qui jetait des étincelles bleutées par endroits, une arme comme personne n'en avait jamais vu auparavant sur leur petite île. Avec ça, elle semblait de taille à se mesurer à la mère de Sadina.

Isaac et une douzaine d'autres – dont Carson, Jackie et Lacey du côté ouest de l'île –, chargés de provisions et de matériel dans des sacs de grosse toile, marchaient d'un pas régulier en direction de la plage où les attendait le *Taille-Labyrinthe*. Malgré l'impression qu'on lui avait tiré brusquement le tapis sous les pieds, que son avenir avait été radicalement bouleversé par ces gens, Isaac n'éprouvait aucune peur. Juste cette espèce de détachement étrange, d'engourdissement indéfinissable, qui neutralisait l'angoisse et la crainte qu'il aurait dû ressentir.

— Pourquoi est-elle armée ? demanda-t-il à Trish pendant que Sadina allait chercher des instructions auprès de sa mère. D'abord on la laisse droguer nos amis, et maintenant on la laisse se balader avec ce truc dans les mains ? On dirait une arme sortie d'un arsenal martien.

— Tu sais pourquoi, répliqua Trish.

— Pour donner l'impression qu'elle nous a kidnappés, grommela-t-il sans cacher le scepticisme que lui inspirait cette idée.

— Exactement, Isaac. C'est pour ça. Tout le monde n'est pas endormi, tu sais ?

— Je trouve simplement qu'on lui fait beaucoup trop confiance.

— Amen, dit Miyoko qui se tenait juste derrière lui avec Dominic.

Trish haussa les épaules.

— Tout ce que je peux vous dire, c'est qu'après avoir parlé avec Sadina et sa mère, je suis convaincue qu'elles ont raison. Et puis, c'est excitant d'embarquer pour une destination inconnue, non ? Si vous tenez à rester ici, faites-le. Mais vous devriez les écouter d'abord.

— Je ne demande que ça.

— Je suis d'accord avec Trish, intervint Dominic. Cette bonne femme peut bien manger des chatons au petit déjeuner, je m'en fiche. Je ne vais pas rester coincé ici alors que j'ai une chance de m'en aller.

Isaac pivota et s'avança jusqu'à lui.

— Et ça ne te dérange pas de savoir que ton père se réveillera dans quelques heures, qu'il te cherchera partout, et que tu ne le reverras sans doute plus jamais ?

— On va revenir, mec. Tout ira bien. Ce n'est pas comme si on partait sur la Lune.

Trish prit Isaac par le bras et l'attira vers elle.

— D'après Kletter, il y a de bonnes chances que Sadina ait quelque chose dans son sang, de l'ADN ou je ne sais quoi, qui permette de créer un remède contre le dernier variant de la Braise. Alors oui, on part à l'aventure, mais c'est pour la bonne cause !

Miyoko ricana.

— J'ai l'impression que l'histoire se répète. Ce n'est pas déjà pour ça que nos prédécesseurs ont été enlevés et maltraités au point d'être obligés de s'enfuir ? Parce que quelqu'un pensait pouvoir découvrir un remède ?

Isaac n'était pas fâché de la voir le rejoindre dans le camp des sceptiques.

— Ça n'a rien à voir, rétorqua Trish. On part volontairement, et Kletter est immunisée, tout comme nous. Enfin, en principe. Apparemment, ils veulent nous faire passer des examens médicaux complètement différents des analyses cérébrales que devaient endurer les blocards. Elle a employé le mot « physiologique ». Par opposition à « psychologique », j'imagine. Bref, elle vous détaillera tout ça mieux que moi.

— J'espère, dit Dominic. Parce que tu es vraiment nulle pour les explications.

— Ouaf, ouaf, répliqua Trish.

Personne ne savait ce qu'elle voulait dire par là quand elle faisait ce bruit.

Le poids qui pesait sur la poitrine d'Issac commençait à se dissiper. Cette idée de partir à l'aventure lui plaisait au plus haut point. C'était terrifiant, oui, mais aussi très excitant de se dire qu'ils allaient découvrir des rivages inconnus, ce dont il n'avait encore jamais osé rêver. Et puis, plus de soixante-dix ans avaient passé depuis que les blocards avaient fui l'Apocalypse. La situation avait dû changer dans l'ancien monde, s'améliorer sensiblement. Restait toutefois une chose qui lui trottait dans la tête : Kletter était arrivée à moitié morte de faim, à bord d'un bateau jonché de cadavres. De gens qu'elle avait tués.

Il se remit en marche, regrettant de ne pas pouvoir éteindre son cerveau en appuyant sur un interrupteur.

7

Ils se rassemblèrent à l'arrière du bateau, sur le pont où, quelques jours plus tôt, gisaient de nombreux corps sans vie. Depuis, quelqu'un – Isaac ignorait qui – avait pris la peine d'évacuer les cadavres et de tout nettoyer. Une image grotesque lui vint en tête, celle de pirates armés de seaux et de serpillières en train de lessiver le pont en chantant.

— Je sais piloter ce bateau, annonça Kletter aux personnes sélectionnées pour le voyage. (Même s'il ignorait *comment* on les avait choisis, Isaac était bien content de pouvoir compter sur la présence de ses amis. Kletter avait rangé son arme monstrueuse dans un coffre qui fermait à clé, peut-être pour leur montrer qu'elle ne représentait pas une menace.) Mais je vais avoir besoin d'aide, et vous allez devoir apprendre sur le tas. Nous aurons normalement assez de carburant pour le retour, vous avez apporté suffisamment de provisions, et avec un peu de chance ce rafiot tiendra le coup jusqu'à notre arrivée.

— Et c'est où, ça ? demanda un dénommé Alvarez.

C'était un grand brun décharné qui affichait en permanence un sourire réjoui. Isaac ne le connaissait pas très bien, mais il faisait partie des membres du Congrès qui avaient soutenu Mme Cowan.

— Los Angeles, répondit Kletter. (Isaac en avait entendu parler mais ça ne lui évoquait pas grand-chose.) C'est là que nous avons installé nos cliniques, à bonne distance de la Tête de Dieu en Alaska et de la Nation Restante dans les plaines du Nord.

Voyant leur air perplexe, elle ajouta :

— Ne vous en faites pas, je vous expliquerai tout ça pendant la traversée.

« La Tête de Dieu ? pensa Isaac. La Nation Restante ? » Il ne savait pas trop si cela lui semblait prometteur ou inquiétant. Dans quoi allaient-ils encore se fourrer ?

— Nos amis ne devraient plus tarder à se réveiller, prévint Mme Cowan. Notre décision est prise, alors ne traînons pas. Wilhelm, récupérez la planche.

— Attendez ! leur cria quelqu'un depuis la plage, alors que Mme Cowan se préparait à hisser la passerelle en bois qui leur avait permis de monter à bord. Vous alliez partir sans moi, hein, bande de petits morveux ? Aidez-moi à escalader cette plonkerie !

Isaac se pencha par-dessus bord. Les autres l'imitèrent. Et restèrent bouche bée comme lui. Mme Cowan s'avança, stupéfaite, elle aussi. Un vieillard, à la peau aussi brune que ses cheveux étaient blancs, dans une forme éblouissante pour un homme de son âge, avait posé le pied sur la passerelle.

— Pas la peine de discuter, les prévint-il. Je viens et c'est tout. Si je meurs pendant le trajet, eh bien, glory, glory hallelujah, et amen !

Il rit de bon cœur puis, sans plus attendre un coup de main qui ne venait pas, gravit la passerelle d'un pas alerte. Comme s'il avait rajeuni de quarante ans à la perspective d'un voyage en mer. D'une dernière aventure.

— Et ben, ça alors ! souffla Dominic.

Papy Poêle-à-frire venait avec eux.

Deuxième partie

EAU ET TERRE

Quand j'essaie d'envisager l'avenir, tout ce que je vois, c'est le passé. Un passé qui n'avait rien de merveilleux ; un avenir que je ne connaîtrai jamais. Cela n'a pas beaucoup de sens mais qu'est-ce que ça sonne bien, pas vrai ?

— *Le livre de Newt* —

Chapitre 6

Dessous et au-dessus

1

Alexandra

Elle se tenait assise dans l'air froid et humide du… *dessous*. En dessous de tout ce qui se trouvait au-dessus, au-delà de la pierre, du béton et de l'acier, au-delà de la frontière de ce qui était et de ce qui serait. Quelque part, encore plus haut, hors de vue pour l'instant, le vrai ciel se courbait comme un dôme, triste et pluvieux, bouché par de gros nuages gris. Comme s'il préparait la réplique du déluge qui avait apporté la misère aux habitants du dessous.

Une semaine avait passé depuis qu'elle avait rencontré Mikhail ici même, devant la Boîte. Une semaine depuis ses révélations et ses annonces. Une semaine depuis le retour de Nicholas Romanov le Très Glorieux, Dieu de Tout Ce Qui Marche, l'Un au-dessus des Deux, Celui Qui Voit, le Fer de Lance… et ainsi de suite.

« Plutôt l'Âne des Ânes, à mon avis », pensa-t-elle. Oh, elle attendait avec impatience le jour où elle pourrait enfin le lui dire en face. Car ce jour viendrait. Bientôt. Ce bouffon se donnait vraiment trop d'importance. Mais pas encore. C'était lui qui avait tous les atouts en main, sinon toutes les cartes, et pour l'instant elle devait jouer en finesse, se plier à ses règles. En attendant le bon moment.

Son moment.

Alexandra frissonna. La Boîte avait été ouverte et on en avait retiré son précieux artefact, au beau milieu de la nuit. À moins que Mikhail ne se soit entendu en secret avec Nicholas – ce qui était tout à fait possible, elle ne se faisait aucune illusion à ce sujet –, ils avaient un sérieux problème. Plusieurs décennies d'efforts à protéger la Boîte et son contenu, à traquer ceux qui osaient mentionner à voix haute leurs rêves impies. À pourchasser les mots qui s'écoulaient comme un filet de bave de leur bouche tordue, entre leurs ronflements, grognements et geignements de dormeurs grisés par des espoirs déloyaux.

Tous les citoyens, quels que soient leur pedigree, leurs accomplissements, leur degré d'instruction ou leur fidélité… tous étaient traités de la même manière. La Tête de Dieu aimait son peuple, mais elle tenait avant tout à assurer sa survie. Et peut-être y avait-il une forme d'ironie là-dedans mais pour qu'elle puisse survivre, avec des sujets qui puissent bénéficier de son amour, de sa grâce et de sa beauté, d'autres devaient mourir. Ceux qui manifestaient du désaccord. Du ressentiment. De la rébellion. En clair, ceux qui n'avaient pas foi en l'immense bond en avant que la Tête de Dieu préparait pour l'humanité. Depuis des décennies. C'était aussi clair que ça.

Lassée de ces réflexions, Alexandra s'agita sur son siège de pierre et baissa les yeux vers la Boîte béante. Les portes coulissantes s'étaient escamotées dans leur logement. L'intérieur était plongé dans une noirceur totale, une anti-lumière, qui semblait menacer de se répandre comme une substance huileuse qui détruirait toute clarté sur son passage.

Alexandra se leva et s'avança jusqu'au bord du trou. Impossible d'en distinguer la profondeur dans cette obscurité. Mais ses serviteurs y étaient descendus, ils avaient tout fouillé dans les moindres recoins, sans rien trouver. Elle essaya de s'éclaircir la voix pour se débarrasser de l'impression d'avoir une scie de glace coincée dans la gorge ; chacune de ses respirations était douloureuse. Il fallait qu'elle s'en aille. Immédiatement. La dignité de la Tête de Dieu devait passer avant tout, même avant ses propres désirs. Pour l'instant. Elle ne pouvait pas se permettre de montrer la moindre faiblesse.

Mikhail lui avait promis. *Promis.* Il avait juré de ne pas ouvrir la Boîte jusqu'à ce que lui, Nicholas et elle se soient réunis pour en discuter, pour élaborer une stratégie. Elle considérait que c'était trop tôt, qu'ils n'étaient pas encore prêts, et elle se faisait fort d'en convaincre Nicholas à défaut de pouvoir persuader un Mikhail de plus en plus fanatique. Par ailleurs, les décisions de la Tête de Dieu étaient censées se prendre à l'unanimité. L'unanimité ou rien. C'était leur credo depuis toujours, et ç'aurait dû le rester. De fait la Boîte n'aurait *pas* dû être ouverte. Point final. Non seulement elle n'avait pas donné son accord, mais on ne lui avait même pas demandé son avis – pas Nicholas, en tout cas. Pas leur chef.

« Ils sont en train de me court-circuiter. »

Pensée terrible. Abominable, insupportable. Mais qui tournait en boucle dans son esprit, comme une chose tangible, palpable. Elle pouvait presque la voir flotter dans son champ de vision. Qu'avait-elle fait ? Quelle erreur avait-elle commise ? Pourquoi Nicholas l'évitait-il, trouvait-il des prétextes pour ne pas lui parler ? Son monde glorieux semblait s'écrouler, se déliter autour d'elle.

Elle entendit quelqu'un toussoter.

Son serviteur, Flint, ainsi que plusieurs membres de la Garde évolutionnaire, patientaient à une centaine de mètres, sous un vieil arbre desséché depuis soixante-dix ans. Elle n'eut pas besoin de se retourner pour savoir qu'ils étaient en train de scruter la caverne du Labyrinthe avec des yeux émerveillés. Aucun d'eux n'était jamais descendu ici auparavant. Alexandra avait enfreint une règle sacrée en les amenant avec elle, sans parler du danger. Debout devant la Boîte béante, qui était restée fermée pendant si longtemps, elle se dit que d'autres règles sacrées risquaient d'être enfreintes dans un avenir proche. Très proche.

Elle endossa de nouveau le rôle qu'elle avait joué presque toute sa vie. Redressant la tête, elle afficha un mélange de rage et de confusion en puisant les ressources nécessaires dans la discipline de l'Embrasement. Elle retourna auprès de son escorte d'un pas martial et savoura la peur qu'on lisait dans leurs yeux. D'une voix étonnamment sonore pour une personne aussi menue, elle lâcha un flot de paroles inspirées, incompréhensibles, soigneusement choisies pour n'avoir aucun sens mais frapper de terreur ceux qui les entendaient.

Les hommes se mirent au garde-à-vous puis s'empressèrent de lui emboîter le pas, docilement, sans faire le moindre commentaire.

Nicholas n'en perdait pas une miette, elle en était convaincue.

Avec un peu moins de maîtrise, elle aurait pu sourire. Mais elle s'abstint.

Elle fulminait. Elle avait besoin d'être seule.

— Flint, je vous donne votre soirée. Quartier libre pour tout le monde.

Ils partirent, laissant le Labyrinthe derrière eux.

2

Isaac

La terre : aussi intimidante qu'une planète étrangère.

Cramponné à la rambarde rouillée, aspergé par les embruns chaque fois que la proue du bateau s'enfonçait dans les vagues, Isaac contemplait avec fascination un monde nouveau qu'il ne connaissait que par ouï-dire. Grâce aux histoires racontées au coin du feu, au milieu des ombres dansantes chargées des souvenirs du passé. De ses horreurs et de ses craintes, qui avaient remplacé une joie désormais révolue.

« Un vrai boute-en-train, pensa-t-il. Tu ferais un malheur dans les soirées. S'il y en avait encore. »

Une longue plage de sable les attendait, au bout d'une côte que l'océan avait érodée avec une patience infinie. Au-delà, Isaac s'attendait à retrouver ce qu'il avait vu toute sa vie : des forêts verdoyantes et des pics volcaniques à l'horizon. Au lieu de quoi il contemplait les vestiges de la domination humaine, des blocs et des colonnes à perte de vue, des bâtiments en compétition les uns contre les autres, à qui serait le plus haut ou le plus laid. Il avait entendu parler de villes toute sa vie, il en avait même vu quelques photos dans les rares livres qu'ils possédaient sur leur île, mais rien ne l'avait préparé à ce qui s'étalait devant ses yeux.

Une ville. Une vraie ville, tout en verre, en béton, en bois et en métal, dont chaque élément reflétait le soleil avec une léthargie empreinte de lassitude. Même s'il n'avait jamais connu de rues animées et bruyantes, Isaac voyait bien que cet endroit était mort. Les hommes qui le peuplaient autrefois avaient disparu et la nature reprenait ses droits. Plus ils se rapprochaient du rivage, plus il voyait d'arbres, de plantes grimpantes et de mousse dans les moindres recoins.

— *Home, sweet home* ! s'écria quelqu'un derrière lui, dont la voix se perdit dans le fracas des vagues.

Isaac ne se donna pas la peine de se retourner. Il était bien décidé à être le premier à bord à repérer un…

« Fondu. »

Ce mot était remonté du fond de son cerveau, de ses régions les plus noires. Il n'y pensait pas sur l'instant ; il aspirait simplement à voir d'autres personnes, du mouvement, un signe de vie.

Mais c'était le mot « fondu » qui lui était venu en tête, un terme qu'il associait à tous les malheurs du monde, aussi clairement que si quelqu'un l'avait gravé dans la pierre de son subconscient. Un mot abominable, évocateur du croque-mitaine, qui réveillait des images d'yeux injectés de sang, de dents cassées, de membres déchiquetés – autant de choses qu'il n'avait jamais vues, mais qu'on lui avait décrites. Et qu'il avait l'impression de visualiser à présent, depuis les tréfonds de son être d'où ce mot hideux avait surgi.

Contre toute logique, il avait espéré ne jamais croiser ce genre de créature dans ce nouveau monde inconnu où Kletter et son vieux rafiot l'avaient conduit. Il grimaça, malgré la satisfaction d'en avoir enfin terminé avec la nausée. Car il avait passé la traversée à rendre par-dessus bord ses repas à moitié digérés, pour le plus grand plaisir des poissons.

Il n'en pouvait plus. Il était impatient de débarquer, même si c'était pour tomber sur un comité d'accueil de fondus affamés.

— C'est dingue, tu ne trouves pas ? lui cria Sadina à l'oreille, ce qui le fit sursauter. Qui aurait cru qu'on se retrouverait ici ? De retour dans le monde.

Isaac s'efforça de se détendre, agacé par sa propre nervosité. Mais la suite probable des événements ne lui inspirait rien de bon. Sadina se laissa tomber à côté de lui, glissa les jambes sous la rambarde et les balança dans le vide au milieu des embruns.

— Tu vas te mouiller, prédit-il d'un ton sinistre, alors qu'il était lui-même trempé de la tête aux pieds. Tu vas attraper la crève.

— Ou la Braise, renchérit-elle. Il paraît que c'est un problème dans le coin.

Jusqu'à cet instant, Isaac n'avait pas pleinement réalisé à quel point il était d'une humeur exécrable. Toute l'excitation d'être enfin parvenu à destination semblait s'être dissoute dans l'eau salée. Les dangers qui les attendaient étaient si nombreux. Pas seulement les fondus, mais aussi le fichu virus qui les avait rendus comme ça ! Qui pouvait affirmer qu'ils étaient immunisés ? Pas Kletter, en tout cas. Elle avait beau se comporter en Mme Je-sais-tout, chacune des réponses qu'elle leur donnait soulevait aussitôt une centaine de questions. Par ailleurs, elle n'était pas complètement rétablie, ce qui n'arrangeait rien.

— Souris un peu, Isaac, l'encouragea Sadina. On sera à terre dans moins d'une demi-heure, et à te voir, on croirait que c'est la fin du monde.

Cela lui valut un regard noir bien mérité.

— D'accord, l'expression est mal choisie, bougonna-t-elle en tâchant d'effacer son sourire.

Que diable trouvait-elle d'aussi réjouissant dans leur situation ?

— Je suis juste un peu nerveux, concéda-t-il. Un peu anxieux.

— Moi aussi. Je suis tout excitée. Et j'ai peur. Je voudrais bien savoir où on met les pieds.

Ils avaient largement eu le temps d'en discuter pendant la traversée. Deux semaines à naviguer sur une mer houleuse, à tenter de soutirer tant bien que mal des informations à Kletter. Mais dans l'ensemble, ils avaient peu d'éléments concrets à se mettre sous la dent. Combien y avait-il de survivants sur toute la planète ? Combien d'entre eux étaient malades ? La Braise s'était-elle éteinte d'elle-même ? Restait-il des fondus ? Ils ne pouvaient pas en vouloir à Kletter de ne pas détenir toutes les réponses, elle-même avait mené une vie plutôt confinée. Assez représentative, selon elle, de la civilisation actuelle. Toujours en vie, mais isolée.

Isaac ouvrit la bouche pour dire quelque chose, hésita, puis se jeta à l'eau.

— Je n'arrête pas de penser aux fondus.

Sadina ne répondit pas tout de suite. La plage n'était plus qu'à un kilomètre désormais ; la ville se dressait au-delà comme les dents gâtées d'un dieu malade. L'air sentait l'iode, la pourriture et les détritus.

— Je ne pense pas qu'on en verra, finit-elle par lâcher. Pas comme ceux auxquels ont échappé nos grands-parents, en tout cas. Pas ceux qui étaient… au bout du rouleau. S'il en reste, ça doit être des descendants bien moins atteints.

Isaac frissonna, et pas uniquement à cause de l'eau froide et du vent.

— Par les cloches de l'enfer, murmura-t-il.

Il ne savait pas trop ce qu'il entendait par là. Mais cela correspondait très bien à ce qu'il ressentait.

3

Kletter n'avait pas montré de grandes dispositions de pilote pendant la traversée et n'en montra pas davantage au moment d'accoster. Le flanc du bateau vint heurter violemment un long quai en béton puis le racla jusqu'à ce que la friction finisse par l'arrêter. Carson et Dominic, qui avaient remonté leurs jambes juste à temps pour éviter de se faire écraser, reprirent leurs esprits et sautèrent sur le quai pour amarrer le bateau. Isaac venait d'éprouver une telle frayeur qu'il en oublia momentanément les fondus, le virus et tout le reste.

Mais ensuite un silence pesant s'abattit sur eux, que seul le clapot des vagues contre la coque venait troubler. Rien ne bougeait aux alentours. Pour la première fois de leur vie, Isaac et ses amis débarquaient dans le monde « réel ». Celui dont on leur avait parlé toute leur enfance. Celui qui avait fini dans les latrines de l'Apocalypse.

Personne ne dit un mot. Kletter, qui avait repris du poil de la bête depuis son arrivée sur l'île mais restait affaiblie et décharnée, sortit de la cabine du capitaine qu'elle n'avait quasiment pas quittée pendant la traversée. Elle s'avança jusqu'à la rambarde et sauta sur le quai en béton fissuré de partout, couvert d'impacts, comme si une créature géante l'avait attaqué à coups de crocs. Elle resta plantée là une bonne minute, frissonnante, la tête basse, les mains coincées sous les aisselles. Isaac et les autres l'observèrent, comme si ce nouveau monde était une église et qu'ils attendaient qu'elle entame une sorte de cérémonie.

Papy Poêle-à-frire rompit le charme.

— Et alors, qu'est-ce qu'on attend ? Il faut que j'aille pisser un coup et j'aimerais bien trouver un arbre pour ça. Ça me changerait.

Quelqu'un ricana. À sa grande surprise, Isaac s'aperçut que c'était Kletter.

Elle se tourna vers eux.

— Eh bien, venez, leur dit-elle. Croyez-moi, je suis la première ravie d'être de retour en Amérique du Nord. Je vais prendre un bain qui durera trois jours et m'envoyer six ou sept conserves de chili. Et vous oublier cinq minutes.

Sur cette bénédiction fort peu religieuse, elle s'éloigna vers l'intérieur des terres. Papy Poêle-à-frire fut le premier à lui emboîter le pas.

Puis les autres suivirent, tous en même temps.

4

— C'était Los Angeles, autrefois, déclara Kletter. Enfin, ça l'est toujours, j'imagine. La cité des anges défunts.

Ils marchaient sur une route jonchée d'ordures, aussi vieille et crevassée que le quai. Des carcasses de métal et de verre à quatre roues – parfois plus, parfois moins – traînaient un peu partout, comme des jouets oubliés. Des voitures. Des camions. Des motos. Des vélos. Les parents et grands-parents d'Isaac lui avaient rebattu les oreilles avec l'ancien monde, mais cela n'atténuait pas le choc de le découvrir de ses yeux. C'était spectaculaire.

Des bâtiments se dressaient un peu partout, de plus en plus hauts et imposants à mesure qu'ils s'éloignaient de la plage. Tous portaient les stigmates de l'abandon, de la destruction, de l'érosion, de la décrépitude : vitres cassées, traces de suie, plantes grimpantes qui s'insinuaient dans tous les coins… Au loin, dominant la partie principale de la ville, un groupe d'immeubles s'élevait à une hauteur fantastique, jusqu'à toucher le…

— Des gratte-ciel, souffla Isaac. Ce sont des gratte-ciel.

Il devait sans doute paraître un peu stupide mais s'en fichait pas mal.

Mme Cowan, Papy Poêle-à-frire, et même Wilhem et Alvarez – les deux membres du Congrès qui s'étaient laissé convaincre de participer au voyage – étaient tout autant impressionnés que les jeunes. Eux aussi restaient bouche bée.

Isaac jeta un coup d'œil à ses amis, savourant leur émerveillement.

Sadina et Trish, bras dessus, bras dessous, pivotaient lentement sur elles-mêmes pour détailler la vue. Miyoko fixait un bâtiment en particulier – un édifice gigantesque, qui ressemblait au bras d'un dieu – comme si elle était résolue à analyser l'une après l'autre toutes les constructions des environs avec le plus grand soin. À côté d'elle, Dominic lançait des regards dans toutes les directions ; peut-être avait-il peur de manquer un détail. Ceux de la côte ouest qui les avaient rejoints, et qui étaient devenus membres honoraires de la côte est aux yeux d'Isaac – à savoir Carson, Jackie et Lacey –, n'étaient pas en reste. Carson, surtout, malgré sa carrure de colosse, ressemblait à un gamin dans un magasin de jouets, des étoiles plein les yeux. Jackie, qui manipulait machinalement sa longue tresse, pivotait elle aussi pour tenter de tout voir à la fois. Lacey, la plus petite des trois, avait les bras croisés et affichait un air méfiant, comme si elle refusait de croire à la réalité de ce qui l'entourait.

— C'est dingue, murmura Trish. Je n'en reviens pas.

— Comment pouvait-on faire fonctionner un endroit pareil ? demanda Jackie. L'eau, l'électricité, les égouts, les ordures… Franchement, vous imaginez le cauchemar logistique… ?

Elle laissa la fin de sa phrase en suspens.

Miyoko leva les bras vers le ciel avant de les laisser retomber.

— Nos grands-parents nous avaient caché ça. C'est drôlement plus cool que ce que j'avais imaginé.

Cette remarque hérissa Papy Poêle-à-frire.

— Vous croyez qu'on menait la grande vie ? C'était déjà la fin du monde quand on était gamins. Si aucun de nous n'a eu envie de s'asseoir au coin du feu pour vous parler du bon vieux temps, c'est parce que le bon vieux temps s'était déjà fait la malle avant que je salisse ma première couche.

Kletter poussa un soupir.

— Je crois qu'on tomberait *tous* à la renverse si on pouvait voir cet endroit avant la Braise. Imaginez un peu les lumières, la musique, les klaxons, et des gens partout en train de marcher, de rire ou de manger. Je donnerais mon pied gauche pour pouvoir remonter le temps.

Cette évocation du passé fit paraître le présent d'autant plus silencieux et sinistre. En dehors du cri des mouettes, du murmure lointain de l'océan et du froissement des feuilles mortes balayées par le vent, la ville était une tombe.

— Est-ce qu'il… y a encore des gens par ici ? demanda Miyoko.

« Des fondus, pensa Isaac. Elle veut dire des fondus. »

Kletter soupira de nouveau ; mais peut-être était-ce simplement sa façon de respirer.

— On ne sait pas exactement ce qui s'est passé dans le coin. Il y a des traces d'inondations, des ossements partout, les dégâts sont énormes. Mais il ne reste plus personne, non. Je crois que les derniers survivants ont dû partir il y a quelques dizaines d'années. C'est pour ça que moi et les autres nous sommes installés au sommet d'une colline à proximité. Parce qu'on avait l'endroit pour nous tout seuls. Même si ça ne ressemble plus à rien. Dans certaines villes, on trouve encore des boutiques, des hôpitaux, des services qui fonctionnent. Enfin, à ce qu'il paraît. Mais pas chez nous.

— Et il y a quoi, chez vous ? demanda Alvarez, personnage taciturne qui ne parlait pas souvent.

Kletter lui jeta un regard sévère comme s'il venait de dire une énormité.

— Sadina… vous tous… à votre avis, pourquoi est-ce que je me suis donné tant de mal pour vous amener jusqu'ici ? Et pourquoi…

Elle se détourna brusquement sans terminer sa phrase. Ce n'était pas nécessaire ; ils savaient tous à quoi elle pensait. À ses amis, ou associés, ou compagnons de bord, qu'elle avait tués afin de revenir avec des habitants de l'île.

— Peu importe, lâcha-t-elle enfin. Vous êtes venus librement. Vous comprendrez mieux une fois qu'on sera à la Villa. C'est à deux jours de marche environ.

Isaac et ses amis échangèrent des regards surpris. Personne ne dit un mot, mais leurs yeux trahissaient tous le même trouble. L'atmosphère s'était alourdie d'un coup, comme si leur impatience à débarquer leur avait fait oublier ce qui les attendait. C'était faux, bien sûr. Isaac avait passé de nombreuses nuits à se retourner dans sa couchette, à penser à l'ancien monde et aux terreurs qu'il recelait. Et voilà qu'à présent, ils se retrouvaient en plein dedans.

Mme Cowan prit la parole :

— Toute notre vie, nous avons entendu un tas d'histoires à propos des gens qui contractaient la Braise. Des fondus, ou quel que soit le nom qu'on leur donne. Faut-il s'attendre à en voir débouler au coin de la rue ? Ou surgir des égouts ? Ou nous sauter dessus du haut d'un arbre ?

En entendant ces questions, Isaac frissonna de la tête aux pieds. Il se réjouit néanmoins que quelqu'un ait pris la peine de formuler ses propres craintes. Il ne fut pas le seul à se tourner vers Papy Poêle-à-frire, dont l'expression demeurait indéchiffrable. Que devait-il penser, lui qui était le seul du groupe à avoir eu le privilège de côtoyer des fondus ?

Kletter secoua la tête d'un air las.

— Vous me prenez pour un puits de science, hein ? J'en sais à peine dix pour cent de plus que vous sur ce monde, et encore. Mais autant que je sache, dans cette ville en tout cas, les fondus appartiennent au passé. Je n'en ai jamais vu. Pas un seul.

— Alors on est en sécurité, conclut Dominic.

Kletter s'esclaffa, et son rire résonna entre les ruines pendant cinq bonnes secondes. Après quoi son sourire disparut d'un coup, comme si elle l'avait effacé avec un chiffon.

— Oh non, mon garçon, tu n'es pas en sécurité. Tu ne seras plus jamais en sécurité. Allons-y, maintenant.

5

Ce fut une longue marche, par des rues jonchées de gravats et de mauvaises herbes, entre des bâtiments à moitié écroulés, sous un ciel qui sombrait lentement dans le crépuscule. Les carcasses rouillées des anciens véhicules rappelaient que l'endroit avait été habité autrefois. Malgré les roues défoncées, les vitres cassées et la peinture qui s'écaillait, leur fonction demeurait évidente : transporter des gens qui n'existaient plus. Les bâtiments prenaient des allures de décor naturel, comme s'ils étaient des collines et des pics, percés de grottes innombrables qui plongeaient dans les entrailles de la terre.

Alors qu'ils s'approchaient de monticules couverts de broussaille, Isaac renifla à plusieurs reprises des relents nauséabonds qui lui rappelaient leur voyage en mer. Il comprit qu'il s'agissait de cadavres, de chair en décomposition.

« Des animaux, se dit-il, bien que peu convaincu. Sûrement. Cette ville est abandonnée depuis trop longtemps pour qu'il s'agisse de… gens. »

De fondus, lui souffla une petite voix intérieure.

Ne se contenant plus, et pour briser le silence, il s'adressa aux éminents membres du Congrès – lesquels auraient tous eu besoin d'un sérieux décrassage.

— Qu'est-ce qui vous a décidés à faire ça ?

Mme Cowan se tourna vers lui, arrachée à ses réflexions.

— Faire quoi ?

Malgré le respect qu'elle lui inspirait, Isaac ne put masquer sa désapprobation.

— Tout ça, répondit-il avec un geste englobant ses amis, la ville. Vous opposer au reste du Congrès et nous conduire ici.

La mère de Sadina haussa les épaules.

— Ça nous a paru la meilleure chose à faire. Sonya, la célèbre Sonya, était la grand-mère de Sadina. Et Kletter dit que c'est très important.

— On sait déjà tout ça, Maman, intervint Sadina, mais il y a forcément eu autre chose. Pour vous trois.

Wilhelm était le plus vieux et le plus bougon des membres du Congrès, celui qui avait dû rêver dans son enfance de faire main basse sur l'île et d'en devenir un jour le dictateur. C'est pourquoi sa réponse étonna Isaac.

— J'en avais marre de cet endroit, déclara le vieil homme chauve au visage fatigué. Je vais être franc avec vous. Je me fichais pas mal des explications de Kletter. J'ai vu ça comme une occasion de découvrir le monde, de quitter l'île. C'était une prison pour moi. Ça l'a toujours été.

— Pareil, approuva Alvarez, aussi peu loquace qu'à l'accoutumée. Pareil.

— Et toi, Maman ? voulut savoir Sadina.

Mme Cowan haussa les épaules.

— Il y avait peut-être un peu de ça. Ou beaucoup, je ne sais pas. Mais s'il existe la moindre chance qu'un échantillon de ton sang puisse changer le monde pour le meilleur, nous devons la saisir. Et je sais que tu es d'accord avec moi, ma chérie. Nous en avons suffisamment discuté.

Sadina hocha la tête, puis serra brièvement sa mère dans ses bras.

— Vos doutes seront bientôt dissipés, leur promit Kletter. Si ça peut vous rassurer, quand on atteindra la Villa, vous pourrez me coller un couteau sous la gorge et me liquider à l'instant où vous penserez que je vous ai trahis. Ça ne m'inquiète pas. Vous allez vite comprendre que vous avez eu raison de m'accompagner.

« La Villa ». Depuis un moment elle avait commencé à désigner ainsi leur mystérieuse destination, comme s'ils étaient en route vers un coin de campagne italienne avec un vignoble à flanc de colline.

Lacey les surprit en répondant :

— D'accord, je le ferai. Vous coller un couteau sous la gorge. (Elle haussa les épaules.) Juste au cas où.

Kletter sourit, chose encore plus rare qu'entendre Lacey prendre la parole.

— Ça me va.

Cela fit taire tout le monde.

6

Au pied des collines, la montée devint raide.

Les anciennes boutiques et commerces cédèrent la place à des habitations qui avaient dû être cossues autrefois, aux jardins envahis par une végétation rabougrie, capable de survivre avec très peu d'eau. Aux yeux d'Isaac, ces maisons avaient toutes l'air hantées. Ils s'avancèrent dans ce quartier lugubre sans dire grand-chose. Si les autres étaient comme lui, ils devaient être à bout de souffle, incapables de parler tout en marchant. Deux semaines sans rien faire à bord d'un bateau, ce n'était pas le régime idéal pour se mettre en forme, et Isaac en ressentait déjà les effets. Il respirait fort, la bouche et la gorge sèches comme du vieux carton.

— Il reste un peu d'eau à quelqu'un ? demanda-t-il d'une voix enrouée.

C'était le premier à prononcer un mot depuis au moins une heure.

— Tu n'en as pas vu assez ces deux dernières semaines ? rétorqua Miyoko.

Isaac la regarda de travers.

Elle plissa son visage en une ébauche de sourire.

— Oui, je boirais bien un coup, moi aussi.

— Il n'y a qu'à faire une pause, proposa Kletter. On pourra manger et boire tant qu'on voudra, une fois à la Villa.

« La Villa ». Encore ce nom ridicule. Mais le mot « pause » n'avait jamais semblé aussi doux aux oreilles d'Isaac, qui se dit qu'elle pouvait bien appeler sa maison comme elle le voulait.

Ils se délestèrent de leurs sacs à dos et se laissèrent tomber dans la poussière. Isaac s'éloigna un peu et trouva un vieux palmier à l'écorce usée. Il s'assit contre le tronc et ferma les yeux. Quelques secondes plus tard, il sentit qu'on le poussait doucement du bout du pied. Il ouvrit les yeux et leva la tête vers Sadina.

— Tiens, tu peux finir ma gourde, dit-elle en lui tendant le récipient.

— Vraiment ?

Il avait l'impression de respirer du sable.

Elle dévissa le bouchon et lui passa la gourde. Isaac l'accepta avec reconnaissance et but la gorgée d'eau la plus délicieuse de toute sa vie.

— Merci, dit-il en soufflant. J'étais pas loin de mourir de soif.

— Tu es vraiment une petite chose fragile. Moi aussi, remarque. Nos parents auraient dû nous préparer mieux que ça, au cas où on retournait vivre en pleine apocalypse. Avant ce voyage, à quand remonte la dernière fois où tu as eu faim ?

Elle s'assit lourdement à côté de lui. Il lui rendit sa gourde. Elle renversa la tête en arrière et but les dernières gouttes.

Isaac réfléchit à sa question.

— Certains jours, il m'arrivait de sauter le petit déjeuner tellement j'étais impatient d'aller travailler à la Forge.

Sadina ne prit pas la peine de réagir à cela. Isaac jeta un coup d'œil à Kletter, assise en tailleur au milieu de la route, le regard perdu dans le lointain. Au début, il avait cru que leur voyage en mer leur donnerait l'occasion de la connaître un peu mieux. Mais c'était le contraire qui s'était produit. Elle était plus que jamais une énigme, plus encore que le jour où ils l'avaient sortie des vagues.

— Hé.

Les pensées d'Isaac se figèrent. Quelqu'un venait de murmurer derrière l'arbre contre lequel il était appuyé. Il ne pouvait pas s'agir de Sadina. Malgré la peur qui s'insinuait en lui sur la pointe des pieds, son côté rationnel en conclut que c'était forcément quelqu'un de leur groupe. Avec une nonchalance affectée, il se pencha sur le côté pour jeter un coup d'œil derrière le tronc. Personne. Un bref regard alentour lui confirma que tous leurs compagnons se trouvaient soit sur la route, soit sur le bas-côté. Hors de portée de voix, en tout cas. Sa peur s'intensifia brusquement.

— Tu as entendu ça ? chuchota-t-il à Sadina.

Elle fronça les sourcils et secoua la tête, mais eut la présence d'esprit de lui répondre tout bas.

— Entendu quoi ?

— J'aurais juré…

— *Hé.*

Cette fois-ci, pas d'erreur. Isaac se leva d'un bond, se plaqua contre le tronc et pencha la tête sur le côté. Sadina vint se coller derrière lui. La maison devant laquelle ils se tenaient avait perdu son toit et la plus grande partie de son étage dans un incendie qui semblait assez récent. Avec le soleil qui descendait vers l'horizon, les ombres s'allongeaient sur l'habitation incendiée et son jardin envahi par les mauvaises herbes. Celui qui avait parlé pouvait se cacher n'importe où.

— Ça ne peut pas être un fantôme, murmura Sadina. Les fantômes ne disent pas « hé ! ».

Il ferma les yeux et les rouvrit lentement.

— Tu crois qu'on cherche à nous faire peur ?

— Dites à vos copains que vous allez jeter un coup d'œil dans la maison, suggéra une voix désincarnée en provenance du jardin, tout juste assez fort pour qu'ils parviennent à la comprendre. Je vous retrouve à l'intérieur. Il faut que vous entendiez ce que j'ai à vous dire.

Ils entrevirent un mouvement furtif dans les hautes herbes, une ombre indistincte. La voix lente, mesurée, de l'inconnu, convainquit Isaac qu'ils avaient affaire à un homme d'un certain âge.

Il se tourna vers les autres. Personne n'avait rien entendu. Sauf Sadina.

— Pas question d'entrer dans cette maison, prévint-elle.

Isaac était bien de son avis.

— En tout cas, Kletter s'est trompée. Ce type n'est peut-être pas un fondu, mais il y a quelqu'un dans le coin !

— Ta faculté d'analyse m'a toujours impressionnée. Viens, allons prévenir les autres.

Il la retint par le bras.

— Attends. Je… attends.

— Pourquoi ? Il faut leur dire.

Isaac commençait à avoir des soupçons, et le pire, c'était qu'il n'aurait pas su dire au sujet de qui. Kletter était bizarre, aucun doute là-dessus, mais ils lui avaient pourtant fait suffisamment confiance pour traverser l'océan en sa compagnie. Sauf que…

— Je ne sais pas, murmura-t-il. Un inconnu surgi de nulle part qui veut nous parler en secret… ça prête à réfléchir, non ?

— Tu déraillles complètement.

Il savait qu'elle avait raison – il l'avait su avant même d'entendre sa réaction. Ils devaient s'éloigner de cette maison le plus vite poss…

Une pierre vint rouler à ses pieds, lancée du jardin. Elle était enveloppée dans un bout de papier attaché au moyen d'une ficelle. On y avait griffonné quelques mots avec un morceau de charbon, à la hâte, vu l'écriture approximative.

— Qu'est-ce que c'est que ce truc ? chuchota Sadina.

Elle jeta un coup d'œil par-dessus son épaule pour s'assurer que les autres ne s'étaient rendu compte de rien.

Isaac était trop occupé à dénouer la ficelle pour lui répondre. Il défroissa le papier et l'étala au pied du palmier. Leur mystérieux interlocuteur était aussi avare de mots qu'Alvarez, mais son message était clair :

VENEZ ME RETROUVER OU ILS MEURENT.

Cette histoire allait trop loin. Isaac se releva, hissa son sac à dos sur ses épaules et resserra les sangles jusqu'à ce que le bagage fasse partie intégrante de son corps. Pendant ce temps-là, Sadina l'observait d'un air perplexe en faisant sauter la pierre au creux de sa main.

— Et maintenant ? demanda-t-elle, avec l'air de s'attendre à ce qu'il réponde par une absurdité.

— Maintenant ? répéta Isaac. Maintenant on prévient les autres, parce que ce type est en train de nous menacer.

Sadina se pencha, ramassa le bout de papier et le retourna. Un deuxième message était inscrit au verso, de la même écriture tremblotante.

SI VOUS LEUR EN PARLEZ, ILS MEURENT AUSSI.
JE VOUS LAISSE RÉFLÉCHIR ?
NON, SÉRIEUSEMENT, VENEZ ME RETROUVER.

— Je n'aime pas beaucoup son sens de l'humour, grommela Sadina, sur un ton qui aurait fait peur à leur inconnu s'il avait pu l'entendre. Allons le tuer et finissons-en.

Mais ensuite, elle fit la grimace quand la réalité de la situation la frappa en même temps qu'Isaac.

Ce dernier était paralysé par l'indécision. Sa peur n'avançait plus sur la pointe des pieds. Elle avait désormais pris ses quartiers.

— À ton avis, murmura-t-il, tout juste capable de parler. Qu'est-ce qu'on fait ?

Elle hocha la tête lentement, comme si elle réfléchissait, et la terreur qu'on pouvait lire dans son regard le rendit triste.

— On ne sait pas à qui on a affaire, Isaac. On a grandi dans notre petite bulle sur notre île de rêve. On ignore complètement comment ça marche dans le monde réel. Je crois qu'on devrait dire aux autres… Non, en fait je n'en sais rien.

— Il a dit qu'ils mourraient si on les prévenait, rappela Isaac, avec un coup d'œil vers leurs compagnons. (Aucun d'eux ne semblait pressé de repartir, pas même Kletter. Accablée par la fatigue, elle continuait à regarder droit devant elle, les yeux dans le vague.)

— J'ai lu le mot, Isaac.

— Alors on fait quoi ? s'agaça-t-il, sans se donner la peine de cacher sa frustration.

Sadina le prit par la main et l'entraîna vers la maison incendiée, dans laquelle l'ombre avait disparu quelques minutes plus tôt. Isaac résista une demi-seconde puis décida de la suivre, et de se fier à elle plutôt qu'à son instinct. Ils franchirent le trottoir fendillé pour pénétrer dans le jardin desséché. La maison se dressait devant eux avec sa façade noircie, percée de trous sombres.

Isaac s'efforça de se rassurer. Si l'homme avait voulu leur faire du mal ou même les tuer, il aurait pu s'épargner la peine de les attirer à l'intérieur au moyen d'un petit mot griffonné sur un bout de papier. Mais peut-être était-ce exactement comme ça qu'un psychopathe procéderait ? On n'enseignait pas ce genre de choses à l'école, sur leur île. Ses parents ne lui avaient jamais expliqué quoi faire lorsqu'un vieillard inquiétant menaçait de s'en prendre à vos amis.

— Où est-ce que vous allez ? leur lança Trish.

— On va juste jeter un coup d'œil dans cette maison hantée ! répliqua Sadina, d'une voix aussi légère qu'une brise de printemps. (Elle continua d'avancer en tirant Isaac par la main.) Tu te prends pour ma mère, ou quoi ?

Sa vraie mère, Mme Cowan, dormait dans l'herbe depuis vingt minutes.

Ils atteignirent le perron, ou plutôt ce qui en restait – un amas de lierre sous lequel on distinguait encore quelques briques rouges et les vestiges branlants d'une rambarde. La maison n'avait plus de porte, juste un trou noir et béant dont la découpe tenait plus de l'ovale que du rectangle. S'il s'était écouté, Isaac se serait arrêté au pied des marches mais Sadina les gravit sans hésiter. Il la suivit, s'attendant au pire, et franchit le seuil derrière elle.

Le plancher grinçait sous leurs pas, chaque craquement donnant l'impression de libérer des relents de tombeau. L'endroit sentait la moisissure et la décomposition. Les murs étaient imprégnés d'humidité. La lumière médiocre qui s'infiltrait par la porte étirait les ombres d'Isaac et de Sadina sur le sol poussiéreux où l'on voyait distinctement des empreintes de pas. Au fond de la pièce, un grand costaud leur faisait face, dos au mur, le visage caché dans l'ombre.

Isaac en eut la chair de poule.

— Qu'est-ce que vous voulez ? aboya Sadina.

Isaac n'avait jamais assisté à une telle démonstration de bravoure, et il se promit d'essayer de s'en inspirer à l'avenir.

— Il faut m'écouter, répondit l'homme. (Jusqu'à présent, sa voix n'avait été qu'un chuchotement à peine audible, mais c'était désormais le grondement caverneux d'un homme qui avait vécu dix vies en une.) Cette femme qui vous a conduits jusqu'ici, ne croyez pas un mot de ce qu'elle vous raconte. C'est le diable en personne, et elle compte se servir de vous comme cobayes.

Isaac, peut-être inspiré par l'exemple de Sadina, prit son courage à deux mains pour rétorquer :

— On est censés vous croire ? Alors qu'il n'y a pas une minute, vous menaciez de tuer nos camarades si on refusait de vous rejoindre ?

— Il fallait bien que je trouve un moyen de vous attirer ici, dit l'homme avec désinvolture. Qu'est-ce que tu crois, mon garçon ? Si j'avais voulu vous tuer, vous seriez morts à l'instant où vous avez franchi cette porte. Le fait que vous soyez encore en vie prouve que vous pouvez me faire confiance.

Sadina refusa de s'en satisfaire.

— Je crois qu'on va se tirer. Cette conversation devient ridicule.

Ce fut le mot « cobayes » qui retint Isaac. Cela paraissait si... précis, si soigneusement choisi. Et puis l'inconnu n'avait pas tort : pourquoi les aurait-il fait venir à l'intérieur si c'était uniquement pour jouer les terreurs ?

— Dites-nous ce qui se passe, exigea-t-il. Qui est Kletter, et si c'est vraiment le diable comme vous dites, pourquoi vous donner la peine de nous prévenir ? Qu'est-ce que vous en avez à faire ?

— Et montrez-vous, ajouta Sadina. J'en ai marre de parler à un fantôme.

L'homme s'avança tranquillement, sans le moindre soupçon d'appréhension. Chacun de ses pas faisait grincer le plancher et soulevait un nuage de poussière. Isaac regarda la lumière remonter lentement sur son corps. Des bottes noires, un jean crasseux, une chemise en grosse toile et un visage que seule une mère pouvait aimer. C'était un colosse, largement au-dessus d'un mètre quatre-vingt-dix, lourdement bâti et aussi affreux qu'une vieille souche. Il avait une barbe en broussaille, un nez cassé, une peau grêlée, rouge et flétrie ; des yeux profondément enfoncés dans leurs orbites ; et de longs cheveux gras, si emmêlés qu'il n'aurait servi à rien d'essayer de les peigner – à ce stade, seuls des ciseaux pouvaient encore quelque chose pour eux.

— C'est mieux comme ça ? grommela l'homme. Vous êtes prêts à m'écouter, maintenant ?

Isaac se tourna vers Sadina mais elle ne quitta pas des yeux leur interlocuteur.

— C'est quoi, votre nom ? demanda-t-elle.

L'homme croisa ses bras de gorille, faisant saillir ses muscles sous l'étoffe de sa chemise.

— Timon. On n'a pas le temps pour les présentations. Dans moins de cinq minutes, vos amis vont venir vous chercher.

— D'accord, dit Isaac, parlons dans ce cas. (Il ne croyait pas une seconde que l'autre s'appelait bel et bien Timon. Timon, sérieusement… Il avait plutôt une tête à s'appeler Tueur.) C'est pour ça que vous nous avez appelés, non ?

L'homme se tourna vers lui :

— Connaissez-vous la Tête de Dieu ? Est-ce que… Kletter vous en a parlé ?

Isaac ouvrit la bouche mais aucun mot n'en sortit. La Tête de Dieu ? Il se souvenait l'avoir entendue mentionner ce nom pendant la traversée, mais rien de plus. Il avait oublié dans quel contexte.

— Comme dans la Bible ? demanda Sadina. Je ne l'ai jamais lue.

— Non, je ne suis pas en train de vous parler de la foutue Bible, grogna l'homme. Qu'est-ce que Kletter… ? (Il s'interrompit et fourragea dans sa barbe, visiblement hésitant.) Écoutez. Vous allez devoir venir avec moi, tout de suite. On va sortir par-derrière et filer loin de cette femme. On pourra toujours récupérer vos amis plus tard. Si vous ne savez même pas ce que c'est que la Tête de Dieu, ça veut dire qu'on est salement à la traîne.

— Isaac ? Que se passe-t-il ?

C'était Kletter, dont la voix avait claqué comme un coup de tonnerre juste derrière lui. Isaac pivota d'un bloc, en proie à un doute que rien ne justifiait hormis quelques vagues allusions émises par un parfait inconnu. Mais son apparition soudaine l'avait empli de frayeur, ainsi que d'une pointe de culpabilité. Elle se découpait à contre-jour sur le seuil, comme une présence maléfique et sans visage.

Il bredouilla :

— Je… heu…

On lui enfila quelque chose sur la tête, en tissu épais, qui le plongea dans le noir. Il sentit un lacet se resserrer autour de sa gorge, puis on le tira violemment en arrière, vers l'endroit où Timon s'était tenu. Il lâcha un petit cri étouffé ; il avait du mal à respirer. Puis il se sentit basculer, tournoyer dans le noir, et atterrit violemment sur le dos avec un choc qui se répercuta jusque dans ses os. Il entendit le cri de Sadina, suivi d'un autre choc sourd, et comprit qu'elle venait de subir le même sort que lui.

— Qu'est-ce que…, s'écria-t-il.

Une main de fer lui couvrit la bouche. Il rua comme un beau diable, tenta de se dégager, mais d'autres mains lui empoignèrent les bras, les chevilles, vinrent appuyer sur son torse pour le maintenir, comme s'il était sur le point de se faire amputer sans anesthésie.

D'où sortaient tous ces gens ? À croire que des morts s'étaient arrachés du sol et avaient traversé le plancher…

« Des fondus ! » glapit une petite voix terrorisée au fond de lui. Pourtant, cela ne pouvait pas être ça. Cette attaque était trop maîtrisée, trop… *organisée* pour être l'œuvre des cinglés qui hantaient les cauchemars de ses grands-parents. Submergé par la peur, il lutta contre son instinct et s'obligea à rester tranquille, le temps de comprendre ce qui se passait ou de trouver une occasion de s'échapper. Il resta donc allongé sans se débattre, plongé dans le noir, en proie à une terreur glaçante.

Il entendit des pas grincer sur le plancher, s'approcher de lui. Une voix qu'il ne reconnut pas, une voix de femme, s'éleva tout près de lui. Elle ne lâcha que deux mots, chargés de menace.

— Affaire réglée.

Quelqu'un saisit Isaac par les bras et se mit à le traîner sans ménagement sur le plancher.

Chapitre 7

UNE FALAISE FROIDE

1

Minho

Kit. Le garçon qu'il avait sauvé de sa brute de père (ou d'oncle ? À moins qu'il n'ait été un parfait étranger ? Peu importait). L'Orphelin ne pensait plus qu'à lui depuis des jours, des semaines, même en cet instant, alors qu'il marchait au milieu de nulle part avec les prêtres et prêtresses du Remède tout-puissant.

Le groupe – jeunes et vieux, tous ceux qui méritaient de voir – se tenait au milieu d'une tempête de neige dont les flocons ressemblaient à de minuscules étoiles de glace fendant l'air comme des balles. La seule raison pour laquelle ils ne s'étaient pas encore fait lacérer et déchiqueter par ces projectiles était que le vent soufflait de manière inconstante. L'air glacial qui charriait les paquets de neige tournoyait en cercles autour d'eux, tantôt dans un sens, puis dans l'autre, sans jamais prendre assez de vitesse pour leur entailler la peau.

L'Orphelin rendait grâce au Remède pour ces petites faveurs, aussi infimes soient-elles. Des bandes de cuir lui enserraient les biceps, les poignets, les cuisses, les chevilles. Suffisamment serrées pour comprimer douloureusement les muscles, les nerfs et les tissus, le brûlant comme un flot de lave qui s'écoulerait entre ses cellules. Venant s'ajouter aux conditions climatiques extrêmes, elles le plongeaient dans un inconfort qui ferait de lui un homme meilleur, un meilleur serviteur, plus apte à affronter les difficultés à venir. Ce qui lui convenait parfaitement.

Kit.

Sauver Kit avait changé quelque chose au fond de lui. Non, pas changé. *Complété.* Il remua les bras et les jambes pour tenter d'être un peu plus à l'aise dans ses entraves. Oui, complété.

Chaque bande de cuir était fixée à un long piquet en bois, cerclé de fer tous les deux ou trois centimètres pour le rendre plus solide. Au bout de ces piquets se tenait un Afflicteur. Les Afflicteurs étaient les maîtres de l'Orphelin. Leur nom faisait écho à celui des Griffeurs d'autrefois, ces monstres de chair et de métal qui affligeaient les occupants du Labyrinthe. Il revêtait une portée symbolique… ou quelque chose de ce genre. La seule certitude de l'Orphelin était qu'on l'avait désigné pour errer dans les terres sauvages avec au moins trois ans d'avance sur ce qui aurait dû être, et que très bientôt il porterait sur ses épaules toute la douleur de cette partie du monde. Sa vie ne serait plus que souffrance à l'état brut, une souffrance qui se manifesterait sous ses formes les plus cruelles, les plus démoniaques. Mais peut-être noircissait-il un peu trop le tableau.

Errance. Douleur. Faim. Pendant quarante jours et quarante nuits. Voilà ce qui l'attendait, même s'il avait d'autres projets en tête.

Était-il prêt ? Avait-il peur ? Craignait-il d'échouer ? La réponse à toutes ces questions était oui.

— Couvrez-le, au nom de la Braise, pesta l'un des Afflicteurs d'une voix revêche.

C'était l'Afflicteur attitré de l'Orphelin depuis plus d'un an maintenant, et Minho avait appris à connaître son tempérament, ses excentricités et ses penchants. L'Afflicteur Glane s'était vu privé de son petit plaisir la veille au soir, par celles qu'il pensait incapables de lui refuser quoi que ce soit. Et aujourd'hui il était d'une humeur de dogue. Il était toujours de mauvaise humeur, mais ces dernières heures il avait poussé la chose jusqu'à la cruauté sadique.

L'Orphelin était prêt. Il avait peur. Il était temps d'y aller.

Des ombres apparurent au loin, des formes mouvantes masquées par le blizzard. Celles des acolytes : des prêtres et des prêtresses du Remède, drapés dans les feuilles des vignes sacrées censées descendre directement des plantes grimpantes du Labyrinthe. C'était une sorte de vêtement, dans un sens. Voilà comment on aurait pu décrire l'entrelacs de feuilles rugueuses dont ils avaient l'intention de le couvrir. De le recouvrir de la tête aux pieds, sans laisser le moindre centimètre carré de sa peau exposé aux intempéries.

Une fois qu'il ressemblerait à une chenille dans son cocon, les acolytes se serviraient des piquets cerclés de fer – toujours reliés aux sangles de ses bras et de ses jambes – pour le transporter jusqu'à sa destination. Personne ne la connaissait avec précision. Même le grand maître de la Chambre d'Or de l'Affliction ignorait où on enverrait l'Orphelin. Mais on l'y enverrait, et les acolytes l'y abandonneraient pour quarante jours et quarante nuits. À son retour d'errance, il intégrerait les rangs des Afflicteurs.

Bien sûr, personne ne savait exactement comment il était censé survivre à une épreuve pareille. Certains n'en réchappaient pas.

En toute honnêteté, Minho s'en fichait bien. Il voulait simplement que cette cérémonie délirante se termine au plus vite. Il avait un secret enfoui au fond de son âme, de son esprit, de son cœur, qu'aucun nécromancien n'aurait jamais pu le forcer à révéler. Comme une graine qui mettait cent ans à germer, et qui se contentait de très peu d'eau, de très peu de soleil, de très peu de soins, mais qui finissait par croître. Voilà ce qui attendait l'Orphelin sans nom prénommé Minho.

Quand sa graine germerait, elle pousserait sans limites, enfonçant ses racines à travers le manteau rocheux et dressant ses branches vers le ciel afin d'étendre un immense toit de verdure aux quatre coins du monde. Ce n'était qu'une métaphore, bien sûr. Son objectif réel était simple, aussi inévitable que le soleil éclipsé par la lune.

L'Orphelin du nom de Minho avait décidé que détruire la Tête de Dieu – la raison même de l'existence de la Nation Restante – était une très mauvaise idée. L'Évolution était un progrès. On ne devait pas l'arrêter. Par définition, on ne *pouvait pas* l'arrêter.

Non, son objectif ultime n'était pas de détruire la Tête de Dieu.

C'était de la rejoindre.

Minho ne résista pas, ne se plaignit pas quand les prêtres et prêtresses commencèrent à l'envelopper dans les sarments de lierre et les feuilles de vigne, à le ficeler, en serrant fort, sans se préoccuper de savoir s'ils lui faisaient mal.

L'Orphelin se projeta vers l'avenir comme les devins d'autrefois.

Plus il se projetait loin, plus la douleur s'intensifiait. Mais tout cela en vaudrait la peine. Penser à Kit, à cette vie qu'il avait prolongée, lui fit du bien.

Les acolytes en avaient terminé avec lui. Il était désormais emmitouflé dans des liens épais, rugueux, formant une sorte de tapisserie serrée qui le protégerait des agressions du monde extérieur tout en le rappelant à l'humilité. Ce cocon lui pesait, l'étouffait et l'irritait à la fois. C'était insupportable.

— Emmenez-le, ordonna l'Afflicteur Glane. (L'Orphelin eut du mal à l'entendre à cause des feuilles qui lui couvraient les oreilles. N'était-ce pas une pointe de tristesse qu'il percevait dans sa voix ?) Conduisez-le, mais en douceur. Je connais ce garçon. Il ne vous créera pas de difficultés.

Le vieil homme posa la main sur l'épaule de l'Orphelin.

— La prochaine fois qu'on se verra, fils, tu seras des nôtres. Sois fort, et rappelle-toi ce qu'on t'a appris. Si tu reviens avec la Braise, tu seras exécuté. Que le Remède soit avec toi.

C'en était presque comique. Presque. Cela ne fit que renforcer le désir qu'éprouvait l'Orphelin de connaître un autre destin.

Les mains vigoureuses qui agrippaient les piquets de guidage se mirent à le faire avancer. À le pousser, à le tirer, loin de la forteresse qu'il avait protégée tant d'années, à travers la plaine déserte où tous ceux qui s'approchaient recevaient une sentence de mort. À son retour, il devrait emprunter un sentier connu des seuls initiés, un secret encore mieux gardé que l'identité du grand maître dans la Chambre d'Or de l'Affliction. Ce grand maître que personne n'avait jamais vu.

Ils marchèrent, et marchèrent encore. L'Orphelin ne résistait pas, et tentait de se déplacer tant bien que mal sur la piste tracée par ses guides. Le vent soufflait fort, la neige glacée martelait son armure grossière avec un bruit de tambour. Personne ne disait rien. L'étoffe pressée contre son nez sentait la terre, une odeur de tombe fraîchement creusée.

Il continuait de marcher, la peau à vif à cause du frottement.

Quelques heures plus tard ils parvinrent au bord d'un précipice, devant lequel ils l'arrêtèrent. L'Orphelin sentit le bord rocheux sous la plante de ses pieds. Le vent était plus fort que jamais ; il aurait pu se pencher en avant sans craindre de tomber. Ils allaient devoir lui assener une bonne poussée. Alors qu'il était submergé par une sensation proche du vertige, les acolytes détachèrent les piquets des sangles qui lui enserraient les bras et les jambes comme des étaux. Lorsqu'ils lui eurent également retiré ses liens, libérant des vagues de douleur à mesure que le sang recommençait à circuler dans ses veines, il entendit les prêtres et prêtresses s'aligner derrière lui. Il resta debout face au gouffre.

— Rien à dire avant ton départ ? lui demanda l'un d'eux.

Des petits scarabées de peur se mirent à grouiller sur sa peau, comme s'ils s'étaient insinués sous l'étoffe qui l'enveloppait. Son avenir était sur le point de commencer, un avenir très différent de celui que ses Afflicteurs envisageaient pour lui. Il récita mentalement la litanie du calme, technique qui fonctionnait toujours malgré son blasphème.

— Alors ? cria une femme par-dessus le grondement du vent. Tu veux dire quelque chose, mon gars ?

L'Orphelin répondit, aussi fort qu'il en était capable :

— Oui ! Longue vie au Remède, et puisse-t-il bénir mon chemin ! Qu'il me laisse errer pendant quarante jours et quarante nuits avant de revenir le servir en tant qu'Afflicteur ! Que meure la Tête de Dieu, et que le Remède guérisse la terre à tout jamais !

« Et vous, allez tous en enfer, ajouta-t-il dans sa tête. Parce que moi, l'Orphelin du nom de Minho, je ne reviendrai jamais. »

Des mains fortes le poussèrent dans le dos, et il bascula dans le vide.

Penser à Kit lui donna des ailes.

2

Alexandra

Assise dans sa chambre plongée dans la pénombre, elle sirotait un thé en s'appliquant à chasser la panique qui s'insinuait dans ses veines, pour retrouver un semblant de paix. Elle était de taille à régler le problème, elle avait déjà envisagé plusieurs plans d'action dans sa tête. Mais elle ne pouvait absolument rien faire dans l'immédiat et essayait, très fort, de s'accorder un moment de répit.

Hélas, la paix se refusait à elle, malgré les chiffres et autres techniques de la discipline de l'Embrasement. Des images mentales du Cercueil – l'artefact que Mikhail avait ôté de la Boîte – continuaient à lui apparaître, comme s'il flottait devant ses yeux, chose inexplicable qui réveillait sa vieille phobie de la folie, justement. Une phobie si profondément ancrée en elle qu'elle craignait souvent de devenir folle. Oh, cette ironie…

Elle se leva pour aller vider le reste de son thé dans l'évier. Elle lui trouvait un goût amer, bilieux. Il lui fallait quelque chose de plus fort. Quelque chose qui lui brûlerait la gorge, lui réchaufferait l'estomac et lui engourdirait le cerveau.

On frappa à sa porte.

— Flint ? lança-t-elle.

Combien de fois allait-elle devoir lui dire qu'elle ne voulait pas être dérangée ? Faudrait-il recourir à la violence ? Cela commençait à faire un moment qu…

La porte s'ouvrit. Sa colère s'enflamma, elle sortit de la cuisine d'un pas rageur et s'avança dans le couloir principal de son appartement, prête à décharger toute sa frustration sur ce pauvre Flint. Mais ce n'était pas lui.

— Nicholas ?

Elle se reprit juste à temps et s'empressa de réprimer son irritation. Une rapide énumération lui permit de recouvrer son sang-froid en un clin d'œil. Pourtant…

— Pourquoi es-tu aussi agitée ? lui demanda Nicholas.

Même si la plupart des gens s'imaginaient le Premier de la Tête de Dieu comme une espèce de colosse à l'allure redoutable, c'était en réalité un homme très moyen, dans tous les sens du terme. Une taille moyenne, un physique moyen, ni beau ni laid.

Il ne sentait pas particulièrement bon mais ne puait pas non plus. Mortifiée par la mesquinerie de ce constat, Alexandra étouffa un petit rire. On racontait que Nicholas avait poussé son Évolution si loin qu'il était capable de lire dans les pensées. Elle doutait que ce soit possible, n'empêche que depuis quelque temps elle surveillait ses moindres réflexions comme le lait sur le feu.

— Tu es bien silencieuse, observa Nicholas en voyant qu'elle ne réagissait pas.

Il manifestait toujours une telle patience que c'en était exaspérant.

« La vérité, s'ordonna-t-elle. Pour l'instant, dis la vérité. »

— Ne viens pas ici pour insulter mon intelligence en tournant autour du pot. Pourquoi as-tu fait ça ?

Nicholas pinça les lèvres, avec une expression proche de l'admiration.

— Bon début, se réjouit-il. J'avais peur qu'il nous faille au moins une demi-heure pour en arriver là.

— Alors, pourquoi ?

— Parce qu'il est temps. Tu le sais bien. Nous devons passer à l'étape suivante sans quoi le pire risque de nous arriver, à nous, à notre peuple et au monde. Tu le sais et ça ne sert à rien d'en discuter. (Il passa devant elle en lui frôlant l'épaule, entra dans le salon et se laissa tomber sur le canapé. Son attitude avait quelque chose de parfaitement banal et d'insupportablement condescendant.) Mais viens t'asseoir. Discutons-en quand même, jusqu'à ce que tu finisses par admettre que j'avais raison et qu'on puisse passer à la suite.

Alexandra ferma les yeux et récita mentalement les chiffres encore une fois, plus lentement. L'expérience lui avait appris qu'avec Nicholas il fallait combattre la patience par la patience, le calme par le calme, l'indifférence par l'indifférence ; c'était la seule manière de prendre le dessus.

Une minute ou deux s'écoulèrent en silence. Puis Alexandra retourna dans la cuisine se servir un verre d'eau.

Elle n'en prit pas pour Nicholas. « Qu'il se serve lui-même s'il en a envie, puisqu'il est tout-puissant. » Elle regagna le salon et s'assit sur une chaise le plus loin possible de son visiteur. Elle but une gorgée. Puis une autre. Toujours sans un mot.

— Eh bien ? demanda-t-il enfin. Vas-tu te décider à dire quelque chose ?

« Victoire. »

— Non, j'attends seulement tes explications. Je t'écoute.

Nicholas se redressa un peu et croisa les jambes.

— Trente ans se sont écoulés depuis l'Évolution, Alex. Nous avons accompli tout ce que nous pouvions accomplir, et nous avons rempli tous les objectifs que nous nous étions fixés. Il est temps de passer à l'étape suivante. Faire évoluer les autres. Ne me dis pas que tu n'es pas d'accord. À quoi bon avoir fait tout ça, sinon ?

Alexandra but une autre gorgée d'eau.

— Tu es venu à bord de ton fichu berg ?

— Quelle importance ? (Il soupira, cligna lentement des paupières.) C'est ça, le problème ? Tu es jalouse parce que je possède un berg en état de marche ?

— Es-tu seulement capable de prononcer une seule phrase sans afficher ta condescendance ? C'est toujours ta première idée, qu'on est jaloux de toi, qu'on rêve tous d'être à ta place. C'est faux, mon vieux Nick. J'ai tout ce qu'il me faut et tout ce que je veux. Quand on a tout, on ne désire plus rien. Tu saisis le concept ?

Le visage de Nicholas s'empourpra sous l'effet de la colère. Elle jouait avec ses nerfs, elle en était bien consciente.

— Si je te parle de ton berg, continua-t-elle, c'est parce que je me demande où tu étais passé. Ça fait pratiquement trois mois que Mikhail et moi ne t'avons pas vu. Où étais-tu ?

— J'avais des choses à faire. Des préparatifs. J'ai dû reconnaître un peu le terrain, me renseigner. Nous avons des ennemis puissants au cas où tu l'aurais oublié, mais nous avons aussi de nombreuses communautés potentielles à notre disposition. Il est temps. Il faut faire évoluer la prochaine vague, et élever la Tête de Dieu à la place qui lui revient. Tu sais, tout en haut du panier. Je suis prêt à écouter tes arguments en faveur du contraire. Vas-y.

Il pointa le doigt sur elle et s'enfonça dans le canapé, comme pour écouter confortablement un discours qu'il s'apprêtait déjà à réfuter. Il avait retrouvé son air d'assurance absolue.

Alexandra le dévisagea sans bouger. Initialement elle avait eu un plan, élaboré pendant des années, et qui aurait dû se dérouler sur une très longue période. Mais la tournure des événements l'avait prise au dépourvu. Elle n'aurait pas pu se douter que Nicholas s'apprêtait à retirer le Cercueil de la Boîte, et encore moins qu'il le ferait sans consulter aucun de ses partenaires de la Tête de Dieu. S'appuyant sur toutes les techniques de la discipline de l'Embrasement qu'elle avait apprises, elle avait procédé à des calculs approfondis, s'était projetée dans de multiples avenirs possibles, avait analysé toutes les possibilités ainsi que leurs probabilités respectives. Elle pouvait encore y arriver. En dépit des complications énormes que cela engendrerait, elle pouvait encore y arriver.

— J'ai besoin d'une réponse, Alex. On ne peut pas rester bloqués là-dessus.

Pendant que ce salopard arrogant lui parlait, elle continuait à le dévisager sans le voir, à pousser son esprit jusqu'aux limites de ses capacités. Ses capacités exceptionnelles. Et puis, comme si les mille rouages d'une machine géante venaient de s'enclencher, tout s'emboîta à la perfection.

— D'accord, dit-elle.

Après quoi elle se retira dans sa chambre sans ajouter un mot et claqua la porte derrière elle. Au bout d'un moment, elle l'entendit partir.

3

Jackie

Elle commençait tout juste à se sentir plus en confiance auprès de Kletter et des autres vieux – la plupart étant passés du statut de « types louches » à celui de « vagues connaissances » – quand les choses tournèrent brusquement au vinaigre. Elle s'était bien reposée. Comme elle avait les jambes en compote après cette longue marche – après toutes ces journées assise sans rien faire à bord d'un bateau –, elle s'était allongée près de Carson et de Lacey pendant au moins une demi-heure dans un silence total. Carson dormait, la tête appuyée contre un arbre, la bouche ouverte, ronflant juste assez fort pour qu'on l'entende. Juste assez fort pour que ce soit agaçant. Lacey, assise en tailleur, tirait machinalement sur des brins d'herbe, perdue dans ses pensées comme à son habitude.

Il y avait eu un peu de mouvement. Isaac et Sadina étaient partis explorer une vieille baraque qui paraissait aussi lugubre que le cimetière du Rocher sur leur île, puis Trish les avait appelés mais ils ne lui avaient pas répondu. Quand elle avait vu Kletter s'avancer à son tour jusqu'au perron, grimper les marches branlantes et franchir le seuil pour disparaître à l'intérieur, Jackie s'était demandé ce qui se passait. Elle n'eut pas à s'interroger longtemps car des bruits inquiétants retentirent soudain.

Un cri, un hurlement, d'autres cris – étouffés, ceux-là –, des paroles incompréhensibles.

Jackie se leva d'un bond, secoua Carson par l'épaule. Il grommela, grimaça, commença à protester, mais Jackie avait déjà piqué un sprint, à la suite de Lacey qui avait été encore plus prompte à réagir. La plus rapide fut Trish, cependant, qui courait devant elles telle une dératée, comme si le sol se dérobait sous ses pieds. D'autres se ruèrent à leur tour vers la maison – Miyoko, Dominic, Papy Poêle-à-frire, tout le monde. L'atmosphère s'était tendue d'un coup.

Elle entendit Carson crier son nom mais ne fit pas attention à lui. Elle s'efforça plutôt de rattraper Lacey. Elles atteignirent le jardin, avec ses mauvaises herbes qui leur chatouillaient les chevilles. Trish bondit en haut des marches mais se figea sur le seuil. Lacey s'arrêta juste avant le perron ; Jackie à ses côtés. Mme Cowan, Poêle-à-frire et Wilhelm, ce vieux bonhomme chauve qu'elle n'appréciait pas beaucoup, les rejoignirent quelques secondes plus tard et restèrent plantés là, à fixer le dos de Trish, qui semblait pétrifiée. Puis quelqu'un sortit de la maison.

Kletter.

Une Kletter qui n'avait plus que quelques instants à vivre.

Elle avait les yeux écarquillés, dont le blanc ressemblait à deux lunes partiellement éclipsées par des ombres. Son visage était luisant de sueur, ses lèvres aussi pâles que le ventre d'un cochon. Et son cou… c'était là que ça se compliquait. Dramatiquement. Elle avait la gorge ouverte d'une oreille à l'autre et le sang en giclait à gros bouillons.

Trish, qui avait eu un mouvement de recul, perdit l'équilibre et tomba sur les fesses au bas des marches. Au-dessus d'elle, Kletter se mit à genoux puis s'écroula en avant. Jackie n'avait jamais rien entendu de plus affreux que le choc de son visage contre le bois. Pendant un moment horrible, qui parut se prolonger une éternité, personne n'esquissa un geste. Puis tout le monde s'agita en même temps.

Lacey empoigna Trish par les aisselles et l'aida à se relever. À peine debout, Trish s'élança de nouveau sur le perron, enjambant le corps de Kletter comme un vulgaire bout de bois. Sadina : c'était sûrement la seule chose qu'elle avait à l'esprit pour l'instant. Jackie resta d'abord abasourdie, puis se reprit. Isaac et Sadina étaient entrés là-dedans tous les deux, et maintenant Kletter était morte.

— Trish ! cria-t-elle en s'avançant à son tour. Trish, sors de là !

Mais il était trop tard. Lacey l'avait déjà suivie, ainsi que Mme Cowan, avec un cri de désespoir, et plusieurs autres. Alors Jackie se résolut à leur emboîter le pas. Elle contourna le corps de Kletter en évitant de le regarder. Quand elle eut franchi le seuil, il fallut un moment pour que ses yeux s'habituent à l'obscurité. Mais avant qu'elle puisse se rendre compte que le vestibule était vide, elle entendit Trish crier le nom de Sadina.

Elle le répétait encore et encore, « Sadina, Sadina, Sadina », fouillant toutes les pièces l'une après l'autre, revenant sur ses pas, pour finalement sortir par-derrière dans le jardin. Mme Cowan la suivit, blême et silencieuse.

— Sadina ! hurla Trish. Sadina !

Dominic criait le nom d'Isaac entre ses mains en porte-voix. Miyoko et Carson, penchés par-dessus la palissade, cherchaient des traces de leurs amis.

Jackie commençait à se sentir tout engourdie, incapable de saisir l'horreur de ce qui leur arrivait. Elle n'avait plus la force de bouger.

— Que se passe-t-il ? murmura-t-elle, trop bas pour qu'on puisse l'entendre au milieu du raffut.

Papy Poêle-à-frire s'avança, posa sa main sur son épaule et la pressa gentiment, comme s'il avait été son grand-père. Elle s'attendait à ce qu'il dise quelque chose mais il s'abstint. Les mots étaient vains.

De mauvaises personnes étaient venues. Elles avaient tué Kletter. Et emmené leurs amis.

Sadina et Isaac n'étaient plus là.

Elle se dégagea et partit chercher avec les autres.

Chapitre 8

UN RÉCIT À LA LUEUR DE LA LAMPE À HUILE

1

Isaac

Il ne comprenait pas.

Il…

Il ne comprenait pas.

Que s'était-il passé ? Il se souvenait du tissu sur son visage, ses oreilles, sur sa tête, enveloppé et serré fort autour de son cou au moyen d'un cordon. Il se souvenait d'avoir été traîné brutalement sur le sol, avant d'être hissé en l'air et jeté sur l'épaule de quelqu'un. Puis il avait senti une petite douleur, comme une piqûre d'épingle. Après quoi il avait basculé dans le néant tandis que son ravisseur se mettait à courir.

Il avait encore les yeux clos et ne parvenait pas à les ouvrir. Mais il émergeait peu à peu du brouillard.

Comment ? Comment avaient-ils pu se faire enlever si facilement, avant que leurs amis ne puissent venir à leur secours ? Kletter était là ; les autres n'étaient sûrement pas loin derrière. Le dénommé Timon était tout seul. Ou bien… n'y avait-il pas eu une femme avec lui ? Si, il avait entendu sa voix. Plus les personnes qui l'avaient transporté.

Tout se brouillait dans sa tête. Il avait mal au crâne. Pourquoi ne pouvait-il pas ouvrir les yeux ? Pourquoi avait-il l'impression de flotter sur un océan noir et tiède ? Que s'était-il passé ? Qui les avait enlevés ?

Il ne comprenait pas.

Puis il se renfonça dans le néant.

2

Ce fut une lumière qui le ramena, cette fois. Une lumière perçante, qui filtrait à travers ses paupières. Il ouvrit les yeux et cligna plusieurs fois. La lumière s'estompa, remplacée par le visage d'un homme. Un visage hideux, barbu, grêlé de cicatrices. Malgré sa vision floue, Isaac put distinguer ces détails.

— Bon sang, bougonna l'homme. On dirait que vous autres n'avez jamais pris de médocs de toute votre vie. Ça t'a carrément assommé.

Isaac grogna. Il tenta de dire quelque chose mais fut pris d'une quinte de toux.

L'autre se recula.

— Houlà ! File une pastille de menthe à ce garçon. Il pue encore plus que le vomi de Gilgamesh.

Isaac roula sur le flanc et grogna de nouveau ; il avait l'impression d'avoir dormi pendant trois jours mais se sentait écrasé de fatigue. Une migraine cognait dans sa tête, juste derrière ses yeux. Il tâcha de rassembler ses idées. Il ressentit une pointe d'inquiétude, un soupçon de panique, mais de manière distante, lointaine, assourdie. Puis il se souvint de Sadina.

Il s'assit, et une vive douleur explosa dans son crâne, suivie de nausées.

— Où est-elle ? bafouilla-t-il. Où est-elle !

— Je suis là, Isaac.

Il tourna la tête vers la droite et la vit, assise sur une chaise. Ils se trouvaient dans une maison, même s'il faisait trop sombre pour distinguer grand-chose de la pièce. Il poussa un soupir de soulagement.

— Vous devez être très proches, tous les deux, observa une femme adossée dans un coin, les bras croisés. Au moins, vous êtes dans le même bateau.

— Dites-lui ce que vous m'avez dit, ordonna Sadina. (Elle semblait étonnamment calme pour quelqu'un qu'on venait d'enlever.) J'aimerais beaucoup l'entendre encore une fois, moi aussi.

La femme s'avança dans la lumière blafarde, qui provenait d'une lampe à huile posée à côté du géant à la mine patibulaire. Comment s'appelait-il, déjà ? Timothy ? Sa partenaire vint s'accroupir devant Isaac.

— Je m'appelle Leticia. (Elle avait le teint mat, les yeux bruns, des cheveux foncés coiffés en queue-de-cheval. Son tee-shirt à manches longues affichait une photo déformée de la Lune.) Mais ce cher Timon m'appelle Letti. Tu peux m'appeler comme ça, toi aussi, Isaac. Pour te dire à quel point on va devenir bons amis. Les autres sont partis devant, tu les rencontreras plus tard.

Timon. C'était ça.

— Vous nous avez drogués, l'accusa Isaac. Vous m'avez mis un sac sur la tête et vous m'avez traîné hors de la maison. Notre amitié part sur de mauvaises bases.

— C'est exactement ce que j'ai dit ! s'exclama Sadina.

Puis elle éclata de rire. Isaac se demanda si elle était encore sous l'effet de la drogue.

La dénommée Letti s'assit à même le sol puis sortit de sa poche un petit flacon. Elle souleva le couvercle et en fit tomber une petite pilule blanche, qu'elle offrit à Isaac avec un sourire.

Il haussa les sourcils.

— Sérieusement ? Vous m'aimez mieux quand je suis dans les vapes ?

— C'est une pastille à la menthe. Timon a dit que tu en avais besoin. Je confirme. Tu en as drôlement besoin.

Isaac jeta un coup d'œil à Sadina, qui haussa les épaules.

— Tu peux y aller. S'ils avaient voulu nous tuer, ce serait déjà fait.

Il prit la pilule, la renifla, sentit un parfum de menthe.

— Désolé, madame, dit-il en jetant la pastille dans un coin, mais vous n'avez qu'à vous éloigner si c'est trop insupportable pour vous.

Elle recula docilement, avec une expression amusée.

— Je rêve, ou quoi ? demanda-t-il. Ce n'est pas du tout comme ça que j'imaginais mon premier enlèvement. C'est quoi, ce bazar, à la fin ?

— Nous ne sommes pas vos ennemis, répondit Letti. Vous n'avez aucune raison d'avoir peur de nous. Tu remarqueras que tu n'es pas attaché. Et comme l'a dit ton amie, il aurait été beaucoup plus facile de vous tuer que de vous amener ici. Vous seriez toujours dans cette maison où vous avez rencontré Timon. Comme Kletter.

— Kletter ? Qu'est-ce que vous lui avez fait ?

Il se souvenait vaguement d'avoir entendu la femme annoncer « Affaire réglée » après qu'on lui avait enfilé le sac sur la tête.

Letti ne dit rien, mais baissa les yeux au sol.

— Ils l'ont tuée, répondit Sadina. Ils lui ont tranché la gorge, d'après les gargouillis que j'ai entendus.

— Kletter est une très mauvaise personne, déclara Timon de sa voix rocailleuse, assis dos au mur à proximité de Sadina. Elle a consacré sa vie à combattre la Tête de Dieu, et elle n'aurait pas hésité à se servir de vous pour arriver à ses fins.

C'est une femme dangereuse, qui ne connaît pas le sens du mot « compromis ».

— Vous voulez dire *était*, je suppose ? rétorqua Isaac. C'*était* une très mauvaise personne ?

Timon eut la délicatesse de paraître gêné.

— Oui, c'est bien ce que je voulais dire. Nous n'avions pas l'intention de la tuer – même si elle l'aurait mérité – jusqu'à ce qu'elle déboule dans la maison. Écoutez… (Il se pencha en avant et focalisa son regard sur Isaac.) Il fallait qu'on vous sorte de ses griffes. Qu'on trouve un moyen de l'arrêter. Nous n'avions pas le choix. Je ne suis pas fier de ce qu'on a fait, mais franchement, il n'y avait qu'une issue possible.

Sadina se leva, puis se rassit, trop frustrée pour tenir en place. Cela rassura un peu Isaac. Ils n'étaient pas attachés, et aucun de leurs ravisseurs n'avait bronché en voyant son amie se lever de sa chaise. Peut-être avaient-ils une chance de s'échapper, ou peut-être s'en présenterait-il une plus tard.

— Vous êtes vraiment persuadés d'être dans le bon camp, hein ? dit-il. Et vous pensez que Sadina et moi allons accepter de vous suivre sans résistance ?

— Tu as tout compris, le félicita Letti. Mais vous ne préférez pas nous écouter d'abord ?

Isaac dévisagea chacune des personnes présentes dans la pièce.

— Pas vraiment. Au moins l'un d'entre vous est un meurtrier et vous êtes tous les deux des ravisseurs. On peut y aller, maintenant ?

Timon se mit debout. Il était si grand et si massif que le processus parut prendre cinq bonnes minutes. Il grimaça une fois ou deux, comme un grand-père qui s'arrache à son lit. Il s'avança devant Isaac et sa silhouette occulta la lumière de la lampe à huile comme une éclipse solaire. Son visage était plongé dans l'ombre.

— Vous comptez vraiment nous obliger à jouer les méchants ? grogna-t-il. Va-t-il vraiment falloir montrer les muscles, vous attacher et vous traîner jusqu'en Alaska ? C'est ça que vous voulez ? Parce qu'on n'y tient pas, mais on n'hésitera pas. Vous comprenez ce que je dis ? On le fera.

Il croisa les bras pour souligner son propos.

— En Alaska ? répéta Sadina. Vous ne m'aviez pas parlé de l'Alaska. Ce n'est pas un peu loin d'ici ?

— Très, répondit laconiquement Letti.

— Est-ce que quelqu'un pourrait m'expliquer ce qui se passe ? demanda Isaac. Monsieur Timon, écoutez, ce n'est pas que je tienne à me faire tabasser ou traîner dans un sac une nouvelle fois, mais j'aimerais au moins savoir pourquoi vous voulez tellement nous emmener en Alaska, mon amie et moi. J'ai déjà eu l'occasion de voir des cartes, vous savez ?

Timon marmonna dans sa barbe puis retourna à sa place contre le mur. On aurait dit qu'il jetait l'éponge, lassé de parlementer. Quand il se laissa tomber lourdement sur le sol, la maison entière trembla comme sous l'effet d'un séisme.

— Écoutez-moi, dit Letti. (Isaac tourna son attention vers elle. Elle n'avait pas l'air méchante, en tout cas, elle était beaucoup moins intimidante que son compagnon.) L'Alaska, c'est de là qu'on vient. C'était l'une des régions les plus stables après les éruptions solaires, et le long de la côte sud on y trouve encore une grande ville, sécurisée, tout à fait fonctionnelle. Et ça, c'est en grande partie grâce à la Tête de Dieu. Ils nous ont sauvés du pire pendant l'apocalypse et nous avons juré de les servir. Ils ont besoin de vous. Ou plus précisément, de vous tenir à l'écart des amis de Kletter. (Elle poussa un soupir de frustration avant de se frotter le front des deux mains.) C'est une longue histoire.

— Et encore, confia Sadina à Isaac. Je me suis réveillée une demi-heure avant toi, ils ont causé sans arrêt pendant tout ce temps et je n'en sais toujours pas plus que toi.

Letti se leva, fit les cent pas dans la pièce puis s'arrêta à un endroit d'où elle pouvait facilement les contempler l'un et l'autre.

— Vous avez décidément la langue bien pendue, tous les deux, mais j'imagine que c'est le propre de tous les jeunes d'aujourd'hui, hein ?

Elle ne paraissait pas fâchée, juste fatiguée. Aux yeux d'Isaac, la situation virait à l'absurde.

— Et si vous commenciez par le commencement ? suggéra-t-il. C'est ce que… mon père disait toujours. On ne risque pas de tenter quoi que ce soit, avec Timon le Gentil Géant qui nous surveille.

Timon grommela de nouveau. Curieusement, Isaac ne se sentait pas menacé en dépit de la carrure de ce dernier. Peut-être qu'un peu de drogue circulait encore dans ses veines.

— Il a raison, approuva Sadina. Expliquez-nous. Et si vous êtes convaincants, peut-être qu'on ira chercher nos amis et qu'on acceptera de venir avec vous jusqu'en Alaska sans faire d'histoires.

Isaac tiqua un peu ; il n'avait pas envisagé cette dernière option. Mais il ne dit rien. Il ne voulait pas ruiner leurs chances d'entendre les explications de leurs ravisseurs.

Letti hocha la tête à plusieurs reprises, comme si elle considérait la proposition de Sadina. Puis elle se mit à raconter :

— L'Évolution a commencé il y a une trentaine d'années…

Chapitre 9

Chemins croisés

1

Minho

L'Orphelin marchait.

Auparavant, il ignorait qu'on pouvait marcher aussi longtemps sans que les pieds vous lâchent, ou les jambes, ou les deux. Tout comme il ignorait qu'on pouvait avoir aussi chaud et aussi froid dans la même journée, ou souffrir de la faim et de la soif au point d'envisager de dévorer l'une de ses propres mains. Mais il le savait désormais. Il n'aspirait qu'à une chose : retourner auprès des siens, retrouver la monotonie, la routine, la sécurité de son ancienne vie. Ses tours de garde au sommet des remparts lui manquaient, à scruter l'horizon en quête de rares intrus. Il avait même la nostalgie des métaphores ronflantes. Et du temps où il pouvait sauver des gamins en train de se faire battre comme plâtre.

Il s'interrogeait souvent à propos du garçon. De Kit. Il était possible que Minho n'ait fait qu'empirer la situation, sans doute aurait-il mieux valu le laisser mourir. Mais il ne voulait pas penser à cela et préférait imaginer que Kit grandirait et accomplirait de grandes choses. Un jour. Oui, sûrement.

La pluie glaciale avait cédé la place au soleil et à la canicule. Il avait traversé une plaine immense, un canyon poussiéreux, gravi et descendu une montagne. Il avait mangé des baies, des feuilles, et même les restes d'une carcasse de cerf dont il avait dû éloigner les oiseaux et les rats. Il avait eu du mal à avaler ces morceaux de chair faisandée, à ne pas les vomir, mais ç'aurait été dommage de réduire ses efforts à néant après une tâche aussi dégradante, aussi répugnante. Alors il avait serré les dents et continué à mâcher, acceptant cette nourriture pour ce qu'elle était.

Au bout de quelques jours il avait finalement trouvé de l'eau, sous la forme de ruisseaux et de petites rivières. Chaque fois qu'il étanchait sa soif au bord d'un cours d'eau ou d'un bassin naturel, cela ne faisait que renforcer la sensation de faim. Il n'avait trouvé qu'un seul cerf mort au cours de sa semaine d'errance à travers la nature sauvage. Au cours de sa semaine de *marche*. Car contrairement aux attentes des Afflicteurs et des acolytes, il n'errait pas sans but mais avançait droit devant lui.

Vers l'ouest. Vers l'océan, la côte. Après quoi il obliquerait vers le nord, sachant qu'il n'y avait aucune route plus directe depuis l'endroit où il se trouvait. Avec la mer à sa gauche et la terre à sa droite, il remonterait vers le nord jusqu'à cet endroit qu'on appelait l'Alaska.

Le pays de la Tête de Dieu.

Son état d'Orphelin lui avait enseigné la patience et l'endurance. Ce voyage lui prendrait peut-être des mois, pour ce qu'il en savait. C'était même probable, en fait. Mais cela ne l'effrayait pas. Il n'avait peur de rien.

Un bâtiment, devant lui.

Il s'immobilisa. Les vestiges de civilisation qu'il avait aperçus jusque-là avaient été rares, abandonnés depuis des années, voire des décennies. Des carcasses de véhicules incendiés, des fermes envahies par les mauvaises herbes, des ruines massives et des machines rouillées dont la fonction originelle était tombée dans l'oubli… La partie occidentale du pays était connue pour ses grands espaces, et tout particulièrement la région qu'il arpentait en ce moment. Il n'y avait pas encore croisé âme qui vive, pas même un cadavre ou un squelette.

Et à présent, il y avait ce bâtiment. Cette maison. À l'évidence habitée, sans le moindre signe de décrépitude ni la moindre végétation envahissante.

La porte s'ouvrit devant lui.

Une femme en sortit.

Elle s'avança à sa rencontre, sans arme. Il ne savait pas quoi faire mais ne ressentait aucune peur. Il était certain de pouvoir la tuer en un clin d'œil si cela devenait nécessaire. Alors qu'elle s'approchait, il put voir qu'elle était entre deux âges, dotée d'un physique moyen – si ce n'était ce sourire éclatant qu'on rencontrait rarement chez les membres de la Nation Restante.

Elle s'arrêta. Et lui demanda :

— Tu as faim ?

2

Alexandra

Elle avait un plan. Désormais, elle avait besoin d'aide.

Et comme son plan était fou, il lui fallait chercher de l'aide auprès des fous. C'est pourquoi, les cheveux noués sous une perruque, drapée dans la robe jaune d'une pèlerine – trop grande pour elle, froissée et désagréable au toucher –, les joues sales, les yeux cachés derrière des lunettes archaïques, elle cheminait incognito à travers les ruelles et les boyaux obscurs de la ville. En direction des quais et des bassins, des entrepôts et des moulins. Où se trouvaient les gens. Les plus dévots d'entre eux.

Il y avait des années qu'elle n'avait pas porté de déguisement. À quoi bon se soucier de sa sécurité quand on avait toute une escouade de Gardes évolutionnaires à ses côtés, prête à intervenir au moindre signe de danger ? Et pourquoi ne pas savourer le prestige d'être une déesse, après le mal qu'elle s'était donné pour atteindre ce statut ? Dans l'ensemble, elle en avait bien profité mais elle avait toujours su, au fond d'elle-même, qu'il faudrait bien que les choses changent un jour. N'était-ce pas toujours le cas ?

Elle serait la plus grande d'entre toutes, comme elle l'avait lu autrefois dans un livre.

Et pas uniquement pour son propre bien.

Elle était ambitieuse, assoiffée de pouvoir, impitoyable quand il le fallait. Mais elle avait aussi le souci des autres et croyait fermement que sa vision de l'avenir était dans l'intérêt de tous. C'était comme ça. Quel que soit le prix à payer, il faudrait bien en arriver là.

Sans escorte, elle avait des raisons d'avoir peur – et d'ailleurs, c'était le cas. Par certains aspects son déguisement pouvait lui attirer des ennuis. Une femme seule, errant dans les rues à la nuit tombée… Mais sa formation à la discipline de l'Embrasement l'avait bien préparée. Il faudrait une foule entière pour la submerger, et en dernier recours, elle pourrait toujours révéler sa nature divine.

La flamme des lampadaires à gaz brillait au coin des rues, vacillant au gré du vent, comme une petite musique. L'air iodé charriait toutes sortes de relents nauséabonds – poisson pourri, produits chimiques, feux de détritus, égouts et moisissure. Pourtant, ce n'était pas une odeur entièrement désagréable. C'était aussi le parfum de la vie.

— Z'auriez pas des boutons, m'dame ?

Elle s'arrêta pour contempler l'homme qui venait de s'exprimer, pelotonné contre le mur, au milieu de tout ce qu'il possédait. Dans la faible clarté, elle put voir que c'était un pauvre diable crasseux, maigre comme un clou, mais qui avait dans les yeux une lueur de bonté, que soulignait le reflet du lampadaire le plus proche. La Tête de Dieu avait fait tout ce qui était en son pouvoir pour garder ses gens bien nourris, occupés, heureux. Satisfaits. Cet homme était la preuve vivante que les choses se dégradaient depuis des années.

— Des boutons, m'dame, répéta le mendiant. Donnez-m'en juste un, si vous voulez bien, que les dieux vous bénissent.

Elle lui en donna deux.

Il bredouilla un remerciement, le plus sincère qu'elle avait jamais entendu. Elle lui sourit mais sans lui répondre, ne sachant pas quoi dire. Peut-être serait-ce mieux pour cet homme d'être…

« Évidé. »

Le mot lui vint à l'esprit, tel un diable surgi de sa boîte. Cela semblait la nouvelle manière de traiter les gens comme lui, comme une sorte de sacrifice rituel. Cette idée lui donna le frisson tandis qu'elle s'éloignait, pourtant Alexandra ne fit rien pour arracher cet homme à ce destin prévisible. Avant toute chose, elle était pragmatique. Pour elle, la fin justifiait les moyens.

C'est pourquoi elle continua de marcher, dans l'obscurité et le brouillard naissant qui venait de la mer. À travers les ruelles sinueuses, tantôt à gauche, tantôt à droite, tantôt tout droit. Elle croisa des gens silencieux et d'autres qui riaient, pleuraient ou demandaient la charité.

Elle parvint devant une porte.

Et frappa.

Un homme cornu vint lui ouvrir.

3

Jackie

Ils se regroupèrent un moment, puis se séparèrent. Avant de se réunir de nouveau.

Aucune trace d'Isaac. Aucune trace de Sadina.

Jackie s'assit avec Trish près du feu de camp. Les autres étaient dispersés tout autour, en cercle, endormis pour la plupart. Le groupe s'était quelque peu écarté de la route indiquée par Kletter, au cas où quelqu'un les chercherait. Ils n'avaient pas réussi à tomber d'accord sur la conduite à tenir. Devaient-ils aller de l'avant, tenter de trouver cette fameuse Villa dont leur avait parlé leur guide ? Ou continuer à chercher leurs amis ? La seule chose qui faisait consensus était de se faire discrets, d'éviter les inconnus jusqu'à ce qu'ils en sachent plus ou découvrent un indice, quel qu'il soit.

Voilà comment ils avaient fini par s'installer là. Dans un renfoncement entre quatre ruines, entouré d'arbres. Peut-être un ancien parc.

Trish était inconsolable.

Jackie s'était retrouvée avec elle pendant leurs recherches et avait éprouvé un élan de compassion devant la tristesse et l'anxiété qui la rongeaient. Elle-même avait connu un épisode similaire quelques années plus tôt. Car même sur une île coupée du monde, on pouvait rencontrer de mauvaises personnes. Elle essaya de ne pas penser à la nuit qui avait bouleversé sa vie et s'efforça plutôt de réconforter Trish.

— On va les retrouver, lui répéta-t-elle pour la centième fois.

— Arrête. De dire. Ça.

Trish n'avait pas ouvert la bouche depuis au moins une heure, donc c'était déjà un progrès. Des mots, à la place des sanglots ou des cris hystériques.

Jackie fit mine de lui prendre la main, puis renonça. Trish n'avait sans doute pas envie d'être touchée pour le moment. Par personne. De toute évidence, les tentatives de consolation lui portaient sur les nerfs.

— D'accord, murmura Jackie. Je la boucle. Mais boucle-la aussi. On en a tous marre de t'entendre pleurnicher. Dormons un peu, on reprendra les recherches demain.

« Peut-être que lui parler durement donnera de meilleurs résultats. »

Mais Trish ne réagit pas. Elle n'ajouta pas un mot. Elle pleurait en silence désormais, roulée en boule, les yeux fixés sur les flammes du feu de camp.

Jackie s'allongea elle aussi, mais lui tourna le dos. Elle avait fait de son mieux ; elle n'aurait qu'à réessayer le lendemain matin. Non loin de là, Mme Cowan – qui se contrôlait mieux mais avait tout de même pleuré pendant des heures – et les autres vieux s'étaient réunis pour évaluer la situation à voix basse. Jackie s'en agaça ; ils étaient tous de la côte est, et elle en avait assez de les voir prendre toutes les décisions.

Ils levèrent la tête en la voyant s'approcher, les bras croisés, d'un air buté.

— De quoi vous parlez ? leur demanda-t-elle.

Wilhelm, le grincheux, et Alvarez, le dégingandé peu loquace, se renfrognèrent et parurent sur le point de lui rétorquer de se mêler de ses affaires, mais Papy Poêle-à-frire vint à son secours. C'était une belle âme, et il s'était montré gentil avec elle pendant le voyage, même s'ils ne s'étaient jamais rencontrés auparavant.

— Viens donc t'asseoir avec nous, lui proposa-t-il. (Elle accepta sans se faire prier et s'assit par terre à côté de lui.) Mets-toi à l'aise. Je parie que tu te fais du souci à propos de ce qu'on peut bien raconter depuis une heure, n'est-ce pas ?

Même si elle n'appréciait pas beaucoup le ton paternaliste qu'il avait pris, elle savait que ça venait du cœur.

Pour quelqu'un d'aussi vieux que la Braise, une fille comme elle devait passer pour une gamine.

— Disons que je suis curieuse, reconnut-elle. Qu'avez-vous décidé pour l'instant ?

Papy Poêle-à-frire jeta un coup d'œil à ses compagnons, puis reporta son attention sur elle.

— Que faudrait-il qu'on fasse, selon toi ?

Prise au dépourvu, elle ne sut quoi répondre dans un premier temps. Mais il attendit en la regardant comme s'il s'intéressait sincèrement à son opinion. Elle chercha une réponse qui ne la ferait pas passer pour une idiote, puis se résolut à s'exprimer sans y aller par quatre chemins.

— Il faut qu'on les retrouve. Qu'on parte à leur recherche, qu'on les retrouve et qu'on les sauve.

— Et plutôt deux fois qu'une, approuva gravement le vieil homme. C'est la vérité, toute la vérité et rien que la vérité, amen.

Mme Cowan conclut :

— Alors c'est réglé.

4

Minho

L'Orphelin s'était tellement gavé de nourriture et d'eau qu'il avait la certitude qu'il allait exploser. Installé sur le canapé, couché sur le côté, la tête sur un coussin, il gémissait en se tenant le ventre. La gentille femme du nom de Roxy avait pris place dans un fauteuil en face de lui, les mains sur les genoux, et lui souriait avec fierté, apparemment ravie d'avoir cuisiné un repas tellement savoureux qu'il était sur le point de tuer un homme.

C'était sans doute une hallucination induite par la fièvre. Il ne s'était jamais retrouvé dans une situation aussi embarrassante.

— Tu t'es goinfré comme une tique sur une vache, s'esclaffa son hôtesse. Vas-y plus doucement sur le pain à la cannelle, la prochaine fois. (Elle fit un petit geste de la main, comme pour chasser une mouche.) Et crois-le ou non, jeune homme, nous avons des toilettes en état de marche dans cette maison. J'ai l'impression que tu vas y passer un certain temps dans un avenir très proche.

Elle rougit un peu, puis haussa les épaules.

— Tu seras gentil de bien nettoyer derrière toi, par contre, ajouta-t-elle. Et d'aérer un peu. Tu n'auras qu'à ouvrir la fenêtre, et tant pis pour le vent ou la pluie. Ça a vite fait de schlinguer là-dedans, même quand c'est moi qui y vais, et je n'ose pas imaginer l'odeur de ce que tu vas nous pondre.

— Merci, dit l'Orphelin, sans trop savoir pourquoi.

L'heure qu'il venait de passer avait été surréaliste, pour le moins. Roxy l'avait accueilli chez elle et conduit dans une chambre avec un lit géant, de la moquette, des tableaux et des miroirs aux murs, et une grande fenêtre donnant sur les montagnes. Il y avait même un ours en peluche, détail si incongru que l'Orphelin l'avait fixé une bonne minute avant de détourner les yeux. La salle de bains attenante était entièrement équipée avec un lavabo, une cuvette de toilette et une baignoire. Un ouvrage au point de croix accroché au mur figurait des fleurs surmontées de quelques mots : *Où qu'on aille, où qu'on erre, le meilleur moment est toujours celui où on revient chez soi.*

Oui. C'était forcément une hallucination.

Après s'être lavé, il avait enfilé des vêtements propres fournis par son hôtesse puis l'avait rejointe pour un repas qui aurait suffi à nourrir un baraquement entier à la forteresse. Il n'y avait qu'elle et lui. Elle devait avoir au moins cinquante ans, à vue de nez. Elle avait quelque chose de maternel, de suranné, comme une…

Eh bien, comme une grand-mère. Une grand-mère sortie d'une hallucination.

L'Orphelin avait dévoré sa nourriture – du bœuf, des pommes de terre, du maïs, du pain à la cannelle – en se contentant de répondre par des grognements ou des hochements de tête au bavardage incessant de son hôtesse. Elle vivait seule depuis des années, depuis la mort de son mari, et avant cela ils avaient vécu l'ensemble de leur vie d'adultes à l'écart du monde, à s'aimer et à s'occuper de la terre, ou à chasser dans la forêt. Aux yeux de l'Orphelin, cela renforçait encore la dimension irréelle de la situation, même s'il n'écoutait que d'une oreille distraite, trop occupé à se remplir la panse.

À présent, ils en étaient là : l'Orphelin couché sur le canapé, incapable d'en bouger, et Roxy assise bien droite dans son fauteuil. Une fois de plus, il se demanda pourquoi il lui avait fait confiance à ce point, et aussi vite, surtout dans un monde plongé dans la douleur et la défiance. Il n'aurait pas su le dire exactement, mais son cœur lui soufflait qu'il n'avait pas eu le choix. « Un peu comme avec ce pauvre Kit… »

— Es-tu prêt à me dire ton nom, maintenant ? lui dit-elle.

Il lui adressa un regard perplexe.

— Ça fait plusieurs fois que je te le demande, et, comment dire… je ne m'attends pas à ce que tu sois très causant vu comment tu as débarqué chez moi, à moitié mort et pas plus épais qu'un cure-dents, mais j'aimerais au moins le connaître.

L'Orphelin s'obligea à se redresser sur le canapé, en grimaçant un peu.

— J'ai un long chemin devant moi. Jusqu'en Alaska.

Roxy hocha la tête.

— Ce n'est pas tout à fait ce que j'avais demandé, mais j'apprécie que tu me dises enfin quelque chose à ton sujet.

(Elle marqua une petite pause.) En Alaska, hein ? Puis-je savoir pourquoi ?

Quel que soit l'accueil qu'il avait reçu, la confiance qu'il plaçait en son hôte avait tout de même des limites.

— Désolé, madame, mais je ne peux pas vous le dire. Je dois y aller, c'est tout. Je sais que ça représente une sacrée trotte.

— Appelle-moi Roxy, s'il te plaît… Épargne-moi ces « madame », tu veux bien ?

L'Orphelin hocha la tête.

Après un long soupir, elle continua :

— Écoute-moi bien. Ça fait une éternité que je vis seule, triste et abandonnée, depuis la mort de mon mari. C'était un homme bon, un homme merveilleux, et il me manque tellement, tu ne peux même pas imaginer. Tu es venu ici parce que c'était écrit. Je le sais, comme je sais que j'ai deux pieds et neuf orteils – sans commentaires. Tu as besoin d'aller en Alaska ? Eh bien, fiston, j'ai une camionnette en état de marche, avec le plein d'essence et de quoi emporter de l'eau et des provisions. Et il n'y a ni bus ni train, alors tu vas devoir te contenter de la compagnie d'une vieille dame. Une vieille dame et sa camionnette.

L'Orphelin cligna des paupières. Il ne savait pas quoi dire. Il ne parvint qu'à acquiescer en silence.

— Splendide. Mais d'abord il va falloir me dire comment tu t'appelles, fiston. Nous n'irons pas très loin si je ne connais même pas ton foutu nom.

Quelques secondes s'écoulèrent.

— Je m'appelle Minho.

— Voilà, ce n'était pas si difficile ! (Roxy se tapa la cuisse.) Maintenant, raconte-moi quelque chose sur toi – ce que tu veux, peu importe – et ensuite on réfléchira à ce qu'on va faire. Allez, ne sois pas timide. Raconte-moi un truc sur ce dénommé Minho.

Cette femme était décidément bien étrange. Et bavarde. Minho l'aimait bien.

— Je… j'ai suivi un entraînement pour monter la garde au sommet d'un rempart. Je… tuais les gens qui s'approchaient un peu trop. Et un jour, j'ai empêché la mort d'un gamin.

Roxy répondit :

— C'est très intéressant. Ce n'est pas tout à fait ce que j'espérais, en toute franchise, mais c'est encore mieux. Je sens que nous allons avoir de splendides conversations au coin du feu. (Elle se leva.) Très bien, Minho. Allons préparer les bagages, veux-tu ? Ma camionnette a des fourmis dans les roues.

5

Alexandra

Elle se tenait assise dans l'obscurité, à la lueur d'une bougie posée sur une petite table devant elle. Sa flamme ne vacillait pas ; c'était une larme de lumière qui pointait vers le plafond bas. L'homme cornu était attablé en face d'elle. Ses cornes incurvées, de presque trente centimètres, étaient fixées sur sa tête mais donnaient l'impression qu'il était né avec. Chacun se faisait sa propre idée de ce qu'était la dévotion après tout, se dit-elle.

Il était rasé de près, mais était par ailleurs affreusement négligé. Il puait, et chaque centimètre carré de peau qui dépassait de sa robe de pèlerin était maculé de crasse, de poussière ou de traces de sueur séchée. Un régal pour les yeux et les narines.

— Je ne vois que deux mots pour vous répondre, et j'espère que vous ne serez pas vexée, déclara-t-il d'une voix étonnamment douce, presque suave.

Voyant qu'il n'en disait pas plus, elle mordit à l'hameçon.

— D'accord. Quels sont ces deux mots, s'il vous plaît ?

— Pas question.

— Pas question, répéta-t-elle. Ce qui veut dire qu'il y a très peu de chances que vous acceptiez ?

— C'est l'idée, oui. Pas moyen que ça se fasse.

Elle poussa un soupir théâtral, croisa les bras et les jambes. Trois gestes mal vus par les pèlerins du Labyrinthe. Trop banals. L'homme cornu fronça les sourcils mais ne dit rien.

Elle passa à l'étape suivante :

— Et si je vous disais que vous n'avez pas le choix ? Si je vous disais que vous ferez ce que je vous demande parce que je peux vous faire comprendre *pourquoi* vous n'avez pas le choix ?

Il se pencha en avant et posa les deux coudes sur la table.

— Assez de conneries, d'accord ? Arrêtons ce petit jeu. Si vous êtes une pèlerine, je veux bien offrir mon corps à l'Évidage lors de la prochaine messe du Labyrinthe.

Elle afficha une brève expression de crainte, puis l'effaça… À quoi bon ?

— Comment avez-vous deviné ? demanda-t-elle. Qu'est-ce qui m'a trahie ?

Il se renfonça dans son fauteuil, visiblement fier de ses talents d'observateur.

— Oh, je ne sais pas. Peut-être le fait que vous n'empestez pas le caniveau ? Ou le fait que votre visage soit propre et sans la moindre trace de coup ? En plus, vous employez les mots dans le bon ordre et vous ne tombez pas à genoux chaque fois que le mot « Labyrinthe » revient dans la conversation. Je continue ?

— Non, c'est bon. J'ai compris.

— Alors crachez le morceau. Que faites-vous ici ? Vous n'avez pas peur ? Avez-vous la moindre idée du nombre de gens dangereux qui traînent dans les parages ?

— Ce sont pour la plupart des adeptes du Labyrinthe, non ?

— Bon sang, madame ! s'exclama-t-il en frappant la table du plat de la main. Ceux-là sont les pires ! Et de loin !

Elle se hérissa.

— N'en êtes-vous pas un vous-même ? observa-t-elle avec un regard appuyé en direction de ses cornes.

Il leva les yeux en l'air puis les baissa.

— À cause de ça ? Ouais… Disons que ce n'est pas la meilleure décision que j'aie prise. Dormir avec est un enfer, vous pouvez me croire. Mais j'étais jeune, j'étais saoul, et je crois me souvenir qu'il y avait une jeune femme dans l'histoire. Sauf qu'elle est morte, et que moi j'ai toujours ces saletés sur la tête.

— Nous pouvons nous aider l'un l'autre, dit-elle.

Grâce à la discipline de l'Embrasement, elle mit dans ses paroles toute la compassion, la raison et la certitude qu'elle put rassembler. La proposition qu'elle lui avait faite lui paraîtrait désormais indéclinable.

— Ouais, ouais, je vous reçois cinq sur cinq. Bon, oubliez mon refus de tout à l'heure. J'en suis. Pour vous.

— Nous aurons besoin d'autres soutiens, continua-t-elle. Il faudra qu'ils soient tous pèlerins, comme vous. Peut-être un peu plus dévots. Enfin, beaucoup plus. Mais pas trop non plus. Je sais, ça ne va pas être facile à trouver.

— D'accord. C'est bon. De votre côté, est-ce que vous tiendrez toutes les promesses que vous m'avez faites ? Sans rien oublier ?

— Et plus encore. (Elle continua tout bas, ce qui l'obligea à se pencher pour l'entendre.) Si vous m'obtenez ce que je veux, vous serez en mesure de vous installer dans les tours. Et de vous faire retirer ces cornes par un professionnel.

Ce dernier point plut beaucoup à son interlocuteur. Elle le lut dans ses yeux.

— Alors, c'est entendu, conclut-il. À quoi ça ressemble, votre truc ?

— Le Cercueil ? Attendez, je vais vous le décrire…

6

Jackie

Elle faillit le manquer. Faillit.

— Là ! s'écria-t-elle avec excitation, pour que quelqu'un d'autre voie ce qu'elle pensait – *espérait* – avoir vu. (Cela ne faisait que quelques secondes et elle doutait déjà.) Par ici ! Vite !

Dominic fut le premier à la rejoindre.

— Nom de Dieu, murmura-t-il.

Miyoko arriva juste derrière lui. Puis Trish. On les avait regroupés tous les quatre pour continuer à chercher Isaac et Sadina. Même s'ils avaient relevé plusieurs signes de présence humaine en partant de la maison où leurs amis avaient été enlevés – des empreintes de pas, les restes d'un feu, des déjections –, Jackie et les autres n'avaient aucun moyen de savoir précisément qui les avait laissés.

« Jusqu'à maintenant », pensa-t-elle.

Ils se trouvaient à trois ou quatre kilomètres de la maison en question. La piste les avait conduits vers l'intérieur des terres, en direction de l'est. Le groupe de Jackie s'était vu assigner un petit quartier résidentiel où quelqu'un aurait très facilement pu s'introduire pour passer la nuit ou simplement se cacher. L'une des habitations, au sommet d'une colline tout au bout de la rue principale, était entourée d'un mur en brique d'un mètre de haut à moitié noyé dans les hautes herbes et les plantes grimpantes.

Quelqu'un s'était servi d'une pierre pour y tracer un message en gros caractères, juste à côté de l'entrée. Quelqu'un dont l'identité ne faisait guère de doute, d'autant que le message paraissait récent :

ISAAC LE FORGERON ÉTAIT LÀ
ET AUSSI SADINA LA SAGE

— Est-ce que ça dit ce que je crois ? demanda Jackie, juste pour s'assurer qu'elle n'avait pas perdu la tête après toutes ces heures de recherches infructueuses.

Il avait fait très chaud tout au long de la journée, et ses vêtements lui collaient à la peau.

— J'ai bien l'impression que oui, confirma joyeusement Miyoko.

Personne n'eut besoin de lui demander ce qui la mettait en joie. Leurs amis étaient en vie.

— Je vais chercher les autres, annonça Dominic en s'élançant vers le bas de la colline.

Jackie remarqua alors Trish, qui s'était éloignée de quelques pas. Elle se cachait le visage dans les mains et pleurait en silence, les épaules secouées de sanglots. Miyoko s'en aperçut aussi et s'approcha pour la serrer dans ses bras. Trish se laissa faire. Jackie les rejoignit à son tour.

Après avoir pleuré tout son saoul, Trish se détacha de ses amies et contempla les mots griffonnés sur les briques.

— Je ne peux même pas vous dire à quel point je suis soulagée de lire ça, avoua-t-elle. Même si j'ai toujours peur qu'on leur ait fait du mal. Mais bon sang, au moins, on sait qu'ils sont vivants. Enfin… ça ne peut pas être une coïncidence, si ?

Jackie comprit qu'elle était déjà en train de perdre le peu de confiance que ce message lui avait redonné.

— Aucune chance, lui assura-t-elle. Ç'a été écrit il y a quelques heures à peine, regarde, les rayures sont toutes fraîches. Et Isaac s'est donné ce titre grotesque de « forgeron » pour qu'on sache avec certitude qu'il s'agit bien de lui. Même moi, je suis au courant de son obsession pour la forge.

Trish lâcha un petit rire forcé.

— Oui, c'est vrai qu'il est un peu saoulant avec ça. (Elle renifla, reprit ses esprits et redressa la tête.) Tu as raison. C'est forcément eux qui nous ont laissé ce message, et maintenant on sait qu'on est sur le bon chemin. C'est la meilleure nouvelle de la journée.

Des cris retentirent au loin. Dominic revenait avec le reste de leurs amis. Il était obligé de courir pour se maintenir à la hauteur de Mme Cowan, laquelle devait être en proie aux mêmes émotions contradictoires que Trish. Tous avaient l'air furieux, prêts à se battre.

« On est sur le bon chemin. »

Jackie hocha la tête. Et lâcha, avec une détermination farouche, deux mots destinés aussi bien à leurs amis qu'au monde entier :

— On arrive.

7

Minho

Roxy lui tendit une gamelle brûlante, remplie d'un ragoût qui sentait si bon qu'il en eut les larmes aux yeux. Ils étaient assis devant un bon feu – un « feu de camp », comme elle insistait pour le nommer, assurant que le mot convenait mieux à leur aventure. Lui s'en moquait parfaitement. Elle pouvait bien appeler leur feu Casey, Brent ou Jeffrey si ça lui chantait. L'essentiel était qu'il leur tienne chaud et leur permette de cuire leur repas ; un repas délicieux.

— Nous allons avoir tout le temps de faire connaissance, dit Roxy après avoir avalé une bouchée de ragoût. Alors tu sais, je ne vais pas jouer à la vieille dame qui te bombarde de questions sans arrêt. Oh non, sûrement pas. Quand tu auras envie de me raconter quelque chose sur ta vie, eh bien, tu n'auras qu'à le faire.

Elle hocha la tête avec raideur – comme pour se convaincre elle-même – avant d'avaler une autre bouchée.

Il décida de la prendre au dépourvu.

— Et si vous me parliez de vous, plutôt ? Allez, je veux tout savoir. Dans les moindres détails.

Elle le dévisagea durement. Quelques miettes de ragoût se détachèrent de sa cuillère pour retomber dans sa gamelle.

— Minho, ce n'est pas bien. Il ne faut pas se moquer d'une gentille dame comme moi. Pas bien du tout. Je ne te félicite pas.

Minho émit un son qui aurait pu passer pour un petit rire dans une autre civilisation.

— Je ne me moque pas, Roxy. Je ne me suis jamais moqué de personne depuis qu'on m'a sauvé des fosses à Braise quand j'étais bébé. Allez, dites-moi un truc. Plus tard ce sera mon tour, mais vous pourriez commencer par donner l'exemple.

— Ma foi, c'est une idée, jeune homme.

Elle lui adressa un sourire radieux, empreint d'une sincérité comme il en avait rarement – ou même jamais – rencontré dans la Nation Restante.

— Très bien, je vous écoute. (Il racla le fond de sa gamelle, lécha sa cuillère, puis s'allongea sur le dos, les mains croisées derrière la nuque.) Et pardon d'avance si je m'endors.

En dépit de cet avertissement, elle se mit à raconter.

— Mes plus vieux souvenirs, quand j'étais toute petite, sont surtout des images. Mes grands-parents, accablés par les épreuves plus que par l'âge, assis sur des souches. Ou mon père, une vraie loque, incapable de se remettre de la disparition de ma mère, morte d'une manière si horrible que personne n'a jamais voulu me la révéler. Mon père possédait un petit tabouret en bois qu'il traînait partout avec lui. Je le revois encore assis dessus, à fixer le sol. (Elle marqua une pause, perdue dans ses pensées.) Il s'occupait à peine de moi. Ce n'était pas sa faute, tu sais ? C'était simplement un homme… brisé par ce qu'il avait enduré. Par ce qui était arrivé à ma mère.

Minho s'assit, les coudes en appui sur les genoux.

— Roxy… je suis désolé d'apprendre ça. C'est moche, vraiment.

Il n'ajouta rien de plus. Il ne trouvait rien d'autre à dire. Un peu honteux, il se rallongea sur sa couverture.

— Oh, je sais bien que ta vie n'a pas été plus facile, dit Roxy à voix basse, à peine audible par-dessus les crépitements du feu. Je crois que ça pourrait m'aider si nous arrivions à parler de ces choses ensemble. De toutes ces choses horribles.

Minho changea de position de manière à mieux voir son visage.

— Roxy ?

— Oui ? dit-elle, la bouche pincée, comme si elle s'attendait à une remarque déplaisante.

— Merci de m'avoir raconté ça.

Elle parut sincèrement décontenancée.

— Je… il n'y a pas de quoi. Merci de m'avoir écoutée. Alors… veux-tu que je continue ? À moins que tu ne préfères raconter à ton tour ?

Minho se mit à ronfler bruyamment.

Il faisait un peu semblant, mais pas tout à fait. Ses yeux s'étaient fermés tout seuls et sa respiration s'était alourdie. Il avait besoin de dormir. Et il était sûr de trouver le sommeil, sachant qu'il venait d'accomplir un petit pas supplémentaire sur le chemin de sa nouvelle vie.

— Typique, murmura Roxy, sans amertume. (Elle se tortilla un peu sous sa couverture et s'installa pour dormir.) Bonne nuit, petit homme très intéressant.

Il ronfla de plus belle.

— Typique, murmura-t-elle encore une fois.

— Roxy ?

Elle ne répondit pas.

— Merci pour le ragoût. Je crois que c'est le meilleur que j'ai jamais mangé, sauf peut-être celui que vous m'aviez servi chez vous. Merci.

Quelques secondes s'écoulèrent, pendant lesquelles on n'entendit que les craquements légers du feu.

Puis Roxy se mit à ronfler bruyamment.

8

Isaac

Si Timon le Gentil Géant ne brillait pas par sa gentillesse, il était en revanche beaucoup plus convaincant dans son rôle de géant. Il tenait la tête d'Isaac au creux de son coude tout en lui tordant le bras dans le dos avec son autre main. Cela faisait un mal de chien, et chaque fois qu'ils avançaient d'un pas, une onde de douleur remontait dans le bras du garçon jusqu'à son épaule.

— Vous voulez bien me lâcher ? plaida Isaac entre ses dents serrées, les traits déformés par une grimace. S'il vous plaît. Je ne vais pas essayer de m'enfuir ni… Aïe ! Lâchez-moi ! Je peux marcher tout seul !

Sadina les suivait, avec des larmes de colère dans les yeux. On aurait dit un lion enragé qui guettait le bon moment pour bondir sur sa proie. Elle en était capable, d'ailleurs, Isaac le savait mieux que personne – à l'exception, peut-être, de Trish et de Mme Cowan. C'était une coriace, surtout quand on lui cherchait des noises.

— Pourquoi faites-vous ça ? demanda Sadina, les dents serrées elle aussi. Je croyais qu'on avait un accord : on vous écoutait, on venait avec vous, et tout devait bien se passer. Allez, ça suffit maintenant. Lâchez-le !

Elle se rapprocha d'un pas, puis parut changer d'avis. Peut-être que le match de boxe entre Sadina et le Gentil Géant allait devoir attendre encore un peu.

— Tu sais très bien ce que tu as fait, grommela Timon. Tu demandes à pouvoir t'éloigner un peu pour couler un bronze, et je te retrouve en train d'écrire un message sur un mur avec une grosse pierre. Ça ne faisait pas partie de notre accord, désolé.

Isaac voulut répliquer mais il était trop essoufflé pour prononcer un mot. Ce fut donc Sadina qui parla pour lui, puisqu'elle lisait quasiment dans ses pensées.

— Il s'agit de nos *amis*, Timon, expliqua-t-elle avec une sincérité totale. Ce sont les seuls amis que nous avons au monde. Bon sang, il y a même ma mère avec eux ! Tu imagines un peu ce qu'elle doit vivre en ce moment ? On voulait simplement leur faire savoir qu'on était toujours en vie.

Une nouvelle voix vint se mêler à la discussion.

— Oh, c'est tout, hein ? (La voix semblait provenir d'un café à l'abandon. Letti en sortit pour s'avancer dans la rue.) Vraiment ? C'est tout ce que vous vouliez faire ? Leur adresser un petit message d'amour ? On n'est pas aussi bêtes que Timon en a l'air. On sait très bien que vous vouliez semer des miettes de pain sur votre passage afin qu'ils puissent nous suivre.

Isaac, stupidement, tenta de s'écrier « Hansel et Gretel ! » parce que c'était son histoire préférée quand il était petit. Sa mère la lui lisait pour l'endormir. Elle lui faisait un peu peur mais il l'adorait. Tout ce qui sortit de sa bouche, cependant, fut une succession de couinements et de grognements.

Peut-être que ces borborygmes finirent par convaincre Timon, car il accepta enfin de libérer Isaac, lequel se pencha en avant, les mains sur les genoux, et se mit à tousser, cracher et souffler pendant un long moment.

Letti s'approcha et lui souleva sans ménagement le menton pour l'obliger à la regarder.

— Qu'as-tu écrit sur ce mur ?

Timon s'apprêta à répondre – il avait lu le message, après tout – mais Letti l'interrompit d'un geste.

— Je veux l'entendre de la bouche du garçon. Alors ? Ça disait quoi ?

Isaac se redressa, encore à bout de souffle. Il comprit qu'il ne servirait à rien de mentir.

— C'était juste un de ces trucs débiles qu'écrivent les mômes. Johnny Machin était là. Regina Bidule était là. Les gens font ça tout le temps. Donc... Isaac était là. Sadina était là. Rien de plus.

Timon se raidit.

— Isaac le Forgeron ? Sadina la Sage ? Ça voulait dire quoi, ça ?

— À votre avis ? C'est simplement des surnoms. Pas de quoi en faire toute une histoire. On peut y aller, maintenant ?

Letti leva les yeux au ciel et secoua la tête. Timon renifla bruyamment. Sadina continuait à trembler de frustration mais resta suffisamment lucide pour ne pas perdre ses moyens. Isaac parvint enfin à respirer normalement. Tout le monde parut disposé à passer à autre chose.

— D'accord, dit Letti. Venez avec moi, j'ai un truc à vous montrer.

Elle tourna les talons et s'engagea sur un chemin de terre qui partait de la rue pour grimper le long d'une colline, au milieu des broussailles et des arbustes. Timon se planta devant eux et leur indiqua le chemin d'un geste du menton. Son message était clair. Sans dire un mot, Isaac emboîta le pas à leur ravisseuse, suivi de Sadina. Le Gentil Géant fut assez aimable pour fermer la marche.

La colline montait en pente raide, et l'ascension devint rapidement pénible. Le cœur d'Isaac battait si fort qu'il l'entendait résonner dans son crâne. Sadina soufflait et grommelait derrière lui. Plusieurs fois, ils durent s'accrocher à une branche ou une racine pour franchir un passage difficile. Au-dessus d'eux, Letti grimpait d'un pas agile en bondissant comme un cabri.

Le temps qu'ils atteignent le sommet, Isaac avait l'impression d'avoir perdu plusieurs litres de sueur, et son torse se soulevait exagérément à chaque respiration. Pourtant, il se sentait très bien. Cet effort lui rappela avec une pointe de nostalgie ses dures journées de travail dans l'atmosphère enfumée de la Forge.

— Venez, dit Letti en leur faisant signe de la suivre le long de la crête.

Le ciel s'assombrissait au-dessus d'eux, immense et infini, piqueté de quelques étoiles qui scintillaient çà et là.

Isaac resta en arrêt devant la beauté du panorama. Le soleil miroitait encore sur l'océan, au ras de l'horizon, et des immeubles se dressaient à perte de vue ; certaines fenêtres encore intactes projetaient des reflets orangés. De l'autre côté de la colline, des montagnes s'élevaient au loin, d'une couleur entre le rouge et le mauve dans la lumière déclinante. Une tristesse poignante l'étreignit tout à coup. Ce monde avait dû être magnifique autrefois. Pourquoi avait-il fallu qu'il soit balayé par la maladie et l'apocalypse ? Arriverait-il à s'en remettre un jour ?

— Là, indiqua Letti. (Elle s'arrêta, s'accroupit et pointa quelque chose dans les faubourgs de la ville où les ombres étaient en train de s'allonger.) Regardez.

Isaac s'accroupit à côté d'elle et suivit la direction de son doigt. Il lui fallut un moment, mais il finit par repérer du mouvement à quatre ou cinq kilomètres environ. Des gens. Un groupe, de dix à quinze personnes environ.

— C'est…, commença Sadina, sans finir sa phrase.

Letti hocha la tête.

— Oui, ce sont eux. On leur a laissé suffisamment d'indices pour qu'ils puissent nous suivre à la trace. Merci de nous y avoir aidés.

Isaac en resta sans voix.

— Quoi, vous pensiez vraiment qu'on vous aurait laissés écrire sur ce mur si c'était contraire au plan ? (Letti échangea un regard avec Timon.) C'est tombé pile au bon moment. Ça vous aura appris à quel point il est primordial de faire ce qu'on vous dit, tout en fournissant un encouragement de plus à vos amis.

— Mais… pourquoi ? demanda Sadina. Je ne comprends pas. Vous comptez les laisser nous rattraper, ou pas ?

Letti ne répondit pas. Elle commença à redescendre de la colline, dans la direction opposée à leurs amis.

Isaac se dit qu'ils pourraient essayer de s'enfuir. Leurs ravisseurs ne prendraient probablement pas le risque de les tuer – Sadina semblait importante pour eux, même s'il ne savait pas pourquoi. Il lui suffirait sans doute de pousser violemment Timon pour lui faire dévaler la pente. Mais…

« Pas encore, se dit-il. Pas encore. »

Alors, tel un gentil petit chien, il suivit ses maîtres.

Troisième partie

UN MOIS PLUS TARD

J'ai remarqué un truc à mon sujet. Je reste un être humain, malgré cette foutue Braise. Surtout avec les souvenirs qui me reviennent entre deux crises. Je ne vais pas dire que je me sens bien, ça non. Mais ma mère me manque, et aussi mon père, ma sœur… Je m'en souviens à peine mais ils sont là, dans mes pensées, dans mon cœur. Je déteste l'idée de devenir cinglé, ou de perdre ce que je viens tout juste de retrouver. Et ça m'aide à réaliser que je suis toujours moi, même si je commence à perdre mon humanité.

Il y a sans doute une leçon à tirer de tout ça. Il faudra que j'y réfléchisse à l'occasion.

— *Le livre de Newt* —

Chapitre 10

LA RIVIÈRE

1

Jackie

Elle se réveilla avant tout le monde, alors que l'aube rosissait le ciel à l'est.

Elle avait l'impression qu'il s'était écoulé une éternité depuis leur arrivée à bord de ce fichu rafiot sur les plages de l'ancien monde. Elle n'aurait pas su dire combien de jours exactement, sans doute trois ou quatre semaines – Miyoko tenait un calendrier précis mais Jackie lui avait demandé d'arrêter de lui en parler. Elle ne voulait plus y penser. Quoi qu'il en soit, il lui semblait que ça faisait des années. Une vie entière.

Une vie entière à marcher.

Plein nord à travers la ville, puis le long de l'océan, et à travers d'innombrables petites villes côtières abandonnées. Au nord, au nord et toujours au nord. Avec parfois de petits crochets vers l'est et l'intérieur des terres, qui finirent par les éloigner de la côte. Personne ne savait qui avait choisi cette route et où elle les conduisait exactement. Une seule chose les guidait : des indices, des signes, des messages qui les maintenaient sur la piste. Même si aucun d'eux n'osait le formuler à voix haute, cela paraissait presque trop facile. Isaac et Sadina se trouvaient quelque part devant eux, à deux jours de marche tout au plus, et de toute évidence ils étaient toujours en vie. Seulement, Jackie et les autres ne parvenaient pas à les rattraper. Ils avaient toujours un pas de retard. Enfin, un certain nombre de pas pour être exact.

— Salut, souffla quelqu'un dans son dos.

Jackie faillit mourir de peur mais parvint à le cacher. Elle roula sur le flanc et vit Dominic assis par terre, à proximité des braises encore chaudes de leur feu de camp, d'où s'élevait un filet de fumée grise pareil à un fantôme.

— Qu'est-ce que tu fais déjà debout ? chuchota-t-elle.

D'habitude, il fallait le traîner hors de son sac de couchage le matin.

— Il fallait que j'aille pisser. (C'était sa réponse passe-partout à une vingtaine de questions différentes.) Je t'ai vue bouger, je me suis dit que j'allais te dire bonjour.

— C'est trop gentil, Dom. Tu ne voudrais pas aller pisser pour moi aussi, tant que tu y es ?

— Je ne crois pas que ça marche comme ça. Je peux t'apporter un seau, si tu veux.

Elle étouffa un petit rire.

— On ne partira sans doute pas avant une heure ou deux. Tu ne crois pas que tu devrais essayer de te rendormir ? Déjà que tu as tendance à être grincheux après une bonne nuit de sommeil…

— Grincheux ? Je ne suis pas grincheux !

Il paraissait sincèrement vexé.

— Je plaisante ! Et si on préparait le petit déjeuner pour les autres ? Ils nous voueront une reconnaissance éternelle.

Son visage s'éclaira.

— D'accord, faisons ça.

2

Elle s'arrangea pour laisser Dominic faire le plus gros du travail en prétextant une envie pressante pour s'éclipser juste au moment où il commençait à frire les œufs et cuire la viande de daim au-dessus du feu. Un bosquet voisin – comme on n'en voyait pas beaucoup dans le désert de broussailles qu'ils traversaient – lui offrit l'endroit idéal. Quand elle eut terminé, elle s'adossa un moment contre un arbre, se disant que Dominic était tout à fait capable de préparer le petit déjeuner tout seul.

Des images du mois écoulé lui revinrent en tête.

La marche inlassable par journées caniculaires et nuits glaciales ; l'adaptation à la vie sauvage ; la chasse aux pièges et au couteau ; la recherche quotidienne de traces laissées par Isaac et Sadina ; les lueurs d'espoir et les baisses de moral ; et ce vide infini, comme si l'ensemble de l'espèce humaine avait disparu de la surface de la Terre. Elle ne savait pas ce qu'elle deviendrait sans les autres, sans leur amitié, leur instinct de survie, leur sens de l'humour et leurs épaules réconfortantes sur lesquelles pleurer. Une petite voix lui disait qu'il ne fallait pas tirer des conclusions en se fiant uniquement aux quelques centaines de kilomètres qu'ils avaient parcourus. Comment savoir ce qui pouvait se trouver au-delà ? Sept continents. Des îles innombrables. Sans compter les décennies écoulées depuis l'apparition de la Braise. Comment savoir ?

N'empêche que leur île lui manquait. Cruellement.

À son retour au campement, les autres étaient presque tous debout, alléchés par l'odeur des grillades. Étonnamment, Dominic n'avait rien fait brûler ni renversé dans le feu. Elle aimait bien ce grand benêt. Juste au moment où elle se disait ça, il l'aperçut et lui fit un grand signe, faisant tomber la moitié de la nourriture par terre. Elle ne put s'empêcher de rire.

— Tu as trouvé quelque chose ?

Jackie sursauta. Mme Cowan s'était approchée sans un bruit. La mère de Sadina lui posait la même question près de quarante fois par jour.

— Non, rien. Désolée.

La pauvre femme poussa un gros soupir.

— Tant pis, ça ne fait rien. Je crois qu'on est toujours sur la bonne piste. Nous devrions bientôt atteindre la rivière qu'Alvarez a repérée hier soir. Vu sa largeur, ça m'étonnerait qu'ils aient essayé de traverser. Je pense que nous allons la suivre vers le nord pendant un bout de temps. Viens, allons grignoter un morceau avant qu'il ne reste plus rien.

Ils rejoignirent les autres pour manger tous ensemble, en cercle – la viande de daim était brûlée, en fin de compte, et parsemée de grains de sable qui crissaient sous la dent –, et Jackie eut le temps de réfléchir. Toute sa vie elle avait entendu parler des fondus, de la Braise, de l'apocalypse solaire qui avait ravagé le monde. Pourtant, depuis qu'ils avaient quitté la ville en ruine, des semaines plus tôt, ils ne voyaient plus qu'une nature sauvage et somptueuse. La planète était à l'évidence en train de remporter la bataille. Toutefois, ils finiraient tôt ou tard par rencontrer d'autres humains, c'était inévitable et elle en était parfaitement consciente.

— Tu sais ce que mon père disait toujours ?

C'était Miyoko, tenant à la main sa gourde vide.

— Non, quoi donc ? répondit Jackie.

Elle avala sa dernière bouchée de viande, pas fâchée d'en avoir terminé.

— « Un penny pour tes pensées. » Je n'ai jamais vu de penny, mais si j'en avais un je te le donnerais volontiers. À quoi tu penses ? Je vois bien qu'il y a un truc qui te travaille.

Il était bien connu que Jackie était toujours en train de réfléchir à une chose ou une autre. Elle aurait bien voulu être plus insouciante, mais c'était dans sa nature de s'inquiéter, de ruminer, de se demander ce qu'elle aurait pu faire différemment et de s'interroger sur ce qui l'attendait.

— C'est juste que la situation est trop bizarre. Franchement, qu'est-ce qu'on fait là ? On a embarqué dans ce bateau uniquement à cause de Kletter, sauf qu'elle est morte maintenant. Et on se retrouve à errer dans le désert comme ce crétin de Moïse dans la Bible. Ou est-ce que c'était Joseph ? Ou Paul ? Je ne sais plus. M. Baxby nous en parlait sans arrêt dans ses prêches sur la place du village.

— M. Baxby ? répéta Miyoko. Je ne le connais pas, lui.

— Parce que vous autres de la côte est, vous restez toujours entre vous. (Elle n'avait pas eu l'intention de dire ça d'une manière aussi abrupte. Elle s'empressa de sourire pour s'excuser.) J'ai l'impression de… d'évoluer sans filet, si tu vois ce que je veux dire.

Miyoko avait un regard très expressif, et Jackie put y lire qu'elle voyait tout à fait.

— Je comprends. Mais tout ne se passe pas toujours comme on l'avait prévu dans la vie, tu sais ? Peut-être qu'à notre retour on essaiera de chercher les amis de Kletter. En attendant, il n'y a qu'une seule chose qui compte.

Elle indiqua Trish d'un coup de menton.

Jackie se sentit aussitôt stupide et honteuse.

— Oh, je sais. Je n'aurais pas dû dire ça. Pour l'instant, il faut retrouver Isaac et Sadina. Je sais bien…

— Hé ! l'interrompit Miyoko. Arrête ça tout de suite. Ce n'est pas ta faute. Mon père disait un autre truc aussi. « Suis le mouvement, Jackie. On est tous dans le même bateau. »

Elles échangèrent un regard et se mirent à rire toutes les deux.

— Ça, au moins, c'est une bonne chose, reconnut Jackie. Plus de bateau avant un mois ou deux, minimum. Avant qu'on puisse rentrer chez nous.

Aussitôt, l'atmosphère s'assombrit.

Heureusement, Dominic, Trish, Carson et Lacey s'approchèrent pour dissiper la gêne. Dom fit une blague de mauvais goût sur la trace qu'aurait soi-disant laissée Jackie entre les arbres ; Trish lui ordonna de la boucler avant de le complimenter sur son petit déjeuner ; Carson se plaignit d'avoir très mal dormi, pile sur un caillou, et Lacey lui demanda d'une voix nonchalante pourquoi il ne s'était pas déplacé de quelques centimètres. Après quoi elle le traita de tête de pioche, expression que Jackie n'avait jamais entendue auparavant.

Tout allait bien, donc. Les choses auraient pu être pires.

Mme Cowan se planta devant eux, les mains sur les hanches comme une maîtresse d'école autoritaire.

— Ça fait plaisir de vous voir avec le sourire ce matin, déclara-t-elle. (Elle s'efforçait toujours de faire bonne figure devant eux, mais Jackie savait qu'il n'en était rien. La mère de Sadina était rongée par l'angoisse, et ne se détendrait qu'une fois qu'ils auraient retrouvé sa fille. Ainsi qu'Isaac, évidemment.) Vous êtes prêts à lever le camp ? Papy Poêle-à-frire pense qu'on risque d'avoir très chaud aujourd'hui, mais qu'il devrait faire bien meilleur près de la rivière.

— On est prêts, annonça Dominic.

Il se leva, en gémissant comme un vieillard. Ils se mirent tous à ramasser leurs affaires.

« Près de la rivière », pensa Jackie en attrapant le vieux sac à dos moisi qu'elle avait déniché dans les ruines.

Les choses iraient mieux quand ils arriveraient près de la rivière.

3
Minho

L'Orphelin n'y connaissait pas grand-chose en matière de véhicules, tant ils étaient devenus une rareté dans le monde moderne. Les Afflicteurs de la Nation Restante possédaient quelques camions et voitures dont ils se servaient autour de la forteresse, et il y avait ces machines monstrueuses aux roues géantes qui pouvaient tout écraser sur leur passage. Certaines étaient des reliques du passé, soigneusement restaurées, d'autres étaient issues de l'esprit tordu d'ingénieurs qui avaient un peu trop de temps libre. D'autres encore provenaient d'une source mystérieuse dont l'Orphelin et ses semblables ne discutaient qu'à voix basse.

Toujours est-il que l'Orphelin n'était jamais monté à bord d'aucun véhicule. Malgré cela, ces dernières semaines l'avaient amené à une conclusion irréfutable.

Roxy conduisait comme une folle.

Elle ne pouvait pas voir une colline, une congère de neige, un ruisseau ou un rocher sans avoir envie de foncer droit dessus. Elle roulait toujours pied au plancher, et aucune pente n'était trop raide pour elle. Souvent, alors qu'il agrippait le tableau de bord et fermait les yeux en se disant que sa dernière heure était arrivée, il l'entendait pousser un cri de joie et s'esclaffer tandis que la camionnette rebondissait, tanguait ou penchait dangereusement. Au moins avait-elle la décence de prendre un air gêné après ce genre d'épisodes.

— Quand est-ce que vous me laisserez le volant ? demanda-t-il pour la centième fois.

Il avait appris à aimer leurs soirées au coin du feu, à rester assis en silence ou à évoquer le passé, mais il ne s'habituait toujours pas à sa conduite.

— Jamais, fiston. Oublie ça. C'est ma camionnette.

Il lui reposerait la question le lendemain.

Ils roulaient sur une longue route droite comme un I, toute fendillée et pleine de nids-de-poule – plutôt en bon état, donc, comparée à beaucoup d'autres qu'ils avaient empruntées. Roxy ne se souciait pas de ce genre de détails. Sa réaction face aux obstacles était généralement d'accélérer et d'espérer que tout se passerait bien. L'Orphelin se considérait comme quelqu'un de très courageux, après l'entraînement intensif qu'il avait subi, mais sa compagne de voyage mettait quotidiennement sa témérité à rude épreuve.

— Est-ce qu'on pourrait au moins s'arrêter pour pisser ? (Sa vessie était sur le point d'exploser.) J'ai envie de vomir, aussi. Je ne sais pas comment vous faites pour zigzaguer autant sur une route aussi droite.

— D'accord, d'accord.

Elle écrasa la pédale de frein et la camionnette s'immobilisa en dérapant. Minho faillit se pisser dessus mais parvint à garder le contrôle. Il ouvrit la portière, bondit hors du véhicule et se soulagea à quelques pas seulement de la voiture. Puis il prit un instant pour admirer le paysage – des kilomètres et des kilomètres de broussailles, de collines et de vallées, avec une chaîne de montagnes à l'horizon, qui se découpait en gris sur le ciel bleu sans nuages.

Il avait changé au fil de leur voyage à travers le pays. Au fil de leurs soirées à camper, à se préparer un repas rudimentaire sur le feu. Au fil de leurs discussions interminables – alimentées la plupart du temps par lui seul, ce qui était peut-être le plus étonnant dans l'affaire. Il parlait de la Nation Restante, de sa politique brutale qui consistait à tuer et incinérer toute personne infectée. Il racontait sa vie d'Orphelin, l'entraînement, le travail, les longues gardes sur les remparts, les meurtres qu'il avait commis. Et il parlait de Kit, le garçon qu'il avait sauvé. C'était sans doute à ce moment-là que sa transformation avait commencé. Comment savoir ?

Il avait changé d'une manière qu'il n'aurait jamais cru possible. Parfois, il repensait à la boule de nerfs qu'il était avant sa fuite loin de la Nation Restante. Il se considérait à peine humain à cette époque – en tout cas, il n'y avait pas en lui une once de ce qu'il voyait chez Roxy. Alors qu'elle se montrait toujours pleine de vie, de gentillesse et d'humour, il était ratatiné comme une vieille crotte sèche oubliée dans un coin. Une chose répugnante que personne n'avait envie de côtoyer, comme l'exigeaient son éducation et son entraînement.

Mais plus maintenant. Il n'avait jamais envisagé de perdre sa dureté, son âpreté, son aptitude à être une arme mortelle. Toutefois Roxy lui avait fait découvrir un monde nouveau, au propre comme au figuré. À mesure qu'ils sillonnaient les grands espaces, les montagnes, les déserts et les prairies, il avait commencé à se rendre compte que ce n'était pas si grave d'éprouver un peu de joie de temps en temps.

— Bouh !

Une tape sur son épaule.

Elle lui faisait souvent ce coup-là, sauf que là-dessus, il n'avait *pas* changé.

— Vous croyez vraiment que je ne vous ai pas entendue approcher dans mon dos ? demanda-t-il sans se retourner. Je suis mieux entraîné que ça. En plus, vous êtes lourde. J'aimerais bien avoir un peu d'intimité, là.

Elle s'avança à côté de lui.

— C'est joli, hein ? Je suis drôlement contente que tu m'aies forcée à venir avec toi. (Ça aussi, elle le faisait souvent. Essayer d'être drôle.) Je ne m'étais pas autant amusée depuis longtemps.

— Ouais…

Il grimaça un peu, sentant son humeur s'assombrir. Cela lui arrivait de temps en temps. Souvent, en fait. Au moment où il pensait avoir vraiment changé, ses mauvais penchants revenaient à la charge, comme pour le détromper. Il ne pouvait jamais prévoir ce qui les raviverait mais il les sentait qui tambourinaient dans son cœur, dans sa tête. Qui faisaient circuler son sang plus vite. Une colère sourde. Pendant un instant il fut tenté de jeter Roxy au sol et de lui voler sa camionnette, de retrouver sa vraie nature, de la considérer comme une ennemie. De ne plus jamais rire de toute sa vie.

— Minho ?

Il se tourna vers elle. Il dut faire un effort colossal pour afficher une mine impassible, les mains le long du corps, le souffle régulier.

— Parlez-moi encore de votre mari.

Elle savait que ça lui faisait du bien, alors elle lui répondit avec le sourire :

— C'était quelqu'un de travailleur. Et gentil. Très drôle, aussi. Il adorait les balades en forêt. Il m'apprenait à reconnaître les plantes, les champignons, les animaux. Il adorait aussi ce que je pouvais lui apprendre. Nous avons construit notre maison tous les deux, tu sais ? Oui, bien sûr que tu le sais. C'était quelqu'un de merveilleux, et il me manque tous les jours.

Minho hocha la tête.

— J'espère lui ressembler un jour.

— Oh, c'est déjà bien parti. Tu y es presque, même si tu ne seras jamais tout à fait comme lui. Mais ce n'est pas grave. Presque, c'est bien suffisant. (Elle aimait bien jouer les grands-mères pleines de sagesse par moments. Elle marqua une pause.) Tu es sûr que ça va ?

— Oui. Allons-y.

Il lui tourna le dos et remonta dans la camionnette. C'était tout ce dont il était capable pour l'instant, et même si elle ne pouvait le comprendre, cela représentait une grande victoire pour lui. Un nouveau départ.

Le lendemain, ils arrivèrent devant une rivière.

4

Isaac

Il rêvait rarement ces derniers temps. D'habitude, après une longue journée à marcher derrière Sadina, le Gentil Géant et Letti, il se glissait dans son sac de couchage miteux, à l'abri de leur petite tente miteuse, et trouvait le sommeil en quelques secondes. Un sommeil profond. Un sommeil béni, dans lequel rien ne lui arrivait jamais. Rien du tout. Au petit matin, il avait l'impression que Letti le réveillait alors qu'il venait tout juste de poser la tête sur son oreiller miteux (une vieille couverture nouée par une ficelle).

Cette nuit-là, pourtant, il rêva.

Oh, rien d'extravagant. Il revit simplement quelques scènes de son ancienne vie sur l'île, en des temps plus heureux. Quand sa sœur et ses parents étaient encore en vie. Quand ses seuls soucis consistaient à s'acquitter de ses corvées dans leur yourte et à convaincre Capitaine Flammèches de tolérer sa présence à la Forge avant qu'il devienne apprenti. Il rêva de sa mère en train de réparer une fuite dans le toit en multipliant les jurons. De son père en train de discuter avec un voisin du changement des courants océaniques et de ce que cela signifiait pour le climat et la récolte à venir.

Et puis, il rêva de ce jour funeste. De l'accident. Quand sa vie entière avait basculé.

Il pleuvait ce jour-là. Il tombait des cordes. Heureusement qu'il restait encore une semaine avant les semailles, sans quoi une bonne partie des graines aurait été emportée par la pluie. La pluie qui tombait sans discontinuer.

Il l'entendait dans son rêve.

Des torrents d'eau. Des cascades. Des milliers de litres en flot continu. Il ouvrit les yeux. Son rêve était terminé.

Pourtant, il entendait encore le grondement de l'eau. Un mot qui ne rendait pas justice à la puissance de ce bruit.

La rivière.

Ce n'était que la rivière.

Il s'assit, surpris de s'être réveillé tout seul cette fois, sans Letti et sa petite voix flûtée s'écriant « bonjour, bonjour ! » avec l'insupportable insistance d'une mouette. C'était drôle de penser qu'il s'agissait de la même femme qui leur avait parlé de l'Évolution, de la mutation de la Braise en plusieurs variants, dont certains avaient le potentiel de créer une nouvelle espèce humaine, plus aboutie. Ou de tuer jusqu'à la dernière personne sur Terre. Quoi qu'elle dise, cela se terminait toujours par de grandes envolées auxquelles Isaac ne comprenait pas grand-chose.

Malgré tout, elle s'efforçait de se comporter comme si tout allait bien, comme s'ils étaient une petite famille heureuse partie faire du camping. Ce n'était pas très convaincant. Car en dépit de cette bonhommie affichée, Letti et Timon trouvaient toujours des occasions de leur rappeler quel sort leur serait réservé au cas où ils auraient envie de s'enfuir. Il pouvait leur arriver à tout moment la même chose qu'à Kletter – c'était l'une des phrases préférées de Timon, même si Isaac se demandait souvent s'il disait ça sérieusement. Il n'était pas facile de décrypter les intentions de leurs ravisseurs.

Sadina et lui avaient donc décidé de ronger leur frein, même si les jours étaient devenus des semaines et qu'ils continuaient à remonter en direction du nord-est, inlassablement. Ils savaient que leurs amis étaient toujours sur leur piste, à quelques jours de marche derrière eux. La situation avait quelque chose d'absurde, de très bizarre, comme un secret inavouable que tout le monde connaissait mais dont personne n'avait envie de parler. À quoi jouait donc Letti ? Pourquoi ne pas se laisser rattraper, tout simplement, et continuer la route ensemble ? Leurs ravisseurs avaient pourtant été clairs là-dessus : c'était tout à fait hors de question.

Isaac rampa hors de la vieille tente déchirée qu'il partageait avec Sadina. Timon était déjà debout, en train d'allumer le feu pour le petit déjeuner. Cet homme semblait ne jamais dormir. Il restait à veiller sur ses captifs jusqu'à ce qu'ils s'endorment, et il était déjà à les attendre lorsqu'ils se réveillaient le matin. De temps à autre, Isaac se levait en pleine nuit pour sortir pisser et chaque fois il voyait Timon passer sa vilaine tête hors de sa propre tente. Pour le surveiller. Il était toujours aux aguets.

— Il ne nous reste plus qu'un peu de bacon, annonça le Gentil Géant, criant presque pour couvrir le grondement de la rivière. (Ils avaient dressé le camp à moins de trente mètres de la rive ouest.) Il va vraiment falloir qu'on prenne du gros gibier aujourd'hui. Je ne sais pas pour toi, mais en ce qui me concerne je commence à en avoir un peu marre des lapins et des écureuils. J'ai vu des cochons sauvages dans cette région. Ça te dirait ?

— Oh, heu, oui, bien sûr, répondit Isaac.

C'était ce genre de discussions qui renforçait l'incongruité de leur situation. Un échange de propos légers, anodins. Et pourtant il y avait cette menace qui flottait au-dessus d'eux, comme un brouillard presque invisible, qu'on pouvait sentir plus qu'on ne le voyait.

Sadina émergea à son tour, les yeux chassieux, silencieuse. Puis Letti revint de la rivière, avec six grosses truites attachées au bout d'une ficelle. Elle s'était levée avant tout le monde, bien sûr. Et elle avait pêché de quoi leur offrir à tous un copieux petit déjeuner.

« Drôle de vie, décidément », pensa Isaac. Coincé avec une femme tyrannique qui tantôt pêchait pour le nourrir, tantôt lui parlait d'évolution et d'extinction. Il n'avait pourtant pas trop à se plaindre. La perspective de savourer bientôt du poisson grillé lui mettait l'eau à la bouche. Et lui fit repenser à son île. Encore une fois.

Timon contempla sa partenaire avec admiration.

— Letti, tu es une bénédiction. J'étais justement en train de dire au jeunot qu'il ne nous restait plus qu'un pauvre morceau de bacon.

Elle lui tendit ses prises, dont quelques-unes frétillaient encore.

— Je les ai attrapées, tu les cuisines. En tout cas aujourd'hui.

— Je ne t'aurais pas fait confiance pour t'en occuper toi-même, de toute manière. Donne-moi une demi-heure.

Isaac n'était pas sûr de pouvoir patienter si longtemps.

5

Torturé par l'odeur savoureuse de la chair grillée, Isaac fut récompensé lorsqu'il vit enfin arriver devant lui une belle truite fumante. Le poisson était brûlant, et ce fut un exercice délicat de le dévorer à belles dents sans se cramer les doigts ni la langue. Mais l'attente en valait la peine. Et les brûlures aussi. Quant au mal de ventre inévitable qui s'ensuivrait… oui, ça en valait la peine aussi.

— J'ai l'impression d'en avoir mangé plus que toi, dit Sadina, les yeux gonflés, comme si le jus du poisson était remonté jusque dans sa tête.

— Si c'est le cas, c'est que tu m'en as volé, l'accusa-t-il. Parce que Letti nous a servi la même part à tous les deux.

— Désolée de te décevoir, minus. Elle m'en a donné plus. C'est normal, après tout, vu que je porte un sac deux fois plus lourd que le tien. Une femme a besoin de prendre des forces.

— Un homme aussi, se plaignit-il, regrettant de ne pas pouvoir savourer une bouchée supplémentaire de cette chair succulente.

Sadina dressa la tête.

— Oh ? (Elle fit mine de jeter un regard intrigué autour d'elle.) Tu as vu un homme dans le coin ? Dis-moi où, et je le nourrirai moi-même.

— C'est tellement drôle que j'ai oublié de rire.

Elle s'esclaffa mais Isaac n'était pas vraiment d'humeur à échanger des piques, et Sadina s'en rendit compte immédiatement. Elle vint s'asseoir tout contre lui et lui glissa dans la bouche un morceau de poisson encore tout chaud. Il le mâcha avec extase, pendant que Sadina le serrait dans ses bras.

Elle lui chuchota à l'oreille :

— Je te connais, Isaac. Je sais exactement ce que tu as.

— Ah bon ? s'étonna-t-il, tout en sachant qu'elle disait probablement vrai.

— Tu as rêvé d'eux, c'est ça ? De ce jour-là ?

Il acquiesça.

Elle l'étreignit une dernière fois, puis se leva et se planta devant lui.

— Il va falloir qu'on le fasse, Isaac. Qu'on en parle. Tu as besoin de raconter ton histoire à d'autres, à voix haute. Tout de suite. Parle-nous – à moi, à Timon, à Letti. On sait qu'ils nous aiment bien, même s'ils jouent les caïds de temps en temps. On est tous dans la même galère, au fond. Alors…

Elle se pencha, lui tendit la main et l'aida à se relever. Après quoi elle le prit de nouveau dans ses bras.

— Tu veux bien le faire ? S'il te plaît. S'il y a une chose que ma mère m'a apprise, c'est qu'on ne peut pas garder tous nos problèmes pour nous. Des fois, il faut en parler. Se confier aux autres. S'appuyer sur eux. Tu trouves ça gnangnan ? Peut-être bien. Mais c'est comme ça. Il n'y a même pas à discuter.

Il n'était pas sûr de comprendre ce qu'elle attendait de lui. Qu'il parle ? Avec elle, avec eux ? Pour dire quoi, bon sang ? Cela faisait si longtemps que Sadina l'encourageait à se confier, or il avait toujours refusé, en se fermant comme une huître.

« Tu sais très bien ce qu'elle veut, pensa-t-il. Arrête un peu. Elle a raison, et tu en as parfaitement conscience. Même si ça t'agace. »

— D'accord, capitula-t-il. C'est bon. Je veux bien en parler. Même à Letti et à son fichu géant. Le feu n'est pas encore éteint, on n'a qu'à se réunir autour ?

Sadina sourit.

Pendant les quelques minutes dont il avait eu besoin pour prendre sa décision, Timon et Letti s'étaient tenus en retrait, observant leur discussion avec intérêt et sans doute une pointe de curiosité. Ils ne savaient pas de quoi ils parlaient mais semblaient très désireux de l'apprendre.

— Allons-y, dit Isaac.

Ils s'installèrent tous les quatre autour du feu. Les braises rougeoyantes craquaient et crépitaient, soulevant quelques ultimes particules incandescentes dans l'air chaud.

— C'était ma faute, commença Isaac.

Sadina ouvrit aussitôt la bouche pour protester mais il la fit taire d'un regard.

— Tu veux que je raconte, ou tu préfères que je mente ? C'est ma faute. C'est ce que je ressens. Parfois. Au fond de moi, je sais que c'est faux, n'empêche que cette idée me torture sans arrêt. Tu prétends que ça aide, d'exprimer les choses à voix haute ? Eh bien, laisse-moi poursuivre.

— Que s'est-il passé ? demanda Letti.

Elle semblait sincèrement intéressée.

— Chaque année, notre île essuie plusieurs grosses tempêtes. Celle-là était encore plus violente que les autres. On aurait dit que l'océan tout entier nous tombait dessus. Et j'ai pris la pire décision de ma vie. Je me suis dit que ce serait marrant de descendre sur la plage, pour regarder les vagues géantes de près. Je sais, c'était complètement stupide.

Son regard croisa celui de Timon, qui s'empressa de baisser les yeux sur les braises. « Il y a un truc bizarre chez ces deux-là, pensa Isaac. Ils tiennent beaucoup plus à nous qu'ils ne veulent bien le montrer. »

— Et alors ? l'encouragea Sadina.

Il n'aurait pas su dire combien de temps il était demeuré silencieux.

— Et alors… une vague plus forte que les autres s'est écrasée devant moi, m'a happé et m'a entraîné vers le large. Aussitôt, ma mère et mon père se sont précipités pour me sauver. Je ne sais pas comment ils ont su ce qui m'arrivait.

— C'étaient tes parents, répondit Letti d'une voix chargée d'émotion, comme si ce récit réveillait chez elle de vieux souvenirs. Les parents sentent toujours quand leur enfant est en danger.

— Ah oui ? Parce que ma sœur est venue aussi, marmonna-t-il. Comment expliquez-vous ça ?

Letti accusa le coup. Juste assez pour qu'Isaac se sente honteux.

Il soupira, pleinement conscient qu'il esquivait la douleur comme d'habitude, en devenant agressif. Était-ce une si mauvaise chose ? Il décida que non.

— Écoutez, je sais que j'étais censé vous raconter mon histoire en détail mais il n'y a pas grand-chose à ajouter. Sur le moment, je n'ai pas vraiment pensé à prendre des notes. Je me faisais ballotter dans tous les sens par des rouleaux deux fois plus hauts que Timon. Je ne me rappelle pratiquement rien. J'avais de l'eau salée plein la bouche, je toussais, je m'étranglais… J'étais en train de me noyer, voilà. De me noyer. Je me souviens de la voix de mon père, qui hurlait mon nom de toutes ses forces. Par contre je ne crois pas avoir entendu ma mère ni ma sœur.

Ce dernier détail eut raison de lui. Il craqua complètement. Un sanglot douloureux lui échappa et il se mit à pleurer à chaudes larmes. Sadina l'attira contre elle. Il se blottit entre ses bras, gêné mais tout de même bien content qu'elle soit là.

Après quelques minutes, il sécha ses larmes, se détacha gentiment de Sadina et se leva.

— Le reste, dit-il, n'est pas bien difficile à deviner. (Il marcha jusqu'à leur tente et entreprit de la démonter.) Allez, tirons-nous d'ici.

Il n'avait jamais travaillé aussi furieusement. Il replia la tente et fit son sac en un temps record. Les autres le laissèrent faire. Sadina paraissait triste, mais Timon plus encore, comme si c'était lui qui avait perdu toute sa famille d'un coup. Peut-être que la même chose lui était arrivé.

Vingt minutes plus tard, le campement était nettoyé et ils étaient prêts à partir. Isaac boucla les sangles de son sac à dos. Il était trempé de sueur mais il se sentait mieux.

— Allons-y, dit-il en se mettant en marche.

Ils repartirent vers le nord, le long de la rivière, accompagnés par son grondement incessant.

Chapitre 11

Le pont en ruine

1

Alexandra

Ce soir, elle tomberait le masque devant eux.

Ils méritaient de savoir ; et surtout, ce serait la touche finale pour assurer leur implication. Leur dévouement. Leur adoration. Après toutes ces réunions secrètes, ces planifications, ces préparatifs, après tous ces échanges de promesses et de richesses, ils étaient déjà liés à elle comme des cordages à un bateau. Après ce soir, ces amarres deviendraient des chaînes en fer forgé dont ils ne pourraient plus se défaire.

Ils se retrouvèrent à l'endroit habituel, dans le sous-sol d'un entrepôt décati, abandonné longtemps avant leur naissance. C'était un miracle que le bâtiment ne se soit pas encore effondré. On accédait à l'entrée par un chemin sinueux, labyrinthique, entre les gravats. « Labyrinthique. » Elle avait pensé cela sans ironie aucune.

Son ami cornu, qui n'avait consenti que la semaine précédente à lui dire comment il s'appelait – Mannus, un nom qu'il devait sans doute trouver particulièrement viril –, se tenait assis à sa droite, à la vieille table qu'ils avaient récupérée dans les ruines. Six autres personnes étaient présentes : trois femmes, trois hommes, vêtus des robes jaunes du Labyrinthe. Comparés à Mannus l'hérétique, c'étaient tous de fidèles adorateurs de la foi, des croyants irréprochables. Exactement ce dont elle avait besoin. Et après ce qu'elle s'apprêtait à leur dire – et à leur montrer –, ils se prosterneraient à ses pieds. Littéralement.

— Commençons, dit-elle.

Mannus croisa les bras, posa les coudes sur la table et regarda chacun des autres participants tour à tour. Ses cornes se dressaient de manière comique au-dessus de sa tête, et Alexandra sut qu'avant la fin de la nuit il lui rappellerait une fois de plus sa promesse : lui faire retirer ces implants grotesques par un professionnel, quelqu'un qui ne risquerait pas de lui briser le crâne lors de l'opération.

— Tout est prêt pour dimanche, annonça-t-il. À midi, quand la plupart des fidèles se rassembleront aux portes du Labyrinthe pour la messe.

L'une des femmes – qui n'avait pas de cornes, elle – prit la parole.

— Je voudrais juste rappeler ce que je vous dis depuis le début. Nous ne devrions pas agir pendant un moment aussi sacré. C'est mal.

Son voisin – sans cornes, mais avec les noms de tous les anciens blocards tatoués sur le visage – manifesta son approbation.

Mannus fit claquer sa main contre la table avant de recroiser les bras. Puis il se mit à crier :

— On parle d'assassiner un membre de la Tête de Dieu et de voler la relique la plus sacrée de toute l'histoire des saintes reliques, et ce qui vous préoccupe, c'est qu'on le fasse pendant la messe ? Aurais-je choisi les mauvais pèlerins ?

— On attend toujours cette fameuse preuve qu'il a tourné le dos à la vraie foi, rappela une autre femme. (Alexandra avait décidé plusieurs semaines auparavant de ne pas se donner la peine d'apprendre leurs noms.) Nous considérons cette mission comme une manifestation de dévotion, pas comme un sacrilège.

— D'accord, c'est bon, grommela Mannus. Vos protestations seront consignées dans le registre. Même s'il n'y a pas de registre. Mais je m'en souviendrai. Bref… dimanche. À midi. On se retrouvera au milieu des pèlerins et on s'éclipsera après le début de la cérémonie. La Maison de Dieu se trouve à cinq cents mètres environ. Une fois sur place, tout le monde sait ce qu'il a à faire.

L'homme aux tatouages intervint :

— Si tout le monde sait ce qu'il a à faire, qu'est-ce qu'on fait là ? Où est la preuve que vous nous avez promise ?

En guise de réponse, Mannus se tourna vers Alexandra. Le moment était venu.

Elle se leva. Les autres poussèrent des exclamations de stupeur en la voyant se défaire de sa robe de pèlerine et la laisser glisser au sol. Dessous, elle portait des vêtements somptueux, teints de couleurs éclatantes et tissés de fils d'or et d'argent. Elle leva le bras, arracha sa perruque crasseuse et la jeta sur sa robe. Ensuite, elle ôta les épingles qui maintenaient son chignon et laissa ses cheveux retomber en cascade sur ses épaules, en un flot sombre et opulent qui recouvrait tout le haut de son corps.

Elle n'eut pas besoin d'en faire plus.

Ces gens surent tout de suite qui elle était. Sans le moindre doute. Combien de fois s'étaient-ils pressés le long des rues pour la regarder passer ? Combien de fois s'étaient-ils agenouillés devant elle et frappé le torse en signe de dévotion ? Ils savaient reconnaître un membre de la Tête de Dieu. Enfin, quand le membre en question voulait bien retirer son déguisement.

Au début, personne n'osa bouger, parler, ou même respirer. Ce qui se passa ensuite fut tout aussi prévisible, et Alexandra ne chercha pas à l'empêcher.

Les pèlerins bondirent de leurs chaises, tombèrent au sol, baissèrent la tête en signe d'humilité tout en criant des mots et des phrases à peu près incompréhensibles. Alexandra distingua tout de même « Loué soit le Labyrinthe », « Gloire aux blocards », « Maudits soient les Griffeurs » et « Touchez-moi, mon Dieu, touchez-moi ». Mais pour l'essentiel elle n'entendit que des gémissements et des grognements mêlés à des cris de joie hystériques. Mannus était resté assis et la dévisageait avec incrédulité.

Les autres se traînèrent vers elle – non pas à quatre pattes, comme des bébés, mais carrément à plat ventre en tirant sur leurs avant-bras. On aurait dit des vers, des serpents, ou n'importe quelle autre créature rampante.

Ils l'entourèrent bientôt, toujours prosternés mais manifestement convaincus d'avoir démontré suffisamment d'allégeance pour oser la regarder avec des yeux implorants. Ils avaient cessé leurs bruits et n'espéraient plus qu'être touchés par la grâce de l'un des Trois auxquels ils avaient voué leur vie.

Cela l'écœurait.

Vraiment. Pourtant, elle ne pouvait plus faire machine arrière. Quand tout ceci serait terminé, quand ils n'auraient plus qu'elle comme dieu, ou déesse, peu importait, les choses changeraient. Une fois le Cercueil en sa possession, l'avenir pourrait enfin être tout autre. Mais pour cela, elle devait se débarrasser de Nicholas. De Mikhail aussi, peut-être. Mais d'abord de Nicholas.

— Savez-vous qui je suis ? demanda-t-elle d'une voix douce.

Cela déclencha une nouvelle vague d'excitation qu'elle dut laisser s'exprimer une bonne minute. Après quoi elle leva la main pour réclamer le silence.

— Je suis votre déesse, et vous me voyez telle que je suis. Vous voilà en ma présence. Je suis l'Évolution. Vous êtes mes enfants, et un jour prochain vous évoluerez à votre tour. Me croyez-vous ?

Oh oui, ils la croyaient. Ils le manifestèrent de façon parfaitement claire jusqu'à ce qu'elle soit contrainte de les faire taire de nouveau.

— Votre déesse s'en réjouit. Les instructions que vous a transmises Mannus sont les miennes. Le dieu dénommé Nicholas a rompu le sceau avant l'heure dite, ce qui est un sacrilège. Il m'a été révélé qu'il devait être puni pour cela, et que je devais prendre sa place. Contemplez votre nouveau dieu !

Elle avait passé des heures à travailler ce discours dans ses appartements. À présent qu'elle le prononçait, elle avait du mal à croire qu'ils ne lui riaient pas au nez, ne se roulaient pas par terre en se tenant les côtes, ni ne tremblaient sous l'effet d'une hilarité incontrôlable. Il était temps de porter le coup de grâce.

— Vous avez demandé une preuve, continua-t-elle. Je ne vous en blâme pas. Au contraire, il me plaît de voir que vous refuseriez de vous dresser contre la Tête de Dieu sans la certitude absolue que c'est la seule chose à faire. J'ai donc décidé de vous donner cette preuve.

Elle marqua une longue pause, au point d'éprouver sa propre patience. Finalement, l'un d'eux craqua. L'un des hommes.

— Quelle est cette preuve, Déesse ? demanda-t-il.

Du vivant d'Alexandra, aucun pèlerin n'avait jamais obtenu ce qu'elle s'apprêtait à leur accorder.

— Je vais vous conduire à l'intérieur du Labyrinthe. Afin que vous puissiez constater ce que je dis de vos propres yeux.

Ce fut l'hystérie.

2

Minho

Des gens.

Il voyait des gens.

Il se tourna vers Roxy, allongée à côté de lui sur la crête.

— Dites-moi que je ne suis pas cinglé. Il y a bien des gens là-bas, non ? Des humains ?

— Oui, Minho. Je crois que ce sont des humains.

Ils roulaient depuis quelques heures seulement ce jour-là quand ils étaient tombés sur la rivière, au cours large et impétueux. Un pont l'enjambait mais il était en piteux état, complètement délabré. Seule son armature métallique semblait à peu près intacte. Ils pouvaient tenter de le franchir à pied mais pas question d'y risquer la camionnette.

Après avoir fait une pause et mangé un morceau – leurs provisions s'épuisaient plus vite qu'ils n'osaient l'admettre –, ils avaient entendu ce qui ressemblait à un rire. Ils avaient d'abord cru à un cri d'oiseau, mais au cas où, ils avaient rampé jusqu'à la crête pour jeter un coup d'œil.

Des gens.

Il voyait des gens.

Quatre personnes en tout.

Elles se trouvaient sur l'autre berge, raison pour laquelle leur rire paraissait si lointain. Le vent avait dû le porter jusqu'à eux. Minho se réjouit qu'ils aient garé la camionnette hors de vue, dans un renfoncement à l'écart de la route. Même sans avoir jamais croisé âme qui vive, ils continuaient à prendre ce genre de précautions, dans l'éventualité d'une rencontre inattendue.

— Que fait-on ? demanda Roxy. On les invite à prendre le thé ?

L'Orphelin sourit, mais le cœur n'y était pas. Malgré tous ses efforts, il ne parvenait pas à réprimer les mauvais sentiments qu'il sentait monter en lui. Sa vie entière, on lui avait enseigné comment réagir face à ce genre de situation. Il devait éliminer ces gens. Les tuer avant qu'ils ne soient suffisamment proches pour propager une quelconque maladie. Mais cela ne lui parut pas une bonne idée de le dire à Roxy. Alors il se tut, tandis qu'elle reportait son attention sur l'autre rive.

Il y avait deux hommes et deux femmes, autant qu'il puisse en juger. L'un des hommes était un vrai colosse. Les autres avaient tous plus ou moins le même gabarit. Chacun portait un gros sac sur ses épaules, et leur démarche pesante et laborieuse semblait indiquer qu'ils étaient sur la route depuis un bout de temps. Ils firent halte à l'entrée du pont et laissèrent tomber leurs sacs à leurs pieds. Peut-être voyaient-ils là l'endroit idéal pour s'arrêter et se reposer, comme Roxy et l'Orphelin. D'ailleurs, la nuit commençait à tomber ; ils allaient vraisemblablement camper sur place.

— Est-ce qu'ils ressemblent à des meurtriers, d'après toi ? demanda Roxy.

L'Orphelin recula prudemment puis se redressa pour retourner à la camionnette. Roxy le suivit.

— Eh bien ? insista-t-elle. Tu crois que ce sont des gentils ou des méchants ? À mon avis ils sont parfaitement inoffensifs.

Il ne pouvait pas lui répondre, pas encore. Dos à elle, les deux mains à plat sur le capot du véhicule, il ferma les yeux et s'obligea à respirer profondément cinq fois de suite.

« Minho, pensa-t-il. Je m'appelle Minho. » Il se raccrocha à cela, luttant contre son instinct. Celui qui lui soufflait de tuer d'abord et de poser des questions ensuite. Mais aussitôt, un doute l'assaillit. « Ces gens peuvent très bien être infectés. Ou avoir le même instinct que moi. »

— Il faut partir, décida-t-il. Et tant pis s'ils nous entendent. Le temps qu'ils arrivent ici, on sera déjà loin. On n'a qu'à rouler vers le nord, longer la rivière jusqu'à tomber sur un autre pont, celui-ci est en trop mauvais état de toute manière.

Elle ne répondit rien, pas même un grognement de désapprobation. Il soupira, regrettant pour la première fois de ne pas être tout seul. Il n'était pas d'humeur à discuter. Avec un nouveau soupir, accentué par la frustration, il s'adossa à la camionnette.

Roxy n'était plus là. Elle avait disparu.

Il partit en courant vers la crête, priant pour qu'elle n'ait pas fait de bêtise. Il parvint au sommet.

Non… elle n'avait pas disparu, en fin de compte.

Il la vit en contrebas s'engager sur la carcasse branlante du pont.

3

Jackie

Les journées de Jackie étaient faites de cycles qui, à force d'être enchaînés – généralement dans le même ordre que le jour précédent et que le jour suivant –, étaient devenus une routine. Une routine solidement installée, qu'elle avait renoncé à briser.

Il y avait d'abord le réveil matinal, le plus souvent face au visage hilare de Dominic, le coq humain, qui n'avait manifestement plus besoin de sommeil ces derniers temps. Venaient ensuite les phases d'un lever semi-comateux, les étirements, les bâillements, puis un petit déjeuner rapide, quelques mots échangés, le démontage des tentes et la crainte de suivre la piste d'Isaac et de Sadina pour rien, encore une fois, comme ils le faisaient depuis des semaines. Jamais très loin d'eux mais jamais assez près. C'était comme assister à une course d'escargots ; le premier avançait d'un centimètre, le deuxième l'imitait, sans qu'aucun des deux ne puisse creuser ou combler l'écart.

Enfin, ils continuaient, inlassablement.

Pour Sadina. Pour Isaac.

Ils marchaient toute la journée, dressaient le camp, dormaient, puis recommençaient le lendemain matin. Avec le visage de Dominic en guise de soleil levant. Elle avait perdu le compte, mais ce jour-ci s'annonçait très similaire à tous les autres.

À l'exception de la rivière. La rivière apportait un changement bienvenu, donc un motif d'espoir, même s'il ne reposait pas sur grand-chose. Elle l'accueillait néanmoins avec joie.

Ils avaient crapahuté pendant des heures sur la rive ouest de cette rivière au cours rapide atteinte la veille au soir, sans jamais s'en éloigner. L'eau était profonde, le flot impétueux, et son grondement permanent avait quelque chose d'agréable et d'apaisant aux oreilles de Jackie. Les nombreux rochers qui dépassaient de la surface brisaient le courant dans des gerbes d'écume blanche, des bouillonnements et des tourbillons, tout un ensemble de mouvements confus.

Jackie était si fascinée par cette merveille de la nature qu'elle en oubliait de regarder où elle mettait les pieds. Un léger creux dans le sol lui fit perdre l'équilibre et elle s'étala de tout son long. Elle redressa la tête en crachant un peu de terre et vit, mortifiée, que l'ensemble de leur petit groupe s'était arrêté pour la regarder.

— Tu n'as rien ? lui demanda Miyoko en se retenant de pouffer.

Jackie s'essuya le visage et se releva sans rien montrer de la douleur qui irradiait de ses genoux, de ses mains écorchées et de son visage meurtri.

— Penses-tu. Contente d'avoir pu vous divertir.

— Pas de quoi, dit Dominic.

Tous les regards se tournèrent vers lui – même s'ils auraient dû être habitués, depuis le temps, à ses remarques toujours à la limite de l'absurde. Jackie, elle, garda les yeux fixés sur un point éloigné de la rivière, presque à l'horizon. Elle ignorait si les autres l'avaient remarqué plus tôt mais pas elle, en tout cas.

— Ce ne serait pas un pont ? demanda-t-elle en pointant son doigt.

Tout le monde se retourna pour voir de quoi elle parlait. Une silhouette floue en forme de croissant de lune s'arrondissait effectivement au-dessus de la rivière. Cela ne pouvait pas être autre chose.

Ce fut Papy Poêle-à-frire qui répondit :

— J'ai presque quatre-vingt-dix ans et j'y vois comme une chauve-souris borgne. Je suis vraiment le seul à l'avoir remarqué depuis une demi-heure ?

Personne ne lui répondit, peut-être parce qu'ils éprouvaient tous la même chose que Jackie : une sensation étrange de vacillement, comme si le sol s'était changé en sable sous leurs pieds. Elle n'aurait pas su dire pourquoi mais il y avait quelque chose d'inquiétant dans ce pont. Un nuage de brume ou de poussière venait sans doute de se dissiper parce qu'il lui apparaissait beaucoup plus clairement désormais. À un kilomètre et demi environ.

Dominic posa une question parfaitement raisonnable :

— Est-ce qu'on tient vraiment à s'en approcher ? Quand j'étais petit, ma mère me racontait souvent l'histoire d'un troll qui vivait sous un pont. Ça me fichait une peur bleue.

— Tu es en train de dire qu'il pourrait y avoir un troll sous ce pont ? s'esclaffa Trish, toujours partante pour se moquer de son plus vieil ami. Je ne crois pas que les trolls existent, tu sais ? En fait, j'en suis sûre à quatre-vingt-dix-neuf pour cent.

— Mais les fondus, oui, répliqua-t-il. Et mon petit doigt me dit qu'ils n'hésiteraient pas à habiter sous un pont. Ou à s'accrocher dessous. Je te parie qu'il y en a plusieurs suspendus sous celui-là.

— Tu as encore mangé des champignons que tu ne connais pas, hein ? dit Miyoko. Tu devrais arrêter.

Plus ils parlaient, plus leurs paroles semblaient se noyer dans le grondement du courant. Car Jackie pensait avoir remarqué quelque chose, malgré la distance. Elle en était presque sûre.

— Les gars, fit-elle, trop bas pour les faire taire. Ho, les gars !

Cette fois elle avait pratiquement crié. Lorsqu'ils lui accordèrent enfin leur attention, elle pointa de nouveau le doigt.

— Ça m'étonnerait que ce soient des fondus, avança-t-elle d'une voix qui tremblait un peu – sous l'effet de l'excitation ou de la peur, elle n'aurait pas su le dire. Mais il y a quelque chose qui bouge sur ce pont.

Ils pivotèrent d'un bloc. Et les derniers doutes de Jackie se dissipèrent.

— C'est peut-être eux, murmura-t-elle.

4

Isaac

— Il y a une femme là-bas.

C'était Letti qui avait parlé. Elle se tenait debout devant le vieux pont tandis que Sadina et Isaac étaient assis sur un rocher à l'ombre, à savourer un peu de fraîcheur.

Ce n'était qu'une simple remarque. Une observation, rien de plus. Mais elle contenait une menace implicite qui noua la gorge d'Isaac.

Timon se raidit et courut rejoindre Letti. Après avoir échangé un regard inquiet, Isaac et Sadina firent de même. Bientôt les quatre se retrouvèrent alignés face au pont. Les poutrelles métalliques, rongées par la rouille, semblaient déformées comme si elles avaient fondu au soleil. Une moitié d'entre elles s'étaient décrochées depuis longtemps et avaient dû tomber dans les eaux rugissantes en contrebas. L'édifice paraissait sur le point de s'écrouler au premier coup de vent.

Pourtant, il tenait toujours. Pour l'instant. Suffisamment pour qu'une personne ose s'aventurer dessus.

Une femme.

Progressant prudemment sur l'armature branlante, elle avait parcouru environ le tiers du chemin. Elle les salua de la main, et pendant une fraction de seconde Isaac crut qu'elle allait perdre l'équilibre et dégringoler de son perchoir. Mais elle continua d'avancer avec insouciance.

Timon posa alors une question sinistre :

— Qu'est-ce qu'on fait, on la tue ?

Isaac espérait sincèrement que la femme n'avait pas entendu.

La réponse de Letti fut pire encore :

— Oui.

« Ils rigolent, pensa Isaac. C'est pour nous faire marcher. »

La femme avançait toujours.

5

Minho

— Roxy !

Il avait piqué un sprint jusqu'à l'entrée du pont, avec la sensation que ses pieds effleuraient à peine le sol. Peu désireux de se risquer sur la carcasse rouillée, il s'arrêta pour crier son nom encore une fois. Elle se retourna vers lui. Il s'attendait à la voir agacée (ce sentiment aurait été réciproque). Au lieu de quoi elle affichait une expression d'excitation sincère, de joie presque enfantine, les yeux écarquillés et un grand sourire aux lèvres, qui la rajeunissait de vingt ans.

— Viens ! lui cria-t-elle. Ça ne craint rien, c'est solide !

Les quatre inconnus qu'ils avaient repérés plus tôt se tenaient à l'autre bout du pont, alignés comme de jeunes Orphelins dans l'attente d'instructions pour leur prochaine épreuve. Ils ne semblaient pas particulièrement menaçants, mais pas précisément amicaux non plus.

— Roxy, on ne sait pas du tout qui sont ces gens ! Revenez par ici !

C'était une femme gentille, innocente, prompte à faire confiance – il n'y avait qu'à voir l'accueil qu'elle avait réservé à l'Orphelin lorsqu'il s'était présenté devant chez elle, hagard et affamé, quelques semaines plus tôt. Sans jamais manifester la moindre suspicion envers lui. Il ne pouvait pas la laisser commettre deux fois la même erreur.

— S'il vous plaît, Roxy ! Revenez, qu'on en discute.

Au moins, cela la fit s'arrêter. Elle prit le temps d'y réfléchir. En-dessous d'elle, la rivière s'écoulait en rugissant. Un nuage d'écume s'en élevait comme une fumée. Il ne voulait pas qu'elle tombe. Il ne voulait pas qu'elle franchisse ce pont. Elle resta plantée là, tandis que les secondes s'égrenaient lentement.

Les inconnus n'avaient pas bronché. Ils avaient l'air de parler – peut-être entre eux, à moins qu'ils ne soient en train de crier des choses à Roxy. En tout cas l'Orphelin n'entendait rien de ce qu'ils disaient. Roxy ne bougeait toujours pas. Peut-être était-elle paralysée par la peur, enfin consciente des risques qu'elle prenait.

— Roxy ? (Il dut crier pour se faire entendre, mais il tâcha de le faire le plus gentiment possible.) Roxy, revenez de ce côté !

Elle aurait aussi bien pu s'être changée en statue.

La femme de l'autre groupe s'avança vers le pont, juste de quelques pas. Un grincement métallique retentit quand elle posa le pied sur une poutrelle branlante. Cela suffit à la dissuader de continuer.

Roxy était toujours immobile.

Alors l'Orphelin s'avança précautionneusement sur la charpente rouillée en direction de son amie. Des grincements et des craquements se faisaient entendre à chacun de ses pas mais la structure ployait sans se rompre. La femme sur l'autre rive porta la main à sa poche.

« Elle a une arme », pensa-t-il aussitôt. Il s'élança au pas de course, oubliant toute prudence. Il devait sauver Roxy. Il le fallait. Comme avec Kit.

L'Orphelin se souvint de son entraînement.

Il était prêt à tuer pour défendre son amie.

Il trébucha, se cogna la tête contre une poutrelle et tomba à travers un trou du tablier.

Roxy entendit probablement le « plouf ».

6

Jackie

Elle reconnut ses amis. Il n'y avait aucun doute possible.

Isaac et Sadina.

Jackie et les autres se mirent à courir. Tous, y compris Papy Poêle-à-frire – même s'il fut rapidement distancé ; il cria à Jackie de continuer en la voyant se retourner pour l'attendre. Miyoko courait à côté d'elle, ainsi que Dominic, Lacey sur leurs talons. Mme Cowan, qui courait à une vitesse saisissante, était juste devant. Les autres membres du Congrès se maintenaient plus ou moins à la hauteur des autres. Carson, grâce à ses longues jambes, faillit même passer en tête ; mais pas tout à fait. C'était Trish qui menait l'assaut. Elle galopait si vite que ses mouvements semblaient se brouiller.

La rivière grondait sur leur droite. Un nuage passa devant le soleil, qui touchait presque l'horizon, jetant un voile crépusculaire sur les collines. Le pont grossissait à chaque foulée, et pourtant il semblait toujours aussi loin. Trop loin.

Isaac et Sadina se tenaient sur la rive ouest de la structure tordue, auprès de deux autres personnes. Il y avait aussi une femme sur le pont, venant de l'est ; elle avait parcouru environ le tiers du chemin. Et quelque chose venait de tomber dans l'eau en soulevant une gerbe d'éclaboussures – sans doute un bout de métal qui s'était détaché.

Jackie savait qu'ils seraient bientôt repérés, malgré le fracas de la rivière, le sifflement du vent et la lumière déclinante. Elle ignorait par contre ce qu'ils feraient une fois sur place, même s'ils avaient l'avantage du nombre sur les ravisseurs de leurs amis.

Elle courut. Les autres aussi.

Devant eux, l'homme qui se tenait près de Sadina se tourna pour les regarder approcher.

7

Isaac

Il fallait faire quelque chose. Il devait faire quelque chose.

Tout se déroulait trop vite. Un type venait de se casser la figure à travers un trou du tablier et de faire une chute de sept ou huit mètres dans les eaux écumantes en contrebas. La femme sur le pont avait poussé un grand cri mais n'avait pas bougé, comme si elle était paralysée par la peur. Et puis il y avait Letti, qui s'était arrêtée au bout de quelques pas et avait mis sa main dans sa poche pour en sortir Dieu sait quoi.

Quelqu'un était peut-être en train de se noyer mais personne n'avait réagi.

— Il faut aider ce pauvre gars ! s'écria Sadina. (Elle voulut faire un pas mais Timon la retint par le poignet.) Lâchez-moi.

Elle avait dit cela si froidement que Timon s'exécuta.

— J'y vais, déclara-t-il. Restez là, tous les deux.

— Pour regarder Letti égorger cette femme comme elle l'a fait avec Kletter ? Qu'est-ce qui ne tourne pas rond chez vous ?

Isaac aurait bien voulu connaître la réponse à cette question. Il se sentait aussi pétrifié que l'inconnue sur le pont. Letti se comportait de manière bizarre. Au lieu de scruter la rivière à la recherche de l'homme qui y était tombé, elle n'arrêtait pas de fixer le ciel comme si elle se demandait s'il n'allait pas pleuvoir avant la tombée de la nuit.

Timon se tourna vers la berge, laissant traîner son regard machinalement, quand il se figea, les yeux écarquillés. Isaac pivota pour tenter d'apercevoir ce qui avait retenu son attention.

À quelques centaines de mètres, un petit groupe d'une dizaine de personnes avançait dans leur direction. Certaines couraient plus vite que d'autres ; une en particulier venait largement en tête. Il n'eut pas besoin de la voir en détail pour deviner de qui il s'agissait.

Il retint un cri de joie, même si Timon avait déjà repéré leurs amis. Il poussa Sadina du coude pour lui indiquer les nouveaux arrivants. Elle, en revanche, ne parvint pas à se contenir.

— Trish ! s'écria-t-elle, esquissant un pas en direction de sa petite amie.

Timon lui agrippa le bras pour la deuxième fois en moins d'une minute.

— Oh non, pas question, gronda-t-il d'une voix menaçante. Et tu ferais mieux de leur dire de rester où ils sont sans quoi la femme sur le pont sera le cadet de tes soucis. Allez, dis-leur !

Isaac le fit pour elle, levant les mains en l'air et agitant les bras pour leur faire signe de s'arrêter, de rester à distance. Aucun d'eux n'obéit. Trish n'était plus qu'à une centaine de mètres à présent, suivie des autres. Il aperçut, loin derrière, Papy Poêle-à-frire qui trottinait péniblement, à deux doigts de la crise cardiaque.

— Je vous aurai prévenus, grogna Timon.

Mais au lieu d'agir, il se tourna vers Letti, s'attendant peut-être à la voir sortir le couteau avec lequel elle avait tué Kletter. Or celle-ci continuait à fixer les nuages, sans manifester le moindre signe d'inquiétude.

— Ne leur faites pas de mal, ordonna Sadina. Je vous jure sur la Tête de Dieu dont vous nous rebattez les oreilles que si vous touchez un seul de leurs cheveux, plus rien ne me retiendra. Je vous tuerai, même si je dois y laisser ma peau.

Depuis tout le temps qu'il la connaissait, Isaac ne l'avait jamais entendue dire une chose pareille.

Trish était presque à leur portée, à quelques pas, criant le nom de Sadina.

Letti, pour la première fois, parut remarquer les nouveaux arrivants. Elle ne sortit pas son couteau pour autant. Avec un soupir théâtral, elle s'assit dans la poussière à l'endroit où le métal du pont rencontrait le revêtement abîmé de la route.

— Timon, calme-toi un peu et assieds-toi, dit-elle tandis que les trois autres la regardaient avec stupéfaction. Et quoi qu'il arrive, ne t'avise pas de blesser qui que ce soit. C'est exactement ce que nous voulions. Nous sommes venus ici pour ça.

Timon croisa le regard d'Isaac. Ce dernier haussa les épaules, il ne comprenait plus rien à la position de Letti. Timon s'assit.

Sadina courut à la rencontre de Trish.

8

Minho

Il était traversé par tellement de sensations.

Un froid cuisant, mordant. Ses vêtements et ses cheveux trempés et alourdis. Le gargouillis et la pression de l'eau tout autour de lui. Du liquide dans son nez, sa bouche, qui tentait de s'infiltrer jusque dans sa gorge. La douleur sourde de son gosier qui tentait de résister. La désorientation pendant qu'il se faisait ballotter dans la rivière. Les chocs multiples de son corps qui heurtait les rochers.

Tout cela fit remonter à sa mémoire un vieux souvenir, alors même qu'il était entraîné par le courant loin du pont, loin de Roxy, et qu'il allait peut-être mourir. Cela lui rappela la fois où Orange et lui avaient dérobé deux combinaisons d'artillerie et les avaient essayées sans avoir suivi le moindre entraînement. Ils avaient subi la loi de la gravitation, à l'époque, mais la nausée et les douleurs étaient presque les mêmes.

Il parvint à sortir la tête de l'eau. Il toussa, cracha, puis s'empressa d'aspirer une grande goulée d'air avant de replonger sous la surface. Il se cogna le dos contre un rocher, et bascula cul par-dessus tête. Avant d'émerger de nouveau. Cherchant désespérément quelque chose à quoi se raccrocher, il entrevit une lueur d'espoir.

Un arbre était couché sur la rive ouest, et ses branches s'étendaient au-dessus de la rivière sur une bonne vingtaine de mètres. L'Orphelin en saisit une au passage. Son corps s'arrêta net. Le courant devint pareil à une centaine de mains qui tiraient sur ses vêtements, ses bras, ses pieds, qui lui cinglaient le visage pendant qu'il se cramponnait de toutes ses forces. Une seule erreur, un seul relâchement, et la rivière l'emporterait de nouveau.

Mais il était un Orphelin, entraîné depuis sa naissance à vaincre les humains et les fauves, la nature et la douleur. Même s'il devait bien admettre qu'on ne lui avait jamais appris à résister au cours impétueux d'une rivière en crue.

Il assura sa prise avec sa main droite, serrant l'écorce mouillée jusqu'à en avoir mal aux doigts. Puis il lâcha sa main gauche et la posa plus loin sur la branche, au-dessus de son bras droit. Après quoi il fit l'inverse et se déplaça ainsi, petit à petit, jusqu'à atteindre le tronc, où le courant était moins fort.

À partir de là, le reste fut facile. Passant d'une branche à l'autre, il se hissa le long du tronc pour remonter sur la berge. Une fois sur la terre ferme, il s'écroula sur le dos, hors d'haleine ; et il resta là un moment, à contempler le ciel, les nuages de plus en plus denses et le soir qui tombait.

Quelques secondes s'écoulèrent. Puis il se souvint brusquement de la situation dans laquelle il était.

Il se releva précipitamment à l'aide des racines de l'arbre et escalada la rive abrupte pour déboucher sur un sol plat et herbeux.

Le courant l'avait entraîné à un kilomètre du pont, peut-être plus, et il se trouvait désormais sur la berge opposée à celle où ils avaient laissé la camionnette. La lumière déclinante empêchait d'estimer les distances avec plus de précision. Et il avait beau plisser les paupières, il ne parvenait pas à voir si Roxy se tenait toujours sur le pont, ni ce que devenaient les inconnus qu'il avait aperçus et qui étaient maintenant du même côté que lui.

Il ne lui restait plus qu'à aller voir par lui-même. Mais d'abord, il cassa une longue branche droite sur l'arbre qui l'avait sauvé. Il l'empoigna solidement, la soupesa, la fit tournoyer entre ses mains. Faute de mieux, cela ferait l'affaire.

Puis il tourna le dos à l'arbre et piqua un sprint en direction du pont. En direction de Roxy.

« Je m'appelle Minho », pensa-t-il. Ce qui lui donna de la force.

9

Jackie

Trish et Sadina ne s'étaient toujours pas lâchées. Elles s'embrassaient, se serraient dans les bras, s'embrassaient de nouveau, donnant l'impression de pouvoir continuer comme cela pendant un jour ou deux. Papy Poêle-à-frire avait fini par les rejoindre au pont, soufflant si fort que Jackie détourna les yeux, craignant de voir le cœur de l'aïeul lâcher. Peut-être en réchapperait-il si elle ne regardait pas.

Elle préféra se focaliser sur l'homme et la femme assis à l'extrémité du pont. Les ravisseurs d'Isaac et Sadina. Du moins le supposait-elle – ils n'avaient pas prononcé un mot, et Isaac était trop occupé à fêter ses retrouvailles avec les amis qu'il pensait probablement ne plus jamais revoir. Mais peut-être s'était-il fourvoyé. La situation ne ressemblait guère à un sauvetage, et Jackie devait reconnaître qu'elle n'y comprenait plus rien.

Dominic prit Isaac dans ses bras, le souleva en l'air et le fit tournoyer trois fois autour de lui jusqu'à leur donner le tournis à tous les deux. Après quoi il rejoignit Jackie, bientôt imité par Miyoko. Tous trois assistèrent à la suite des embrassades. Sadina quant à elle finit par réaliser que sa mère attendait son tour pour un câlin.

— Il y a une demi-heure encore, c'était la fin du monde, observa Jackie. Et maintenant on croirait qu'on est de retour sur notre île pour la fête de l'été. On mène quand même une drôle de vie.

— Je ne comprends pas, avoua Miyoko. Qui sont ces gens ?

Elle indiqua de la tête les deux inconnus qui les fixaient d'un air inexpressif. Le colosse avait vraiment une trogne patibulaire.

— Pourquoi ne pas leur demander directement ? suggéra Dominic. (Il se dirigea vers eux sans attendre l'avis de ses amies. Jackie et Myoko n'eurent d'autre choix que de le suivre.) Vous êtes qui, les gars ?

Ce n'était peut-être pas la plus subtile des entrées en matière mais elle avait le mérite d'aller droit au but.

L'homme, un véritable géant, fut le premier à répondre :

— Je m'appelle Timon. Elle, c'est Letti. Adressez-vous à elle si vous avez des questions.

— D'accord, dit Dominic. Madame, vous voulez bien m'expliquer ?

La dénommée Letti ne réagit pas immédiatement. Elle se contenta de lever les yeux vers le ciel comme si elle s'ennuyait.

Jackie décida qu'un peu de politesse ne pourrait pas faire de mal.

— Je m'appelle Jackie, et je vous présente Miyoko et Dominic. Comme vous le voyez, on est des amis d'Isaac et Sadina. Est-ce que... c'est vous qui les avez enlevés ? Et qui avez tué Kletter ?

Le souvenir de la gorge ensanglantée de Kletter lui fit l'effet d'une gifle. Au diable la politesse.

Avant que quiconque puisse répondre, Dominic s'éclaircit la voix et pointa le doigt en direction du pont.

— Hum, et elle, c'est qui ?

Jackie avait presque oublié la femme qu'elle avait remarquée plus tôt, tétanisée au-dessus de la rivière. Celle-ci semblait avoir surmonté sa peur car elle s'était remise à avancer sur la charpente rouillée et avait désormais franchi plus de la moitié du chemin qui les séparait.

— Ça n'a pas l'air très stable, murmura Miyoko. Vous ne croyez pas qu'on devrait l'aider ?

La dénommée Letti se leva en époussetant son pantalon.

— J'y vais, annonça-t-elle.

— Attendez, dit Jackie. Je crois qu'elle va se débrouiller.

L'inconnue avait retrouvé beaucoup de vigueur et d'assurance, elle progressait plus vite, d'une démarche presque sautillante. Ils la regardèrent approcher en silence. Elle devait avoir la cinquantaine, mais à en juger par ses traits marqués et son regard las, la vie n'avait pas été tendre avec elle.

Finalement, elle arriva de leur côté. Penchée en avant pour reprendre son souffle, elle lâcha :

— On peut dire que ça n'a pas été facile. Pas facile du tout !

— Comment vous appelez-vous ? lui demanda Letti. (Elle avait glissé sa main dans sa poche.) Allez-y, prenez votre temps, c'est bon. Vous répondrez quand vous serez en état.

L'inconnue se redressa en bombant le torse – elle n'appréciait sans doute pas le ton condescendant avec lequel elle était accueillie.

— Je m'appelle Roxy, puisque vous me posez la question. Mon ami a chuté de ce fichu pont et j'apprécierais beaucoup que vous m'aidiez à le retrouver. C'est un garçon coriace, et je suis à peu près sûre qu'il s'en est sorti, n'empêche que…

Elle s'interrompit et jeta un regard hésitant autour d'elle. Peut-être se demandait-elle si elle n'était pas tombée sur une bande de maraudeurs.

— Je vais vous aider, lui dit Jackie. On va tous s'y mettre. Allez, venez !

Mais à peine avait-elle fait un pas que Letti sortait un pistolet de sa poche – un authentique pistolet –, le pointait en l'air et pressait la détente. Jackie eut l'impression que la détonation lui faisait éclater les tympans. Elle recula en se bouchant les oreilles comme si le coup risquait de briser un plafond de verre au-dessus d'eux.

— Qu'est-ce qui vous prend ? s'écria Miyoko.

Jackie n'avait jamais vu de pistolet auparavant. Et elle espérait bien ne jamais en revoir.

Mme Cowan, Wilhelm, Alvarez, Papy Poêle-à-frire s'étaient rapprochés lentement du pont. Sadina et Trish, qui étaient les plus éloignées, s'avancèrent à grands pas. Son petit doigt souffla à Jackie que Sadina commençait à en avoir assez de cette folle et qu'elle n'en avait plus peur du tout.

— Tout le monde se calme ! ordonna Letti. (Elle baissa lentement le bras et pointa son arme sur la nouvelle venue, Roxy, qui la dévisagea sans trembler.) Restez où vous êtes, ne bougez surtout pas. Je vais vous expliquer ce qui se passe. Sadina, Isaac, ce n'est pas le moment de jouer les héros. Je vous ai bien observés ces derniers jours. Vous vous dites qu'il est temps de vous rebeller, d'entreprendre quelque chose contre la méchante dame et son géant. Je dois dire qu'à votre place, j'aurais honte de n'avoir rien tenté plus tôt.

Isaac se tenait juste à côté de Jackie. Il n'avait rien dit jusque-là, mais cette dernière remarque le hérissa.

— Arrêtez un peu, Letti. On savait que nos amis nous suivaient, et on n'est pas stupides. C'est plutôt vous qui n'avez pas l'air maligne maintenant. Qu'est-ce que vous comptez faire, nous abattre l'un après l'autre jusqu'à ce que vous soyez débordée par le nombre ? En commençant par une femme qu'on ne connaît même pas, en plus ?

— Ça, ce n'est pas très aimable, marmonna Roxy, sans quitter des yeux le canon du pistolet. Je suis probablement la plus gentille ici, vous n'avez qu'à demander à Minho. Je crois que ce serait plutôt à l'un d'entre vous de mourir en premier. Et si on votait ?

Jackie aimait bien cette femme. Le sens de l'humour jusqu'au bout.

Letti baissa son arme, puis la laissa tomber à ses pieds.

— Je ne vais tuer personne. Relax ! Je voulais juste attirer votre attention. Je n'avais qu'une seule mission dans cette affaire, et Timon n'était même pas au courant. Disons simplement que… eh bien, pour reprendre une vieille expression : mission accomplie. J'ai fait ce que j'avais à faire.

— Qu'est-ce que ça veut dire ? voulut savoir le dénommé Timon. Qu'est-ce que tu racontes, Letti ?

Jackie aurait vraiment voulu entendre la réponse, mais à ce moment-là elle repéra un mouvement du côté du pont, au niveau du parapet. Un homme ruisselant, qui tenait une grosse branche dans sa main, venait de l'enjamber. « Qu'est-ce que… ? »

L'homme passa à l'action à la vitesse de l'éclair. Il couvrit d'un bond les deux mètres qui le séparaient de Letti. Celle-ci l'aperçut à la dernière seconde – trop tard.

Avec une brutalité sauvage et sans émettre le moindre son, pas même un grognement d'effort, l'homme abattit son gourdin sur la tempe de la ravisseuse. Cela produisit un bruit mouillé dont Jackie se souviendrait longtemps. Plusieurs membres de leur groupe poussèrent des cris devant la férocité de l'attaque.

Letti s'effondra, la tête en sang, aux pieds d'un Timon abasourdi. Tout le monde demeura figé sur place, tétanisé par la tournure des événements. L'homme qui avait assommé Letti respirait lourdement, il jeta loin de lui la branche dont il s'était servi comme arme. On l'entendit heurter la rambarde.

Il les dévisagea tour à tour. Il était tout mouillé, ses cheveux bruns plaqués sur le crâne, son corps musclé souligné par ses vêtements trempés. Ses yeux sombres scintillaient.

— Je m'appelle Minho, dit-il tout bas, comme pour lui-même.

10

Isaac

Il avait connu des moments épiques, surtout au cours de ces derniers mois, mais Isaac dut bien reconnaître que ces quelques minutes remportaient le pompon. Totalement pris de court, il restait pétrifié, à contempler les différents protagonistes l'un après l'autre à mesure qu'ils s'avançaient sur scène. Et voilà qu'un cinglé venait de bondir comme un singe au-dessus de la rambarde du pont et de frapper Letti à la tête avec une grosse branche.

Il avait dit s'appeler…

— Minho ? répéta Dominic. Tu t'appelles comme l'autre ?

Isaac dévisagea son ami avec stupéfaction.

— C'est la première question qui te vient à l'esprit ?

Pour sa part, Minho les ignora l'un et l'autre pour s'approcher de Roxy et l'étreindre avec autant de force et de sincérité que Trish et Sadina en avaient mis dans leur baiser un peu plus tôt. Il la serra presque à l'étouffer. « Comme un fils avec sa mère », pensa Isaac avec un pincement au cœur.

Timon le Gentil Géant parut momentanément aussi perdu que les autres. Il se traîna jusqu'à l'endroit où le nouveau venu avait surgi, s'adossa à la rambarde et contempla d'un œil égaré sa partenaire étendue au sol. La poitrine de Letti se soulevait et retombait, elle respirait donc encore, mais elle avait l'air mal en point.

Quelqu'un devait remettre un peu d'ordre dans ce chaos, mais Isaac s'en sentait parfaitement incapable. Il s'approcha de Sadina, qui était en train de parler à voix basse avec sa mère.

Posant la main sur son épaule pour attirer son attention, il lui dit simplement :

— Tu veux bien faire quelque chose ? S'il te plaît ?

— Que veux-tu que je fasse ?

Isaac haussa les épaules.

— Je ne sais pas, mais il y a un truc qui me chiffonne. Letti a dit qu'elle avait accompli sa mission, que tout s'était déroulé comme prévu. À quoi faisait-elle référence ?

Au lieu de répondre, Sadina se tourna vers sa mère.

— Tu es la patronne depuis des années. Il est temps de mériter ton salaire.

Elle avait souri en disant cela, et Isaac comprit que la situation actuelle la réjouissait plutôt. Elle avait retrouvé Trish ainsi que sa mère, et leur ravisseuse gisait dans la poussière, hors d'état de nuire.

Mme Cowan prit les choses en main.

Elle s'approcha du dénommé Minho et de la dénommée Roxy qui se tenaient côte à côte. Roxy était assez âgée pour être la mère de Minho, ce qui expliquait vraisemblablement l'effusion de leurs retrouvailles. Au passage, Mme Cowan se pencha pour ramasser l'arme que Letti avait lâchée. Elle la glissa dans sa poche arrière comme si elle avait l'habitude de ce genre de choses. Alors qu'Isaac savait pertinemment qu'elle ne s'était jamais servie d'un pistolet, qu'elle n'en avait même jamais tenu un de toute sa vie.

— Alors comme ça, tu t'appelles Minho ? dit-elle au jeune homme, dont l'expression oscillait entre l'agressivité et le soulagement. Et vous, Roxy ?

Cette dernière fut la seule à répondre.

— C'est bien ça, et nous voyageons depuis des semaines à la recherche d'un meilleur endroit. À l'évidence, nous avons dû nous tromper de chemin. Vous voulez bien me dire qui sont tous ces gens ? Et pourquoi cette méchante femme a pointé une arme sur moi ? Heureusement que Minho est arrivé, parce qu'aucun de vous n'a levé le petit doigt !

— Elle avait une arme, lui rappela Mme Cowan sur un ton apaisant. (Jugeant probablement cette réponse suffisante, elle s'approcha ensuite de Timon, toujours accroupi contre la rambarde, tête basse. Il n'avait jamais semblé aussi petit aux yeux d'Isaac.) Et vous ? Timon, c'est ça ? Je peux vous dire que vous vous êtes attaqués aux mauvaises personnes. Expliquez-moi cette histoire. Qu'est-ce qui vous a pris d'enlever ma fille et son ami ? Et pourquoi avoir tué Kletter ?

À la surprise générale, elle ponctua ses questions d'un bon coup de pied dans la jambe de Timon – qui encaissa sans broncher.

— Répondez-moi ! rugit-elle, avant de lui asséner un nouveau coup.

Le calme qu'elle avait affiché jusqu'ici s'était envolé, remplacé par une colère noire.

Timon leva vers elle un regard las.

— Madame, je n'y comprends rien moi non plus. D'abord, je n'ai pas tué votre amie. Et ensuite, j'avais pour mission d'amener votre fille à des gens… des gens qui cherchent à accomplir de bonnes choses. Pour le reste, je n'en sais pas plus. Letti me cachait des trucs, c'est sûr.

Mme Cowan n'ajouta rien mais ne quitta pas le géant des yeux. Elle tremblait de colère. Isaac se demanda s'il n'était pas préférable de laisser quelqu'un d'autre intervenir. Comme s'il avait entendu ses craintes, Papy Poêle-à-frire se détacha du groupe. C'était l'incarnation de la sagesse et de l'expérience, et ils avaient eu vent des épreuves qu'il avait traversées longtemps avant leur naissance.

Même s'il était visiblement marqué par ces semaines de marche et la course qu'il venait d'effectuer, il s'adressa à Timon d'une voix ferme et énergique :

— Dans ce que tu nous racontes, jeune homme, il y a une chose qui me chiffonne tout particulièrement. Et qui réveille de bien mauvais souvenirs. Pourquoi diable vouliez-vous Sadina ? Qu'est-ce que ça veut dire, *accomplir de bonnes choses* ? Parle, mon garçon, et ne raconte pas de salades à quelqu'un qui a atteint les quatre-vingt-dix ans. Je n'ai pas le temps pour ça.

Pour la première fois, Timon parut intimidé.

— La Tête de Dieu. Ce sont eux qui m'ont envoyé. J'ai fait tout ce chemin depuis l'Alaska, ils savaient ce qui se déroulait en Californie. Ils étaient au courant pour Sadina, pour ses liens avec… le passé. Ils savent tout. Ce n'est pas pour rien qu'on les appelle la Tête de Dieu.

— N'essaie pas de m'embobiner ! riposta sèchement Papy Poêle-à-frire. Qu'est-ce que c'est que ces histoires ? Quelle Tête de Dieu ? Comment pourraient-ils savoir quoi que ce soit à propos de Sadina ?

Timon parut sincèrement désemparé. Peut-être regrettait-il de ne pas avoir été assommé à la place de sa partenaire.

— Écoutez. On était au courant pour Kletter, pour cet endroit qu'elle appelle la Villa, pour son voyage jusqu'à l'île. La Tête de Dieu était probablement dans le coup ! Ils ne me disent pas tout. Mais si vous ne comprenez pas qu'il y a autre chose derrière tout ça qu'une simple balade sur l'île des Immunes, c'est que vous êtes encore plus bêtes que moi. La Tête de Dieu a besoin d'elle pour l'étape suivante de l'Évolution.

Papy Poêle-à-frire commençait visiblement à s'agacer.

— Quelqu'un d'autre veut lui flanquer des coups de pied ? Plus il parle et moins je comprends ce qu'il raconte.

Isaac faillit se porter volontaire – pourtant, il ne détestait pas Timon. C'était surtout sur Letti qu'il avait focalisé sa haine.

— Moi, je sais de quoi il parle.

Toutes les têtes se tournèrent en direction de Minho. On aurait dit que le jeune homme avait grandi de plusieurs centimètres et séché miraculeusement après son plongeon dans la rivière.

— Ah oui ? répliqua Papy Poêle-à-frire. Dans ce cas je serais curieux d'entendre tes explications.

Minho parut si sérieux tout à coup, si dangereux, qu'Isaac recula d'un pas.

— Je viens d'un endroit qu'on appelle la Nation Restante. On sait tout ce qu'il y a à savoir sur cette Tête de Dieu. Ils sont basés en Alaska. Ce sont plus ou moins nos ennemis jurés. On m'a toujours appris à les haïr. Ils représentent la Braise et tout ce qui va avec – ils veulent l'accepter, s'en saisir, la manipuler afin qu'elle opère *pour* nous et non pas *contre* nous. Les miens au contraire sont farouchement opposés à la Braise. Ils cherchent à éradiquer la moindre particule de virus encore présente dans le monde. On parle de deux religions, là, en concurrence l'une avec l'autre. Aucune ne connaîtra le repos tant que l'autre n'aura pas disparu.

Dominic poussa un soupir et marmonna tout bas :

— J'espérais une histoire un peu plus encourageante.

Papy Poêle-à-frire pointa Timon du doigt.

— Donc, vous êtes des ennemis mortels ? C'est bien ce que tu essaies de me dire ? Après tout ce que ce monde a subi ?

Minho secoua la tête.

— Je n'ai pas dit ça, monsieur. Je n'ai rien dit de tel. Il se trouve que je suis capable de penser par moi-même et que j'ai des raisons d'être ici. Des raisons qui m'appartiennent et dont je n'ai pas à vous faire part.

— Faites-moi confiance, intervint Roxy en tapotant le bras de Minho avec fierté. J'arrive à peine à lui arracher deux mots, et encore moins à propos de ce qu'il pense. Mais c'est quelqu'un de bien, et si je devais choisir un camp je choisirais le sien sans hésiter. Pas celui de… (Elle indiqua la forme inanimée de Letti, qu'elle toisa avec dégoût, puis fit un geste vague en direction de Timon.) De ceux qui se promènent avec des flingues et qui menacent les gens.

Isaac était bien de son avis.

Papy Poêle-à-frire était sur le point de répliquer quand il s'interrompit, bouche bée. Il jeta des regards perplexes autour de lui.

— Qu'est-ce que c'est que ce bruit ? demanda-t-il.

Comme si on avait actionné un interrupteur, Isaac l'entendit à son tour.

Un bourdonnement sourd. Intense, puissant, provenant de toutes les directions à la fois et qui s'intensifiait. On aurait dit que le sol était un gong géant que quelqu'un venait de frapper. Isaac percevait le tremblement dans ses pieds, ses oreilles, et jusque dans ses os. Tous pivotèrent lentement sur eux-mêmes, cherchant la source du phénomène. Et se posèrent la même question :

« À quoi peut bien correspondre ce bruit ? »

Au bout de quelques secondes, sans que personne n'ait rien dit, ils se tournèrent naturellement vers l'est, d'où le vacarme semblait majoritairement provenir. Le ciel était de plus en plus sombre mais il n'y avait aucun nuage. Une douzaine de formes noires surgirent comme par magie à l'horizon, au-dessus des montagnes. Même si elles paraissaient minuscules au début, presque immobiles, elles grossirent rapidement.

Isaac savait qu'il ne s'agissait pas de magie. Il avait suivi des cours d'histoire. Il connaissait l'existence de telles machines défiant la gravité : ballons, avions, hélicoptères, bergs, vaisseaux spatiaux. Mais il n'aurait jamais imaginé, enfant, qu'il en verrait une de ses propres yeux. Et encore moins une douzaine, de tailles différentes. Certaines étaient larges, rondes, métalliques, aussi grandes que deux ou trois yourtes collées ensemble. Deux autres étaient beaucoup plus imposantes.

— Minho ? demanda Papy Poêle-à-frire. Timon ? Est-ce que l'un de vous sait ce que c'est ?

Le bruit avait continué à enfler jusqu'à devenir omniprésent, mille fois plus fort que le grondement de la rivière. Les machines arrivaient droit sur eux. Isaac, pris d'un soudain accès de bravoure, courut jusqu'à Minho et l'empoigna par l'épaule pour l'obliger à se retourner face à lui.

— Qu'est-ce que c'est ? cria-t-il. Que se passe-t-il ?

Minho croisa son regard, l'air hébété, perdu. Il ne répondit pas à la question mais dit tout bas, d'une voix presque inaudible :

— Ils savaient depuis le début. Ils savaient depuis le début.

Chapitre 12

LES MACHINES DE LA TERRE

1

Alexandra

Le vrai soleil ne brillait pas jusqu'à eux, même s'il était levé depuis des heures, et le faux n'éclairait pas grand-chose pour l'instant. Elle s'assit dans un fauteuil et les pèlerins s'installèrent par terre, la tête baissée. Au-dessus d'eux, la grande voûte de la caverne s'arrondissait comme un ciel nuageux, rappelant qu'au moindre séisme la masse rocheuse pouvait se fissurer et leur dégringoler dessus.

— Alors, en avez-vous assez vu ? demanda-t-elle.

Sa voix résonna entre les vestiges du Labyrinthe, bien qu'elle ait parlé très doucement. Autour d'eux, des monolithes en pierre et des colonnes en béton gisaient en pagaille tels les cubes d'un jeu de construction. Ses nouveaux serviteurs – aussi dévoués que la Garde évolutionnaire – étaient restés médusés quand ils avaient débouché dans l'ancien Bloc.

Des murmures – « Oui, Déesse », « Oui, Ô Très Sainte » – lui répondirent, aussi discrets que des trottinements de souris. Mannus, son ami cornu dont le rôle serait si important dans les jours à venir, s'appliquait lui aussi à feindre le respect, même s'il levait brièvement les yeux au plafond chaque fois qu'il en avait l'occasion.

La Boîte s'ouvrait devant eux. Ses portes métalliques rouillées avaient coulissé hors de vue dans le sol. Il faisait trop sombre pour distinguer quoi que ce soit au fond du trou mais cela n'avait pas d'importance. Tous ceux qui se trouvaient là savaient que c'était un grand sacrilège d'avoir ouvert la Boîte. On leur avait enseigné toute leur vie qu'elle devrait rester fermée pour toujours.

— Me croyez-vous à présent ? leur demanda-t-elle, encore plus bas.

Les mêmes murmures d'approbation résonnèrent dans l'immensité de la caverne.

Elle les tenait. Le simple fait de les avoir autorisés à contempler les ruines du Labyrinthe lui vaudrait désormais leur fidélité inconditionnelle. Ils considéreraient chacun de ses mots comme parole d'évangile et obéiraient au moindre de ses ordres. Ils feraient n'importe quoi pour elle. Et un jour, même s'ils ne le savaient pas encore, elle les récompenserait en leur octroyant ce qui se rapprochait le plus de la vie éternelle.

— Mais que se passe-t-il ici, nom d'un chien ?

Elle faillit sursauter, lâcher un cri de surprise. Mais se retint.

C'était Nicholas, le Premier des Trois, le Sans Égal. Ou plutôt, comme elle aimait à le penser, le Plus Laid et le Plus Bête de Tous. Elle se demanda s'il savait qu'il lui restait moins de trois jours à vivre.

Il l'avait surprise, mais cela ne voulait pas dire qu'elle n'était pas préparée. Elle était *toujours* préparée.

Elle pivota sur son fauteuil et le vit de l'autre côté du trou sombre de la Boîte.

— C'est gentil de te joindre à nous, lui dit-elle.

— Me joindre à vous ? aboya-t-il. Que… Qui sont ces gens ? Pourquoi sont-ils là ?

Il ne pouvait pas se permettre de manifester une trop grande colère, une trop grande sincérité, en présence de ces pèlerins. Elle savait qu'au fond de lui il songeait déjà à la confrontation brutale qu'ils auraient dès qu'ils se retrouveraient entre eux.

— Tu as fait tes choix, répondit-elle calmement, énumérant les chiffres dans sa tête tout en parlant. Tu as foulé au pied des positions que nous défendons depuis des décennies. Je le respecte, tout comme je te demande de respecter mes choix. Es-tu d'accord ?

En lui répondant de cette manière ambiguë, légèrement accusatrice, elle espérait le déstabiliser un peu. Elle le vit faire un effort pour se dominer, puisant comme elle dans la discipline de l'Embrasement.

— Explique-moi, dit-il en grinçant des dents.

Elle n'attendait que cela.

— J'ai décidé d'amener ici plusieurs pèlerins, sous mon autorité. Ils pourront ainsi témoigner, prêcher, et satisfaire la curiosité des autres fidèles. Puisque tu as ouvert la Boîte, j'ai besoin d'eux pour m'aider à avancer dans la direction que tu as fixée.

« Nous y voilà », pensa-t-elle. S'il ne niait pas tout de suite, ouvertement, les pèlerins sauraient avec certitude que c'était lui le responsable. Il aurait concédé un avantage significatif à Alexandra. Son irritation se lisait clairement sur son visage.

Il fit toutefois de son mieux pour se maîtriser. Les mains croisées dans le dos, il contourna la Boîte pour s'avancer jusqu'à Alexandra, assise face à ses nouveaux fidèles. Elle ne se leva pas pour l'accueillir, et n'inclina même pas la tête en signe de respect, ce qui l'irrita – surtout en présence de pèlerins. Ainsi ces derniers verraient-ils que, désormais, dans l'esprit d'Alexandra, et donc aussi dans le leur, elle était déjà leur nouveau dieu.

Nicholas s'adressa à eux :

— Je suis… ému de vous voir tous ici réunis, pour admirer la magnificence du Labyrinthe, où tout a commencé. Même si j'aurais aimé qu'Alexandra m'en avertisse, j'accepte votre pèlerinage. Votre dieu est satisfait. Avant que vous ne décidiez de porter la bonne parole, cependant, je vous demande un peu de temps. La Tête de Dieu a besoin de discuter de ces choses afin d'établir le meilleur plan possible. Vous comprenez ?

Il avait posé cette dernière question en se tournant vers Alexandra, qui lui répondit par un hochement de tête.

Puis il s'avança à travers la petite foule des adorateurs et les toucha d'une main légère, sur le front, le nez ou le menton. Il assura à chaque pèlerin qu'il les aimait, et qu'un jour prochain l'Évolution les accepterait tous dans sa grâce. Après quoi il partit, sans avoir croisé le regard d'Alexandra une seule fois depuis qu'elle avait hoché la tête.

« Je te tiens, pensa-t-elle. Après trente ans, enfin, je te tiens ! » Peut-être leur demanderait-elle de lui couper une oreille, ou les deux, pour les conserver en tant que reliques. Et d'ailleurs, pourquoi s'arrêter aux oreilles ?

Intérieurement, Alexandra exultait. Mais elle savait aussi, au fond d'elle-même, que tout cela ne servait qu'à masquer une douleur qui tentait de remonter à la surface depuis très, très longtemps. Une douleur à laquelle elle n'avait pas repensé depuis de nombreuses années. Pourquoi fallait-il que cela arrive maintenant ? Pour la énième fois, elle la refoula dans l'obscurité.

Puis elle se leva et étendit les bras de part et d'autre.

— Pèlerins, levez-vous !

2

Isaac

Les appareils volants – une douzaine au moins – flottaient au-dessus d'eux. Le rugissement de leurs moteurs résonnait jusque dans le crâne d'Isaac, et la flamme bleue de leurs tuyères ne ressemblait à rien de ce qu'il avait déjà vu. L'air tourbillonnait, soufflant dans ses cheveux et ses vêtements dans un sens puis dans l'autre. À côté de lui, Minho fixait les appareils avec une lueur de terreur pure dans le regard. Isaac en conclut qu'ils n'annonçaient rien de bon, mais à ce stade, essayer de s'enfuir en courant aurait été aussi futile que tenter de se sécher avec une serviette au milieu de l'océan.

Ses amis s'étaient regroupés en petits groupes – Trish, Sadina et sa mère ; Dominic, Miyoko et Jackie ; Alvarez avec Wilhelm ; et enfin, Carson et Lacey. Papy Poêle-à-frire se tenait à l'écart, seul, et contemplait leurs visiteurs célestes avec une expression indéchiffrable.

Plusieurs minutes s'écoulèrent après l'arrivée des machines volantes sans qu'il ne se passe rien, sans qu'on n'entende aucun bruit en dehors du fracas assourdissant de leurs moteurs. Deux d'entre elles étaient beaucoup plus imposantes que les autres ; laides et massives, elles ressemblaient à des globes bosselés alors que les autres, relativement plates, semblaient davantage taillées pour la vitesse. Isaac patienta comme tout le monde, se demandant ce que la suite leur réservait.

— On appelle ça des bergs, lui cria Minho en se penchant à son oreille.

— Oui, j'en ai entendu parler.

— Je savais que les miens en possédaient, mais… pas autant.

— Comment sais-tu que c'est eux ?

Minho indiqua un endroit vers le bas de l'appareil qui se trouvait au-dessus d'eux. On y voyait une représentation stylisée d'une personne, ni homme ni femme, qui levait le bras en pliant son coude à angle droit. Un large cercle rouge entourait sa main aux doigts écartés en éventail. Des pointes s'élevaient au-dessus du cercle comme des épieux, évoquant vaguement le rempart d'une ancienne forteresse, ou peut-être une couronne.

— Oh, c'est eux, cria Minho en se redressant. Tu peux être sûr que c'est eux. Je crois qu'ils m'ont suivi à la trace jusqu'ici. Je… je suis désolé. Je ne comprends pas.

Isaac pointa Letti, toujours inanimée par terre.

— Tu penses que ça peut avoir un rapport avec elle ? Ou lui ? ajouta-t-il en indiquant Timon, qui fixait le ciel avec le même ébahissement que les autres. Tu les avais déjà vus avant ?

— Jamais.

Ils auraient pu continuer à discuter, mais à peine ce mot fut-il sorti de la bouche de Minho que les choses se mirent à changer. Les bergs se déplacèrent, modifièrent leur formation en un effort coordonné. Les deux béhémoths sphériques flottèrent au centre tandis que les autres plus petits, plus plats, venaient se disposer en cercle autour d'eux. Le rugissement des flammes bleues, le fracas métallique de machineries inconnues, tout cela vrillait les tympans d'Isaac et lui transperçait le cerveau. Il repensa aux bons moments qu'il avait passés dans la Forge, à marteler des clous, des lames de faux ou des têtes de marteau. Comme tout cela paraissait primitif à présent !

Un rai de lumière apparut au bas des deux appareils sphériques, puis s'élargit à mesure que deux grandes portes s'ouvraient très lentement. Au même moment, trois des bergs d'escorte plongèrent brusquement pour s'immobiliser à une douzaine de mètres au-dessus des hautes herbes. D'autres rais de lumière apparurent sur leur fuselage ; la moitié de leur surface inférieure pivota vers le bas, comme une rampe, avant de s'arrêter à mi-course avec un choc sourd.

Des formes émergèrent dans la lumière, des formes humaines qui sortaient de l'ombre. Et elles se mirent à... rouler au bas des rampes, à dégringoler des appareils. Des corps, enchaînés, vêtus de haillons, largués pêle-mêle dans l'herbe comme de vulgaires détritus. Ils atterrirent en trois tas, disposés en demi-cercle autour d'Isaac et ses amis. Ces corps bougeaient, ils s'appuyaient les uns sur les autres pour se relever tant bien que mal. On ne pouvait douter qu'ils étaient humains – sauf si on regardait leurs yeux. On n'y voyait aucune vie.

La petite voix qui parlait souvent à l'oreille d'Isaac, et qui s'était faite plutôt discrète ces derniers jours, se mit à hurler.

« Des fondus ! »

Était-ce possible ? Était-ce vraiment possible ?

— Sur le pont ! cria Papy Poêle-à-frire. Repliez-vous sur ce foutu pont !

Puis il aperçut ce qu'Isaac était en train de découvrir lui aussi. Un quatrième berg avait largué une masse de corps sur l'autre rive, qui s'avançait déjà sur la carcasse branlante du pont. Isaac jeta un coup d'œil aux autres groupes. Ils avaient réussi à se lever, cessé de se battre, et semblaient se coordonner sans avoir besoin de parler. Enchaînés par les mains et les pieds, ils se placèrent de manière à former un arc de cercle autour d'Isaac et de ses amis afin de les rabattre vers le pont.

Piégés. Ils étaient complètement piégés.

Cernés par des fondus. Le croquemitaine de toutes les histoires qu'on lui avait racontées lorsqu'il était petit.

Il empoigna Minho par son tee-shirt.

— Que... qu'est-ce qu'on peut faire ? cria-t-il.

Minho secoua la tête, les traits crispés dans une expression douloureuse, mais sans manifester aucune peur. Ce gars n'avait absolument pas peur.

— Préviens tes amis ! cria-t-il. Dis-leur de ne pas résister, sinon ils se feront tuer !

Isaac eut un peu honte de l'admettre mais il n'avait pas envisagé de se battre. Pas contre une armée de fondus et une escadrille de bergs qui crachaient des flammes bleues. Après tout ce qu'il avait vécu, il ne s'était jamais senti aussi démuni et aussi impuissant.

Il leva la tête vers les globes de métal, dont les portes étaient désormais grandes ouvertes.

Émergeant de la carlingue telles des divinités antiques, des machines géantes descendirent vers le sol – tout en verre, acier, câbles et tuyaux, avec quatre membres articulés qui pointaient vers le bas comme des jambes mais ressemblaient plutôt à des roues hérissées de pointes. Elles se déployèrent dans un fracas de métal et se posèrent avec un choc sourd qui parut ébranler la terre entière.

Pendant ce temps, sans même s'en rendre compte, Isaac et les autres avaient reculé pour éviter de se faire écraser. Ils n'avaient nulle part où s'enfuir et se cacher.

Isaac se tourna vers Sadina. Vers Trish. Vers Dominic, Jackie, Miyoko, Papy Poêle-à-frire, Carson et Lacey. Il dévisagea tous ses amis, et même Timon, Letti, Minho et Roxy. Il les regarda et se demanda simplement, avec un calme surprenant, si sa dernière heure était venue. Si le monde était sur le point de prendre fin pour lui, comme pour tant d'autres avant lui.

Les machines émirent un crissement abominable, faisant tournoyer leurs roues et leurs piquants comme dans un ballet sinistre, puis s'avancèrent vers eux.

Quatrième partie

ANCIEN MONDE, NOUVEAU MONDE

Je me trouve à bord d'un camion. Sur une route jonchée des vestiges de l'ancien monde.

C'est fini pour moi.

Je ne suis pas triste, pourtant. Je ressens plutôt de l'inquiétude et de l'espoir pour Keisha et ses enfants. Ça suffit à me faire oublier ce qui m'attend. Je suis bien content de les avoir connus avant la fin. Je regrette Thomas, Minho et tous les autres. Mais j'espère qu'ils vont réussir et trouver un moyen de s'en sortir. Qu'ils vont survivre, et qu'ils seront heureux. Ça aussi, ça m'aide à oublier.

De toute façon, quelle importance ? La folie est déjà là. Je l'entends qui frappe à la porte.

On dit qu'il y a des choses pires que la mort. C'est peut-être vrai. Sûrement, même.

N'empêche que la vie et la mort sont le commencement et la fin de la beauté. L'une ne va pas sans l'autre.

J'ai l'impression d'être déjà en train de délirer.

— *Le livre de Newt* —

Chapitre 13

Le ventre de la bête

1

Jackie

— Ça va ? Tu vas bien ?

Miyoko tenait Jackie entre ses bras en lui répétant ces mots à l'oreille. Jackie répondait par des hochements de tête mais elle ne devait pas sembler très convaincante. Elle n'en était d'ailleurs pas convaincue elle-même.

Elle n'allait pas bien. Pas bien du tout.

Elle était enfermée avec quelques autres dans un minuscule compartiment à bord de l'une des machines volantes que l'on appelait bergs – une chose parmi toutes celles qui lui semblaient si étrangères ces derniers jours. Des choses dont elle avait seulement une très vague connaissance, grâce aux récits qu'en faisaient les anciens ou qu'on lisait dans les livres, et qu'elle avait imaginées quand elle était enfant. Des véhicules qui défiaient la gravité, qui crachaient des flammes comme des dragons. Des machines hautes comme des montagnes et qui se déplaçaient sur des roues à pointes. Des armes à feu. Des ponts. Des gens vêtus de tenues étranges, qui n'avaient certainement pas été tissées sur un métier par une vieille dame.

Et ces malades. Enchaînés, les yeux fous, qui bougeaient, parfaitement synchrones, comme s'ils appartenaient à un seul et même organisme. Les *fondus*. Ce mot à lui seul évoquait les histoires cauchemardesques racontées au coin du feu, et les blagues morbides entre elle et ses amis de l'île. Des fondus. D'authentiques fondus, même s'ils ne correspondaient à aucune des descriptions qu'elle avait pu entendre.

Mme Cowan lui toucha doucement le genou, la ramenant à son cauchemar actuel. Elles étaient assises l'une en face de l'autre, si près que leurs jambes se croisaient. Au prix d'un effort qui lui donna envie de pleurer, Jackie réussit à sourire. Dominic était là également, à sa gauche, à côté de Papy Poêle-à-frire. Les deux autres adultes de la côte est – avec lesquels elle n'avait pas échangé plus de trois mots depuis leur départ – étaient serrés de part et d'autre de Mme Cowan. Miyoko se trouvait à la droite de Jackie. Elle la serrait dans ses bras parce que c'était elle qui semblait le plus affectée par ce qui leur arrivait.

Enlevés. On les avait enlevés. Embarqués de force.

Elle pouvait à peine se rappeler les détails sans trembler, sans que son esprit s'empresse de les refouler. Quelques images persistaient dans son champ de vision, même quand elle gardait les yeux ouverts.

Les fondus qui se rapprochaient de plus en plus, refermant les mâchoires du piège.

Les deux machines ambulantes – vomies des entrailles des bergs en forme de sphères – qui s'avançaient en cliquetant avec des mouvements saccadés, dans un ronronnement de rouages et de pignons. Il y avait aussi des inconnus qui s'étaient déployés autour d'eux, vêtus de combinaisons noires qui scintillaient comme du quartz au soleil. Puis une sorte de bras dur et froid était sorti du fond d'une des machines pour enserrer le torse de Jackie, la soulever du sol et la fourrer dans… son ventre de noirceur et d'acier. Miyoko l'y avait bientôt rejointe, suivie de Dominic et de Mme Cowan, puis des trois autres adultes. Pour l'instant elle n'avait vu aucun signe de la présence de leurs autres amis.

« Pitié, qu'ils ne soient pas morts », pensa-t-elle.

C'était tout. Il n'y avait rien d'autre. Rien d'autre à penser ou à dire. Elle ne comprenait pas ce qui leur arrivait, et elle n'avait jamais éprouvé une terreur aussi viscérale. Elle regrettait amèrement d'avoir accepté d'embarquer à bord de ce fichu bateau.

La machine ronronnait, cliquetait et rugissait, en route pour une destination inconnue.

Jackie tremblait toujours.

2

Minho

Après avoir été capturé, littéralement soulevé dans les griffes du mécanopode, il s'était retrouvé enfermé dans une cellule individuelle, furieux d'être séparé de Roxy. Il était confus, également. Rien n'avait plus de sens pour lui. Il ne savait qu'une chose : il était bien bête et bien naïf. De s'être cru plus malin que les Afflicteurs, les prêtres et les prêtresses, et l'ensemble de la Nation Restante. Comment avait-il pu s'imaginer qu'un jeune homme élevé et entraîné par des gens qui tiraient à vue sur les étrangers, des gens qui avaient instauré un régime survivaliste impitoyable, qui vouaient leur vie et leur civilisation tout entière à la préservation des leurs et à la destruction de la Tête de Dieu… Comment avait-il pu se croire de taille à s'opposer à eux ?

Qu'est-ce qui lui était passé par la tête ? C'était la seule question à laquelle il était capable de penser.

La porte s'ouvrit avec un crissement métallique. Un homme entra. La porte se referma avec le même bruit. L'homme portait un masque, une sorte de cagoule en grosse toile avec des fentes pour les yeux et la bouche.

— Orphelin, baisse la tête, ordonna-t-il. Je suis l'Afflicteur Barus. À partir de maintenant, tu n'as plus droit à l'erreur. Le moindre faux pas, aussi infime soit-il, et tu iras en enfer.

Le double sens de ce mot amusa Minho. Il savait qu'on l'utilisait autrefois pour envoyer les gens au diable. Mais cet homme-là, sous son masque, l'employait au sens littéral. L'enfer – le dernier sous-sol de la forteresse, si près de l'endroit où il avait sauvé le garçon, où il avait sauvé Kit.

Il trouva le courage de répliquer :

— Afflicteur Barus, est-il permis de vous poser des questions et d'être sincère ? Je peux encore vous aider dans ce que vous essayez d'accomplir. Ce que j'ai fait… ce n'est pas ce que vous croyez. Si vous me laissez simplement m'expliquer, vous exposer mes arguments… (Il détestait devoir s'abaisser ainsi, supplier, même si ce n'était pas la première fois.) S'il vous plaît, écoutez-moi.

Son interlocuteur, légèrement voûté, caché sous sa cagoule et la robe de bure censée témoigner de son humilité, s'assit sur le seul siège de la cellule, croisa les jambes et releva la tête vers l'Orphelin.

— Tu n'étais pas aussi bavard à la forteresse. (Sa voix lui parvenait comme assourdie, déformée, avec des grésillements d'électricité statique sur certaines consonnes. Presque… robotique.) Je crois bien ne t'avoir jamais entendu prononcer autant de mots de toute ta vie.

Minho se pencha en avant, tirant sur les fers qu'il avait aux poignets et aux chevilles. Il ferma les yeux, inspira profondément plusieurs fois puis souffla fort pour chasser tout l'air de ses poumons.

Il décida d'aller droit au but.

— Mon but était d'infiltrer la Tête de Dieu. Par tous les moyens. Quoi qu'il en coûte. Je savais que le grand maître de la Chambre d'Or n'aurait jamais approuvé cette mission, alors… j'ai pris le risque. Désolé d'avoir dû vous mentir. Mais c'était en train de payer. Ces gens que vous avez capturés, ils peuvent nous faire entrer dans la ville de la Tête de Dieu.

L'Afflicteur toussota.

— Tu réalises que nous savions exactement où tu étais depuis la seconde où tu t'es enfoncé dans les terres sauvages ? Que nous étions de mèche avec Letti ? Et que tout cela faisait partie d'un plan pour mettre la main sur ces gens ?

Minho hocha la tête.

— Oui, monsieur. Je sais que c'est difficile à croire mais je m'en doutais. Je n'avais pas d'autre choix que de continuer la mission, sachant que nos objectifs étaient liés.

« Je parle trop », se reprocha-t-il. Chacun de ses mensonges ne faisait que rendre le suivant un peu plus évident.

— Ah oui, vraiment ? (L'homme lâcha un petit rire grinçant qui évoquait le grésillement d'une ampoule électrique défaillante.) Assez de bavardages. Sincèrement, je me fiche de savoir quelles étaient tes intentions. Quoi qu'on puisse penser de notre ordre ou de notre nation, nous sommes avant tout des gens pragmatiques. Tu comprends ? La seule chose qui compte, c'est l'accomplissement de ce qui nous attend. Veux-tu nous aider, oui ou non ?

Minho était redevenu l'Orphelin qu'il avait été. Pour l'instant. Il répondit donc par un simple hochement de tête, renonçant à sa première idée de mentir pour se tirer d'affaire.

— Bon choix, mon garçon. Le seul que tu avais, au fond. Et maintenant, es-tu prêt à m'écouter ?

L'Orphelin acquiesça une fois de plus.

L'homme décroisa et recroisa les jambes dans l'autre sens. Ce mouvement donna l'impression que des serpents ondulaient sous sa robe.

— J'espère que tu as mis à profit cette heure passée dans ta cellule pour te poser quelques questions. Notamment, pourquoi nous t'avons laissé partir seul sur les terres sauvages et pourquoi nous avons ressenti le besoin de t'impliquer.

L'Orphelin ouvrit la bouche pour répondre mais son instinct lui conseilla de la refermer aussitôt.

— Et aussi, pourquoi avoir sorti notre armada de bergs et de mécanopodes pour vous capturer, toi et la dizaine de clampins qui t'accompagnent. Cela nous a pris trente ans d'effort pour remettre ces bergs en état de marche, pour réunir les ressources nécessaires. Il a fallu dix ans pour concevoir et fabriquer ces deux mécanopodes. Nous n'en avons que deux, Orphelin. Et pourtant nous les avons apportés tous les deux ici, jusqu'à cette rivière, ce pont. Ça ne t'amène pas à réfléchir ?

L'Orphelin hocha la tête. C'était précisément ce qu'il était en train de faire.

— On appelle cela un test en conditions réelles, mon garçon. Une manière de vérifier que la mécanique fonctionne avant son déploiement dans une opération d'envergure. Et concernant les infectés ? Tu étais peut-être au courant pour les bergs et les mécanopodes, mais sûrement pas pour les infectés. Ça doit te paraître sacrilège, contraire à nos enseignements et à nos méthodes, non ?

L'Orphelin ne réagit pas. Il ne semblait pas y avoir de bonne réponse à cette question.

— Dans le combat contre le mal, il faut savoir retourner les armes du mal contre lui. Prends le temps de réfléchir à tout cela. Plus tu penseras par toi-même, plus tu nous seras utile dans les jours à venir. Enfermé ici, tu ne vois pas ce que nous sommes en train de survoler. Réfléchis à ça également. Nous avons envoyé deux bergs en éclaireurs pour préparer le terrain.

De longues secondes s'écoulèrent sans qu'aucun d'eux ne dise un mot. L'Orphelin sentit une goutte de sueur lui couler sur la joue, laissant une traînée glaciale dans son sillage.

L'Afflicteur se leva.

— Je vais te donner un indice, mon gars. Nous ne sommes pas sur le chemin du retour, loin de là. Alors installe-toi confortablement, nous aurons l'occasion de reparler très bientôt.

La porte s'ouvrit en grinçant. L'Afflicteur Barus sortit. La porte se referma derrière lui.

Avec un temps de retard, l'Orphelin hocha de la tête.

3

Isaac

Il était allongé sur un matelas fin, un peu étroit, et guère confortable. On lui avait menotté les mains et les pieds à la barre qui faisait le tour de sa couchette, peut-être pour le protéger au cas où il serait sujet à des crises de somnambulisme. Ou alors, il avait été capturé par une machine géante, monstrueuse, bardée de rouages, de pointes et de griffes – quelqu'un avait appelé ça un mécanopode – et il se trouvait désormais confiné dans une cellule au fond d'un berg.

Sadina avait sa propre couchette, à quelques centimètres seulement de la sienne. Couchée sur le flanc, elle ne le lâchait pas du regard, même quand il fermait les yeux un moment. Trish était allongée dans son dos, les bras passés autour de son ventre. C'était une vision adorable, la seule chose touchante dans cet enfer de grondements, de secousses et de cliquetis métalliques. Il n'y avait personne d'autre avec eux.

Dans l'ensemble, il avait passé une très mauvaise journée. Il regrettait amèrement de ne pas être chez lui, sur l'île, en train de se faufiler dans les rues jusqu'à la plage, jusqu'à la Forge, pour s'y roussir la couenne et se griller les poils en cognant comme un perdu sur de grosses masses métalliques chauffées au rouge.

— À quoi penses-tu, Isaac ? lui demanda Sadina avec une pointe d'irritation dans la voix.

Il s'était perdu dans ses songes avec le vague espoir qu'elle le croirait endormi, mais visiblement ça ne fonctionnait pas. Il rouvrit les yeux et vit qu'elle le fixait intensément, comme pour une joute de regards ; cela lui rappela le bon vieux temps de l'école primaire.

— Réponds-lui, lui conseilla Trish par-dessus l'épaule de son amie, sinon elle ne te lâchera pas de la nuit.

— Oh, tu es trop mignonne, railla Sadina avec toute la sincérité d'un rat à moitié mort de faim.

Isaac comprit qu'il ferait mieux de répondre, effectivement, avant que les choses tournent au vinaigre.

— Ne vous en faites pas pour moi, les filles, dit-il en tirant sur ses liens pour chercher une position plus confortable. Je rêvassais, c'est tout. J'essayais de ne pas trop réfléchir, et de ne pas me demander pourquoi ça fait déjà deux fois en moins d'un mois qu'on est enlevés par de parfaits inconnus. Enfin, trois fois si on compte Kletter avec son bateau.

— Ça en fait, des trucs que tu essaies de ne *pas* faire, observa Sadina en le toisant d'un air condescendant. Je le sais toujours quand tu ne dis pas la vérité, Isaac. Tu peux bien avoir les yeux fermés, ouverts, levés au ciel ou baissés sur tes chaussures, larmoyants ou tout rouges à cause d'une poussière dans l'œil, ça ne fait aucune différence. Je peux lire en toi. J'ai toujours su lire en toi, et je continuerai à savoir le faire jusqu'à ton dernier souffle. Alors parle-moi.

Isaac laissa échapper un petit rire.

— D'accord, d'accord, tu m'as eu. Voyons voir… à quoi suis-je en train de penser en ce moment ? Quel genre d'idées retorses ai-je dans la tête ? Hmm, laisse-moi réfléchir…

— Épargne-nous ton numéro, Isaac, grogna Trish. Dis-nous juste à quoi tu penses et on fera pareil. Il va falloir se creuser un peu la cervelle si on veut sortir de ce cauchemar.

Isaac comprit qu'il était temps de redevenir sérieux, d'arrêter de chercher à se dérober par les mécanismes d'évitement habituels. Il avait surmonté la perte de sa famille ; il saurait surmonter cette épreuve, aussi terrifiante soit-elle. Il s'assit, adossé au cadre métallique de sa couchette, tirant au maximum sur les chaînes qu'il avait aux pieds.

— D'accord, examinons la situation tranquillement et faisons le point sur ce qu'on sait, ce qu'on ne sait pas, et ce qu'on sait peut-être sans en être tout à fait sûrs.

— Très bien, approuva Sadina. Donc, trois colonnes : choses qu'on sait ; choses qu'on ne sait pas ; choses qu'on sait peut-être. C'est ça ? Si seulement j'avais un carnet et un crayon.

— Tu as oublié ton carnet et ton crayon ? s'étonna Isaac. Honte à toi. Bon, tâchons de résumer tout ça pour voir si on est sur la même longueur d'ondes.

— Et sans traîner, suggéra Trish, toujours par-dessus l'épaule de Sadina. Parce qu'ils peuvent venir nous chercher n'importe quand.

Isaac prit une grande inspiration.

— Bon. Donc Kletter débarque sur notre île, réussit à gagner notre confiance et nous explique qu'ils ont besoin de Sadina, peut-être de sa mère, plus d'autres, bref, d'autant de personnes que possible. Elle nous sert un tas de salades scientifiques, études à l'appui, comme quoi on aurait peut-être une chance d'éradiquer la Braise.

Sadina hocha la tête.

— Oui, dit-elle, et peut-être qu'on est bien bêtes de la croire, et de s'imaginer qu'on sera bientôt de retour chez nous, n'empêche qu'on accepte de l'accompagner. Et nous voilà partis.

— Exact, approuva Isaac. On arrive sains et saufs sur le continent. Même Papy Poêle-à-frire réussit à ne pas mourir et rejoindre les autres blocards au ciel. Tout va bien, on commence à s'habituer à Kletter. Elle nous parle d'une Villa où des médecins et des scientifiques s'intéressent aux descendants des anciens blocards, et notamment à Sadina, qui est la petite-fille de Sonya. J'ai bon jusqu'ici ?

Sadina confirma d'un hochement de tête. Trish aussi.

— Je prends la relève, annonça cette dernière. Donc on se sent bien, on est en route vers la Villa dont Kletter nous a parlé. Et puis, deux idiots décident de suivre un type louche dans une foutue maison hantée, histoire de rigoler un coup. Et vous faites la connaissance de Timon et de Letti.

Sadina prit le relais.

— Letti assassine Kletter, comme ça, froidement. Ou comme si elle prévoyait de le faire depuis le début. Après quoi Timon et elle nous emmènent, Isaac et moi, en nous menaçant pour nous obliger à filer droit. On vous laisse des indices pour que vous puissiez suivre notre trace – ils le savaient, ils nous ont laissés faire. C'est pour ça que vous étiez toujours sur nos talons.

Ce fut à nouveau au tour d'Isaac :

— Ce qui nous ramène à ce qu'a dit Letti avant de se prendre un coup sur la tête. Est-ce qu'on sait si elle est toujours en vie, d'ailleurs ? En tout cas, elle a avoué que son plan était bien d'amener tout le monde à cet endroit – y compris, je suppose, le dénommé Minho et sa Roxy. Elle n'arrêtait pas de scruter le ciel, de regarder à droite, à gauche, sans même essayer de s'en cacher. Je ne comprenais pas ce qu'elle faisait mais c'est clair, maintenant. Elle attendait les bergs. C'est sûr. Elle est impliquée là-dedans, et j'imagine que Timon le Gentil Géant aussi, même s'il a tout dans les muscles et pas grand-chose dans la cervelle.

— D'accord, dit Trish. Ensuite, ces guignols arrivent avec une douzaine de bergs et leurs fichus monstres sur pattes hérissés de griffes, et ils embarquent tout le monde.

Sadina se frotta le visage en grognant.

— N'oublie pas les fondus – oui, de vrais fondus, en chair et en os – qu'ils ont largués d'un berg comme on jette des ordures. Attachés ensemble, qui bougeaient comme des automates. Et qui ont formé une sorte de chaîne humaine pour nous encercler et s'assurer qu'on n'irait nulle part.

— Bref, au final on se retrouve ici, conclut Isaac. Mais pourquoi ? Et pourquoi ne pouvaient-ils pas se contenter de leurs machines volantes et de leurs mécanopode ou je ne sais quoi pour nous capturer… Je veux dire, ça ne leur suffisait pas, ils étaient obligés d'amener une armée de fondus en plus ? Pour enlever une douzaine de personnes désarmées et perdues ? C'est complètement dingo ; pardon mais c'est le seul mot qui me vient à l'esprit. C'est dingo.

— Non, ça va, c'est le bon mot, lui assura Sadina.

Trish confirma elle aussi.

Isaac passa alors aux questions qui s'imposaient.

— Bien. Alors primo, qu'est-ce que ça veut dire, tout ça ? Et secundo, que fait-on maintenant ?

Un moment s'écoula, chacun évitant de croiser le regard des autres, et prenant le temps de réfléchir. Isaac repassa méthodiquement en revue tous les éléments qu'ils venaient d'énumérer, s'efforçant de les emboîter de manière cohérente.

— Voilà ce que je sais, résuma Sadina. On est en vol depuis plusieurs heures maintenant. Je ne sais pas où on va, ni à quelle vitesse, mais on a déjà dû parcourir un sacré bout de chemin. C'est évident. Où qu'ils nous emmènent, ça ne sent pas bon. C'est aussi simple que ça.

— Aussi simple que ça, répéta Trish.

— Eh bien… plus ou moins, murmura Isaac, pas entièrement convaincu. Et donc, où veux-tu en venir ?

Trish et Sadina échangèrent un regard, avant de se tourner vers lui.

Ce fut Sadina qui parla :

— Il faut qu'on trouve un moyen de s'échapper de cet appareil, Isaac. Avant que quelqu'un à bord ne se décide à venir nous tuer… ou pire.

« Aussi simple que ça. »

Le cœur lourd, Isaac comprit que cette longue discussion ne les avait conduits nulle part.

4

Jackie

Il y avait des heures qu'elle se trouvait enfermée dans cette minuscule cellule, serrée contre les autres, à respirer leurs odeurs corporelles, ces effluves de pieds, de sueur et d'autres choses tout aussi déplaisantes, à les écouter geindre, pleurnicher et prier à voix basse. Et cela commençait sérieusement à lui peser. Des heures ! Passées à étouffer dans cet espace confiné.

Ils avaient été pas mal ballottés après leur capture. Assez pour lui provoquer des nausées. Il y avait aussi eu cette vibration énorme, suivie d'une grosse secousse, qui semblait indiquer que les machines étaient remontées à bord des bergs et que ceux-ci avaient redécollé. Ils étaient encore en vol. Cela dépassait ses capacités d'entendement, et pourtant c'était bien ce qu'ils étaient en train de faire. Voler au-dessus du sol.

Elle avait enfin réussi à occulter le monde extérieur. En fermant les yeux, en se remémorant de bons moments, en refusant de réagir aux stimuli physiques, aux bruits, aux voix, elle était parvenue à se convaincre qu'elle se trouvait ailleurs. Depuis des heures.

Une porte s'ouvrit.

Une bouffée d'air frais s'engouffra dans la pièce, si pur et si chargé en oxygène que Jackie en eut les larmes aux yeux quand elle l'inspira à pleins poumons et le retint dans sa poitrine, avant de le relâcher dans un soupir. Elle se sentit tout de suite mieux. Toutefois, le poids insurmontable de ses soucis restait le même.

Un homme vêtu d'une robe en grosse toile apparut sur le seuil et les observa longuement sans rien dire. Une lumière brillait derrière lui, et le grondement des machines leur parvenait beaucoup plus fort. Il portait un drôle de masque – une sorte de cagoule ample, avec des fentes pour les yeux et la bouche. Un accessoire primitif et diablement inquiétant.

— Qui prend la parole pour votre groupe ? finit-il par demander. Il me faut un représentant.

« Tu parles d'une entrée en matière », se dit Jackie. Il était parfaitement conscient de l'incertitude et de la terreur dans lesquelles ils étaient plongés, et pourtant il n'avait pas un mot de compassion ou d'empathie. Elle décida de se servir de cela, de s'y accrocher. La détestation que lui inspirait cet homme lui permit de s'arracher à son marasme. En dehors de Miyoko, tous les autres dormaient, écrasés de fatigue.

— Je vais le faire, dit-elle tout bas, levant la main pour indiquer qu'elle était volontaire.

Miyoko la dévisagea bouche bée, encore plus étonnée que Jackie elle-même.

— Qu'est-ce que tu fiches ? souffla-t-elle, se demandant probablement ce qui arrivait à l'amie désemparée qu'elle consolait depuis des heures. Laisse plutôt Mme Cowan ou l'un des membres du conseil s'en charger. Ou Dominic, à la rigueur. C'est le plus costaud.

Sa réaction agaça Jackie et ne fit que la conforter dans sa décision.

— Je ne crois pas qu'on ait besoin de quelqu'un de vieux ou de costaud. Je crois qu'il nous faut quelqu'un de malin.

Miyoko sourit, puis réagit de la meilleure manière possible : en hochant la tête fermement.

— Alors viens, lui lança l'homme masqué. Ce n'est pas pour un sacrifice humain, au nom de la Braise. Il s'agit juste de représenter votre groupe. Allez ! Amène-toi.

Jackie ne parvenait pas à déchiffrer cet homme. Peut-être n'était-ce qu'un messager. Quoi qu'il en soit, elle se leva, secoua la peur qui pesait sur ses épaules et le suivit hors de la cellule.

5

Minho

On amena une jeune femme à la peau noire, aux yeux brillant d'émotion – même s'il n'aurait pas su dire de quelle émotion il s'agissait exactement ; quelque chose entre la peur enfantine et la rage meurtrière, peut-être. Elle avait noué ses cheveux en une longue tresse qui lui tombait sur l'épaule. L'Afflicteur Barrus la fit asseoir à la table, face à l'Orphelin, avant de s'éclipser discrètement.

L'Orphelin savait quoi faire. Mais au fond de lui, il regrettait que ce ne soit pas Roxy devant lui.

— Comment t'appelles-tu ? demanda-t-il.

— Jackie. Et toi ?

Il connut l'un de ces instants décisifs où tout bascule. Cela dura moins d'une seconde. Il envisagea différentes options et en choisit une.

— Je crois que tu le sais déjà. Hmm… Minho.

Il marqua une pause, s'attendant à moitié à ce qu'elle s'effraie de le voir commettre un tel sacrilège – se donner un nom, ouvertement ! Il savait qu'on était probablement en train de les observer, de les écouter, si bien qu'il prenait un risque calculé. Pourtant, il estimait devoir le faire. S'il montrait une trop grande résignation, ses supérieurs ne voudraient jamais croire à son revirement.

— Ah oui, Minho, c'est vrai, admit-elle avec un sourire forcé. J'aime bien. Tes parents devaient être convaincus que tu deviendrais quelqu'un de formidable. J'ai l'impression qu'ils se sont un peu trompés, non ?

Elle fit un geste vague vers les murs de la petite pièce, un geste qui englobait probablement tout ce qui se trouvait autour.

— Je n'ai pas de parents.

Cet aveu ne lui valut aucune sympathie. Il dut se rappeler qu'elle le considérait comme faisant partie des méchants. Le pire, c'est qu'elle n'avait pas tort. Ce qui ne fit que le renforcer dans sa résolution.

— On m'a demandé de t'interroger sur le groupe avec lequel tu es venue. En particulier sur une certaine Sadina.

— Avec lequel je suis venue ? répéta-t-elle. Sérieusement ? Le groupe que tes copains ont capturé avec une saleté de griffe mécanique géante, tu veux dire ! Qu'est-ce qu'on fait là de toute manière ? Tu es à peine plus vieux que moi. Pourquoi est-ce toi le chef ?

— Je ne le suis pas. (Sa frustration était telle qu'il craignit de perdre son calme.) Mes supérieurs ont dû penser que tu te sentirais plus à l'aise en présence de quelqu'un de ton âge. Écoute, ça n'a pas d'importance. Nous avons environ trois heures devant nous avant d'arriver à destination. Ce qui veut dire trois heures pour discuter. Tu n'es pas obligée de me dire quoi que ce soit si tu n'en as pas envie. Mais…

Il soupira, honteux de sentir une goutte de sueur perler sur son front. Il voulait des réponses. Non pas parce que l'Afflicteur Barrus le lui avait demandé, mais parce qu'il voulait savoir qui étaient ces gens et d'où ils venaient. Il avait *besoin* de le savoir. Ces informations pourraient jouer un rôle crucial dans le plan qui mûrissait lentement dans un coin de son cerveau. Pour Roxy, pour lui, pour tout le monde.

— Moi, au fond, je m'en fiche, dit-il. Je ne suis qu'un sous-fifre qui fait ce qu'on lui ordonne. Mais nous parler pourrait t'aider. Tu n'es pas une ennemie pour mes chefs. Et ce ne sont pas tes ennemis non plus. C'est…

Elle l'interrompit.

— L'ennemi de mon ennemi est mon ami, c'est ça ?

Il hocha la tête.

— C'est ça.

— Alors qui est l'ennemi ? Qui est le vôtre ? Et le mien, apparemment ?

Minho avait intérêt à la jouer fine.

— La Tête de Dieu. Tu en as entendu parler ?

Il détecta pour la première fois une faille dans la cuirasse de la jeune fille.

— Je vois que oui, continua-t-il. Écoute, c'est ça qui nous intéresse. La Tête de Dieu. Tu me parles, je te parle, ça ne peut que nous rendre service à tous les deux.

Elle ne répondit pas immédiatement ; elle se contenta d'abord de le dévisager, longuement. Puis elle parut prendre une décision, même s'il n'était pas certain que celle-ci lui plairait – ni à ceux qui les observaient.

— Que veux-tu savoir ? lui demanda-t-elle avec un sourire.

Un sourire qui ne lui disait rien de bon.

6

Isaac

Cela faisait une bonne demi-heure que Sadina et Trish n'avaient pas prononcé un mot. À croire qu'elles en étaient parvenues à la même conclusion que lui : ils pouvaient bien parler autant qu'ils le voulaient, tant qu'ils seraient enchaînés cela ne les mènerait pas très loin. Allongé sur sa couchette, à fixer le plafond bas, il s'efforça d'ignorer la peur qui lui nouait les tripes.

Qu'est-ce que c'était que cette Évolution dont Letti leur avait parlé, à Sadina et lui, sans entrer dans les détails ? Et la

Tête de Dieu, qui était-elle ? Ou « ils » ? Il ne savait même pas s'il fallait en parler au singulier ou au pluriel.

Une porte s'ouvrit et deux jeunes gens entrèrent dans la pièce, un garçon et une fille. Ils portaient tous les deux la même tenue : une sorte de combinaison noire et moulante, à l'aspect luisant, avec de grosses poches sur les bras, les jambes, le torse et le ventre. Ces poches étaient pleines à craquer, comme s'ils transportaient sur eux tout ce qu'ils possédaient. Cela n'avait pas l'air très pratique ni très confortable, et Isaac se promit de les interroger là-dessus.

— On vient vous détacher, annonça le jeune homme maigrichon affligé d'un nez disgracieux, tordu sur le côté, comme s'il avait dormi dessus toute la nuit. Vous pourrez utiliser la salle d'eau juste à côté, et on vous apportera bientôt à manger. Ne faites rien de stupide et on n'aura pas besoin de vous rattacher. Ils nous ont demandé de vous dire qu'on est tous dans le même camp, ici.

— Bien sûr, railla Sadina. Ça se sent tout de suite.

Trish lui donna un coup de coude. Isaac en aurait bien rajouté un lui-même. Il valait mieux attendre d'être détachés avant de commencer à faire les malins. S'il avait appris un truc au cours du mois qu'il venait de passer avec ses ravisseurs, c'est que n'importe qui pouvait se faire manipuler avec un peu de subtilité et de patience. Dans les deux camps.

Leurs gardiens – c'est le mot qui lui vint à l'esprit – s'approchèrent de leurs couchettes. Debout au-dessus d'eux, ils paraissaient avoir grandi de trente centimètres d'un coup. Ils devaient avoir les cheveux très courts, à moins qu'ils ne soient juste plaqués sous leur cagoule noire, c'était difficile à dire. La fille avait un air revêche, comme si elle détestait ce boulot, et lorsqu'elle pencha la tête sur le côté, Isaac put remarquer quelques mèches orange vif. Voilà une chose qu'il n'avait encore jamais vue.

Le garçon, à peine moins sévère mais plus prévenant que sa collègue, se pencha sur eux et les détacha au moyen d'une grande clé, produisant une succession de cliquetis métalliques.

— On peut savoir comment vous vous appelez ? demanda Trish.

— Non, répondit sèchement la fille.

— On n'a pas de nom, expliqua le garçon d'un air triste. Pas encore, en tout cas. On est des Orphelins, on est tous identiques.

Ayant désentravé Trish et Sadina, il se pencha sur Isaac.

À la surprise de ce dernier, l'attitude de la fille changea soudain du tout au tout. Elle afficha un sourire malicieux et son regard pétilla d'excitation.

— Vous pouvez m'appeler Orange. C'est ce que fait votre ami l'Orphelin. Et lui, là, c'est l'Avorton, parce qu'on ne peut pas l'appeler Long Tarin, ça lui ferait trop de peine.

— Toujours aussi drôle, grommela l'Avorton. Vous vous apercevrez très vite qu'Orange est une personne très intéressante, bourrée d'humour, alors que je suis le garçon le plus ennuyeux de la Terre. (Il acheva de défaire les chaînes d'Isaac avec un soupir de satisfaction avant de se redresser.) Mais votre ami l'Orphelin, on l'appelle Joyeux, parce que lui c'est tout le contraire. Quand il a passé une mauvaise journée, il aime bien boxer contre un mur à s'en faire saigner les doigts. Mais bon, il n'est pas si terrible. Il lui arrive parfois de partager sa nourriture.

— Attendez, protesta Sadina en se frottant les yeux. (Elle s'était assise sur sa couchette. Ses genoux frôlaient la dénommée Orange.) Une minute. Qui est cet ami orphelin dont vous parlez ? Nous n'avons pas d'ami orphelin, à moins que vous ne parliez d'Isaac. (Elle lui prit la main et la pressa affectueusement.) Sauf que vous dites ça comme s'il s'agissait d'une espèce de titre, pour lui comme pour vous. Je peux vous garantir qu'on ne connaît personne qui se vante de ne pas avoir de nom ni de parents.

— Mais il était avec vous quand on est arrivés en berg, s'étonna l'Avorton.

— Oh, vous voulez parler de Minho ? comprit Trish. Ce cinglé qui a surgi de la rivière avec un gourdin et qui a frappé Letti en plein sur la tête ? Celui qui est arrivé avec sa grand-mère ?

Ces questions laissèrent perplexes Orange et l'Avorton.

— Sa... grand-mère ? répéta l'Avorton, comme si c'était l'idée la plus étrange qui soit.

— Assez perdu de temps, trancha Orange. Il ne nous reste qu'une heure ou deux avant d'atteindre l'Alaska, on ferait mieux de s'activer.

— L'Alaska ? reprirent en chœur Isaac, Trish et Sadina.

— Plus de questions, ordonna Orange. Ce n'est pas à nous d'y répondre. Lavez-vous un peu, allez aux toilettes, on vous attend dehors. Vous avez un quart d'heure.

Isaac et ses amies se levèrent en s'étirant et en grognant.

Sadina pointa la tenue noire qui enveloppait Orange comme une seconde peau.

— C'est quoi, ces espèces de pyjamas ? Ça vous arrive de les retirer ?

Orange se renfrogna mais l'Avorton se fit un plaisir de répondre :

— On appelle ça des combinaisons d'artillerie. Il n'y a pas beaucoup d'Orphelins qui sont formés à les porter et à les utiliser, mais nous si. Peut-être que vous aurez l'occasion d'apprendre, vous aussi. C'est très amusant – à l'entraînement, en tout cas. Ce le sera peut-être moins si on doit s'en servir un jour pour de vrai, remarquez...

Il n'en dit pas plus, et parut même regretter d'avoir ouvert sa bouche.

— Ça demande un certain savoir-faire, ajouta Orange, comme pour sous-entendre qu'ils n'avaient pas les compétences suffisantes.

— Qu'y a-t-il dans ces poches ? demanda Isaac.

— À votre avis ? rétorqua Orange en les toisant d'un air condescendant. Puisqu'on vous dit que ce sont des combinaisons d'artillerie ?

— Il n'y a pas beaucoup d'artillerie là d'où on vient, reconnut Trish. Pas beaucoup de bergs ou de machines géantes non plus.

Isaac restait perplexe devant ces combinaisons. Comment pouvait-on se promener ainsi, avec des explosifs plein les poches ? Cela paraissait plutôt dangereux, pour ne pas dire suicidaire.

— De l'artillerie, fit Sadina d'un air pensif. Donc vous êtes quoi, des sortes de bombes humaines ?

L'Avorton voulut répondre mais Orange lui coupa la parole.

— Maintenant ça suffit. Assez papoté. Il vous reste dix minutes, alors à votre place je me dépêcherais.

— Je croyais que tu avais dit un quart d'heure ? protesta Isaac.

— Vous venez de gaspiller cinq minutes. Allez, bougez-vous. On vous attend dehors. Et ne vous en faites pas. On est… des amis. Tout va bien se passer.

Elle et son camarade au nez disgracieux quittèrent la pièce en refermant la porte derrière eux.

7

Jackie

L'Orphelin – qui insistait pour qu'on l'appelle ainsi, parce que « Minho » lui attirerait des ennuis – lui avait posé toutes sortes de questions, plus ou moins anodines. À propos de l'île, de Kletter et du bateau, de chaque membre de leur petit groupe. Jackie lui avait répondu sans se faire prier parce que rien de tout cela ne lui semblait important. Et quand il en vint à Sadina – qui semblait l'intéresser plus particulièrement –, elle put lui répondre en toute sincérité qu'elle ne savait presque rien.

Mais il y avait quelque chose d'étrange dans sa façon de l'interroger. Il ne paraissait pas vraiment investi, comme s'il se fichait éperdument de ses réponses. Et il n'arrêtait pas de plisser les yeux, d'incliner discrètement la tête d'un côté ou de l'autre, de remuer les doigts. Peut-être essayait-il de lui adresser des petits signes, ou plus vraisemblablement avait-il un sérieux problème neurologique, à moins qu'il ne soit pas tout à fait sur la même longueur d'ondes que ses supérieurs. Peut-être essayait-il de lui faire comprendre qu'il était de son côté ?

Elle avait ses propres objectifs, elle aussi. Découvrir le plus de choses possible. Et s'il fallait devenir copine avec cet Orphelin pour cela, eh bien, soit.

Il voulut poser une nouvelle question mais elle l'interrompit d'un geste.

— Non. Si tu veux continuer cette discussion, il va falloir répondre à quelques-unes de *mes* questions.

Il ne parut pas apprécier et jeta un regard fuyant en direction de la porte, comme si ses chefs risquaient de faire irruption pour doucher l'audace de leur prisonnière. Mais il ne se passa rien.

— D'accord, convint l'Orphelin. Vas-y. Enfin, il y a des sujets que je n'ai pas le droit d'aborder. Je préfère te prévenir.

Elle se lança :

— D'où viens-tu ? Et qui sont ces gens pour qui tu travailles ?

— Nous sommes la Nation Restante, répondit-il après une brève hésitation. Nous avons pour but de combattre la Braise et tous ses variants. Et de combattre la Tête de Dieu, qui voudrait se *servir* de la Braise pour transformer l'espèce humaine.

Cette guerre a commencé il y a plus de dix ans. Enfin, pas une guerre au sens littéral mais plutôt sur le plan… philosophique.

— Ça, j'ai l'impression que c'est sur le point de changer, non ? observa Jackie en haussant les sourcils.

L'Orphelin parut tellement mal en l'aise qu'elle se sentit désolée pour lui.

— Eh bien… oui, c'est possible.

— Parle-moi un peu de la Tête de Dieu. Déjà… est-ce que ce sont de vrais dieux ? Et dans quelle mesure la Braise a-t-elle changé depuis sa première apparition ? Combien de variants existe-t-il ? Est-ce qu'ils sont tous aussi graves ?

L'Orphelin se mit à tousser. Et continua, en se couvrant la bouche, sans pouvoir s'arrêter. Jackie eut la nette impression qu'il faisait semblant. Il se leva.

— Désolé, j'ai besoin d'une pause. Il faut que j'aille pisser. Pas toi ?

Tous les signaux qu'il avait tenté de lui adresser s'éclairaient enfin. Il avait quelque chose à lui dire en secret, et attendait avec impatience l'occasion de le faire.

— Si. Moi aussi. Et depuis un moment.

— Alors viens. C'est juste à côté.

Il lui ouvrit la porte. Ils passèrent dans un couloir étroit qu'ils suivirent sur quelques mètres avant de parvenir devant une autre porte. En allongeant le bras pour l'ouvrir, il se pencha tout près d'elle et lui glissa à l'oreille :

— On ne peut pas les laisser atteindre l'Alaska. Après, il sera trop tard.

Elle le prit dans ses bras, espérant que si quelqu'un les observait, on penserait qu'ils avaient établi une sorte de connexion pendant l'interrogatoire. Elle avait entendu parler de ça à l'école – une histoire de syndrome de Stockholm, quand un otage développe une forme d'attachement pour son ravisseur. Elle décida d'en jouer.

Et lui murmura :

— Tu vas nous faire sortir de cet appareil ?

— Oui.

— Avec tous mes amis ?

— Je vais essayer. *On* va essayer. Je vais avoir besoin de ton aide. Mais il faut que ça se fasse dans l'heure qui vient. Sinon c'est fichu.

— D'accord, murmura-t-elle, sans trop savoir à quoi elle s'engageait en se fiant à ce drôle de garçon qui tenait à se faire appeler l'Orphelin. Alors… comment fait-on ?

— Deux de mes amis se trouvent à bord de l'autre berg. Je ne savais pas qu'ils viendraient, mais ils sont là. Et ça change tout. Ça nous donne une chance. Roxy est là-bas, elle aussi. Alors tiens-toi prête. (Il s'arracha à son étreinte en voyant approcher un homme dans le couloir.) Nous apprécions votre coopération, déclara-t-il à haute voix, sur un ton un peu trop formel. Voulez-vous passer la première ?

Elle mit une seconde à réaliser qu'il parlait des toilettes. Elle hocha la tête, le remercia et franchit la porte. Elle avait *vraiment* besoin de pisser.

8

Isaac

Il ne savait pas trop quoi penser d'Orange et de l'Avorton, leurs deux gardiens aux drôles de surnoms, mais ils gravirent plusieurs échelons dans son estime quand ils posèrent devant lui une assiette remplie de nourriture fumante et un gobelet d'eau. Il y avait de la viande, des haricots, et quelque chose qui ressemblait à une patate bleue. Ç'aurait aussi bien pu être des asticots, pour ce qu'il en avait à faire. Affamé comme il l'était, il attaqua la viande à belles dents.

Ce fut en quelque sorte un repas de retrouvailles. Une partie des autres les avait rejoints, Sadina, Trish et lui – il y avait notamment Timon le Gentil Géant, au visage couvert d'ecchymoses, et Letti, la tête entourée d'un énorme bandage. L'un et l'autre refusèrent de croiser le regard d'Isaac. Il y avait également Carson et Lacey, leurs amis de la côte ouest de l'île. Ainsi que, curieusement, la femme qui était restée pétrifiée si longtemps au milieu du pont. Elle s'était présentée sous le nom de Roxy.

Mais Jackie n'était pas là. Ni Dominic, Miyoko, Mme Cowan ou Papy Poêle-à-frire. Aucune trace non plus de Wilhelm ou Alvarez.

— Où sont les autres ? demanda Sadina, pendant qu'Isaac s'efforçait d'avaler une énorme bouchée sans s'étouffer. (Ils s'étaient attendus à voir le reste de leur groupe les rejoindre mais cet espoir était mort quand l'Avorton avait refermé la porte.) Où est ma mère ?

Orange répondit d'une voix dépourvue d'émotion :

— À bord de l'autre berg, à côté de nous. Les autres appareils ont pris de l'avance. Ta maman va bien, rassure-toi.

Isaac pressa doucement le genou de Sadina sous la table.

— Je suis sûr qu'ils vont bien. Mange un peu. C'est délicieux.

Cela lui valut un regard noir, mais Sadina ne put ignorer sa faim plus longtemps. Elle et ses compagnons se jetèrent sur la nourriture avec voracité. Carson et Timon semblaient assez affamés pour vider toutes les assiettes à eux deux. Peut-être auraient-ils pu être amis dans une autre vie. Quant à Lacey, toujours très discrète, Isaac ne la connaissait pas très bien mais elle avait l'air si triste qu'il en eut le cœur serré.

— Qu'est-ce que vous faites là, tous les deux ? demanda Sadina en pointant sa fourchette sur Letti. C'est vous qui avez fomenté cet enlèvement, non ? Vous ne devriez pas être dans une cabine de luxe, à vous faire masser les pieds en dégustant du raisin ?

Letti avait les yeux injectés de sang et grimaçait à chacun de ses mouvements. Le simple fait de parler semblait lui causer des douleurs.

— Jouer les traîtres, ça ne paie jamais. Malheureusement on le comprend toujours trop tard. Il semblerait que nos amis, ceux qui nous ont aidés à vous kidnapper dans cette maison… eh bien, n'étaient pas de vrais amis, en fin de compte.

Timon grommela et jeta un regard mauvais en direction de Sadina, puis d'Isaac, mais se remit bientôt à s'empiffrer de viande et de haricots.

— Quelqu'un sait-il ce qui est arrivé à Minho ? demanda Roxy.

Elle avait l'air d'une femme gentille, très maternelle, et l'inquiétude qu'on lisait dans son regard toucha également Isaac. Il se promit d'arrêter de regarder les gens dans les yeux.

Orange s'avança et posa la main sur son épaule.

— Il va bien, madame. Il est à bord de l'autre berg lui aussi. Vous le reverrez bientôt. (Elle croisa le regard d'Isaac et le fixa intensément. Comme pour lui faire comprendre quelque chose.) Mais à votre place, j'éviterais de l'appeler Minho en présence de nos supérieurs. Ils n'apprécient pas ce genre de chose. Vous savez, les noms et tout ça…

L'autre gardien, l'Avorton, se tenait près de la porte. Il n'arrêtait pas de gigoter, de se balancer d'avant en arrière sur les talons. Sa combinaison moulante grinçait à chacun de ses gestes. « Une combinaison d'artillerie, pensa Isaac. Qu'est-ce que ça veut dire, bon sang ? »

— Pourquoi avoir fait tout ça ? demanda Trish à Letti d'un ton accusateur. Tuer Kletter, enlever mes amis, nous conduire là-dedans ? (Elle fit un geste pour indiquer l'appareil à bord duquel ils se trouvaient.) Comment peut-on faire une chose pareille à des innocents ? J'aurais voulu que vous y passiez quand ce type vous a cogné sur la tête. J'espère que vous allez crever. Je suis bien contente que vous ayez été trahie par vos amis.

— Hé ! s'écria Timon en crachant un petit bout de viande. C'est facile de parler comme ça quand on a grandi sur une île paradisiaque ! Mais dans le monde réel, c'est une autre paire de manches. On verra comment tu t'en sors, petite. On verra ce que tu feras quand tu seras au pied du mur. Quand tu devras choisir entre eux et toi. D'ici là, boucle-la un peu, tu ne connais rien de la vie.

Pour Sadina, c'en était trop. Elle se leva et jeta son assiette à la figure de Timon. Celui-ci se baissa, ramassa l'assiette sur le sol et la lui renvoya. Trish la stoppa d'un revers de bras avant qu'elle n'atteigne Sadina au visage. Puis tout le monde ou presque se mit à crier, sans qu'Isaac ne parvienne à comprendre un mot.

Il fixait le mur d'en face, perdu dans ses pensées. Quelque chose se préparait. Une chose qui avait un rapport avec Orange et l'Avorton, et ce type qui s'appelait Minho – ou pas, selon la personne à qui on parlait. Quelque chose était sur le point d'arriver.

Comme si elle avait lu en lui, Orange vint s'accroupir à ses côtés. Il croisa son regard et elle lui sourit, avec un hochement de tête discret, presque imperceptible. Elle lui pressa le bras.

— Que… ? commença-t-il, sans terminer sa question.

Il ne savait pas quoi lui demander.

— Tiens-toi prêt, lui souffla-t-elle. Et le moment venu, accroche-toi comme tu pourras.

Son pouls s'emballa. La gorge nouée, il demanda tout bas :

— Et comment je saurai que c'est le moment ?

Elle se releva, en lui glissant au passage :

— Oh, tu le sauras.

Chapitre 14

Conformément au plan

1

Alexandra

Cela se déroulerait le lendemain à midi. Après un mois de préparation méticuleuse.

Mannus était installé dans un fauteuil, à moins d'un mètre d'elle. Il n'y avait personne d'autre dans la pièce, ni dans la résidence – à l'exception de Flint, qui patientait dans le hall. La duplicité, la discrétion et le cran qui lui avaient été nécessaires pour monter cette opération dépassaient presque ses facultés pourtant augmentées par la Braise. Elle était la première surprise de ne pas s'être fait prendre, de ne pas avoir sa tête exposée au bout d'une pique, comme au Moyen Âge, à fixer les passants avec ses yeux pourris en guise d'avertissement.

Le Moyen Âge. Cela lui fit penser à quelque chose.

— Mannus ? Il paraît qu'autrefois les rois disaient souvent : « Rapportez-moi sa tête ! » Croyez-vous que ce soit vrai ?

Il la dévisagea comme si elle était frappée de folie. *De FOLIE !* Ce mot se cabra dans son esprit telle une bête blessée, hurlant de douleur. La folie. Sa plus grande peur.

— Allons, Mannus, répondez-moi.

Il haussa les épaules.

— Ouais, il me semble bien avoir lu ça quelque part. Et alors ? On ne devrait pas être en train de finaliser notre plan au lieu de réviser nos cours d'histoire ?

Sa réaction la hérissa. Même si elle lui avait accordé beaucoup de latitude – elle avait davantage besoin de lui qu'il ne l'imaginait –, cela ne voulait pas dire qu'il pouvait tout se permettre. Une fois que tout ceci serait terminé…

— Surveillez vos paroles, Mannus. Si je vous parle de cela, c'est parce que c'est précisément ce que je veux. Que vous me rapportiez sa tête. Il n'y a qu'ainsi que je pourrai être sûre. C'est la seule façon.

Il baissa les yeux au sol, sans doute pour tâcher de masquer sa frustration.

— Le Cercueil ne suffira pas comme preuve de sa mort ?

— Non, ça ne suffira pas. Et puis, je pourrais avoir besoin de sa tête comme preuve pour d'autres. Je commence à me dire qu'ils savaient ce qu'ils faisaient, à l'époque.

Quand il releva les yeux vers elle, il s'était composé une expression imperturbable.

— D'accord, Déesse. On vous rapportera les deux. Est-ce qu'on pourra mettre la tête *dans* le Cercueil pour faciliter le transport ?

Il plaisantait. Elle le savait, et il savait qu'elle le savait. Il jouait néanmoins un jeu très dangereux.

— Mannus, je le saurai si vous ou n'importe lequel d'entre vous ouvrez le Cercueil. Vous n'imaginez pas le châtiment qui vous sera réservé si vous laissez faire une chose pareille.

— Je comprends. Je suis désolé.

Elle laissa transparaître sa colère. Son visage s'empourpra, ses yeux étincelèrent de rage. Elle aurait pu masquer ces signes grâce à la discipline de l'Embrasement, par une rapide énumération des chiffres, mais elle voulait qu'il les voie.

— Je ne le répéterai jamais assez. Il existe des souffrances et des douleurs que vous ne pouvez même pas envisager, Mannus. Le Cercueil ne *doit pas* être ouvert. S'il l'est, il n'y a pas un endroit sur Terre où vous pourrez vous cacher. Est-ce bien clair ?

Elle l'avait ébranlé. C'était rare. Il hocha la tête et s'inclina bien bas.

— Bien. Tout est prêt, nos gens sont en place. Mikhail ne sera pas là aujourd'hui, pas à proximité de Nicholas. Vous avez les codes, les armes, les mots de passe, et tous les hommes qu'il vous faut. Y a-t-il une chose que nous aurions oubliée ou négligée ?

Il hésita, encore sous le choc.

— Je vous écoute, Mannus.

— Tout est prêt, Déesse Romanov. Nous avons tout passé en revue de nombreuses fois dans les moindres détails. Tout se déroulera conformément au plan. Je vous le jure.

Ce genre de prédiction se vérifiait rarement, mais pour une fois elle décida d'y croire. L'Évolution ne lui avait jamais procuré autant de certitude, autant d'assurance. Et c'était bien l'Évolution qu'elle servait.

— Alors, ce sera tout, conclut-elle. Vous pouvez disposer.

Il se retira sans un mot ; sa mission venait de commencer. D'ici quelques heures, elle serait en possession de deux cadeaux précieux qui pourraient changer le monde à tout jamais. Deux choses toutes simples, au fond. En fait, la tête serait probablement la plus difficile à obtenir.

Elle libéra son esprit dans l'Embrasement avant que l'impatience ne puisse s'installer. Peut-être pourrait-elle faire une petite sieste ? Oui, c'était une bonne idée. Elle ferma les yeux.

2

Isaac

— Retournez dans votre chambre, ordonna l'Avorton. (Ils se tenaient devant la salle où ils s'étaient retrouvés, allongés sur des matelas comme s'ils se prélassaient sur le pont du vieux bateau de plaisance de Papy Poêle-à-frire.) Orange va venir vous attacher. Pour votre sécurité.

— Attendez une minute, protesta Sadina en criant presque. Je croyais qu'on était tous dans le même camp ? Ou quelque chose comme ça ? Vous pourriez peut-être nous le prouver en laissant tomber les menottes.

— S'il vous plaît, ajouta Trish.

Isaac avançait complètement à l'aveuglette, désormais. À l'instinct. Au cours de la dernière heure, une foule de petits détails lui étaient apparus. Pris indépendamment, aucun d'eux n'aurait voulu dire grand-chose. Mis bout à bout, par contre, ils donnaient la sensation que quelque chose de spécial était sur le point de se produire. Quelque chose d'effrayant, de terrifiant peut-être, et probablement de dangereux. Mais quelque chose de bien. Pour eux.

Trish et Sadina avaient regagné leur cellule d'un air boudeur et s'étaient assises sur leurs couchettes, résignées. Isaac alla s'asseoir près d'elles. Feignant de vouloir les consoler, il les serra contre lui pour leur glisser à l'oreille :

— Il faut qu'on soit enfermés. Enchaînés. C'est pour notre bien.

— Qu'est-ce que tu racontes ? protesta Trish.

— Tu es bizarre, Isaac, ajouta Sadina.

— Faites-moi confiance, les filles. Écoutez, je crois que Minho et deux de ses amis ont un plan pour nous faire sortir de ces fichus bergs. On m'a conseillé de m'accrocher à quelque chose le moment venu, et… d'être prêt.

Il avait sans doute mérité les regards dubitatifs qu'elles lui lancèrent mais il ne savait pas quoi dire d'autre.

— Attendons de voir ce qui se passera, marmonna-t-il. En espérant que ça marchera. Faites ce que je vous dis et accrochez-vous aux chaînes, d'accord ? C'est promis ?

Cela lui valut des sourires, cette fois, et Trish et Sadina se penchèrent vers lui pour lui planter un gros baiser mouillé sur chaque joue. Bien sûr que c'était promis.

Orange vint se charger de leur passer les fers. Ils se retrouvèrent bientôt allongés tous les trois sur leurs couchettes, aussi confortablement que possible étant donné les circonstances.

Orange tendit le bras comme pour serrer la main d'Isaac. Il se prêta au jeu, malgré la gêne occasionnée par ses entraves. Isaac sentit au creux de sa paume la pression d'un objet en métal. Puis Orange se redressa, non sans avoir repoussé l'objet du bout de l'index pour s'assurer qu'Isaac le garde.

— Tâchez de dormir un peu, les gars, leur conseilla-t-elle en se dirigeant vers la porte. Ça va bientôt être la folie. Alors en attendant, vous feriez mieux de vous reposer.

Elle sortit en refermant la porte derrière elle.

Isaac baissa les yeux pour voir ce qu'elle lui avait donné.

Une grosse clé.

3

Minho

L'Orphelin se tenait dans un couloir au fond du berg, accroupi dans un coin sombre. Il espérait être tranquille pour pouvoir inspecter le sac de matériel qu'il avait volé au dépôt.

La situation était moins catastrophique qu'il ne l'avait craint – les Afflicteurs, les prêtres, les prêtresses et toutes les personnes qui se trouvaient à bord du berg avaient déjà fort à faire pour maintenir l'engin en vol et en état de marche. Ce n'était pas comme s'ils avaient une longue expérience en la matière. Il savait aussi qu'on ne se méfiait pas des prisonniers, considérant qu'ils n'avaient pas d'autre possibilité qu'attendre passivement leur arrivée en Alaska.

« Je m'appelle Minho, pensa-t-il. Oui. À compter de maintenant, je m'appelle Minho et c'est définitif. Ça ne changera plus. Pour Roxy et pour Kit. »

Il sortit du sac une combinaison d'artillerie et la plaqua contre son torse pour estimer sa taille. Elle lui parut un peu petite mais le vêtement était censé se porter serré. Elle était alourdie par deux douzaines d'engins explosifs et autres dispositifs de guidage glissés dans les poches. « Quel genre de personne irait porter volontairement un truc pareil ? se demanda-t-il. Et pourtant les Orphelins le font. Les Orphelins, et les ex-Orphelins du nom de Minho. »

Il lui fallut un moment et pas mal d'efforts pour se contorsionner dans le tissu scintillant. Mais il réussit enfin à enfiler la combinaison la plus dangereuse du monde. Il plongea la main dans le sac et en sortit un sachet rempli de minuscules capsules d'explosif, équipées chacune d'une minuterie rudimentaire.

Il inspira profondément. Une fois. Deux fois. Trois fois.

Il repensa au message que lui avaient laissé Orange et l'Avorton dans sa cabine pour lui dire que Roxy allait bien et lui expliquer leur plan. C'était un bon plan. Ils avaient au moins une chance sur deux d'en réchapper.

Il sortit l'une des capsules et l'inséra dans une rainure au bas de la cloison. Il régla la minuterie. Cette fois, cétait parti, c'était vraiment parti !

Il se leva et se dirigea vers la cellule de confinement.

4

Jackie

Elle retrouva les autres serrés comme des sardines dans la pièce minuscule où elle les avait laissés – Papy Poêle-à-frire, Mme Cowan, Miyoko, Dominic, et les deux membres du Congrès. Naturellement ils la bombardèrent de questions en la voyant revenir de son entretien avec Minho, alias l'Orphelin.

— Pourquoi ne m'as-tu pas réveillée ? protesta Mme Cowan, sans trop insister.

La mère de Sadina semblait encore faible malgré la nourriture qu'on leur avait apportée en l'absence de Jackie. Wilhelm et Alvarez restèrent muets, probablement honteux qu'une jeune fille ait dû parler à leur place.

— Je suis content que tu n'aies rien, répéta plusieurs fois Papy Poêle-à-frire. Je me faisais un sang d'encre.

C'était touchant, venant d'un homme qu'elle connaissait à peine avant leur voyage en bateau.

— Raconte-nous ce qui s'est passé, demanda Miyoko en terminant son fromage.

Chacun d'eux avait reçu un sachet avec un peu de viande séchée, un morceau de fromage et un bout de pain.

Dominic, comme à son habitude, l'exaspéra en ne prononçant qu'un mot ou deux entre chaque bouchée.

— À qui… as-tu… parlé ? Qu'est-ce… qu'ils… t'ont dit ?

Jackie les ignora, le temps d'engloutir le contenu de son propre sachet. Se porter volontaire pour s'exprimer au nom du groupe avait déjà renforcé sa confiance en elle ; le fait de manger la galvanisa encore plus. Malgré ses doutes et sa faiblesse, elle se sentait désormais de taille à affronter le monde entier. Ce qui risquait bien de se produire, d'ailleurs, même si Minho n'était pas entré dans les détails.

— Jackie, insista Miyoko avec une pointe d'agacement. Tu vas parler, oui ? Si tu avales encore une seule bouchée, je te jure sur la tête de Papy Poêle-à-frire que je t'en colle une !

— Moi aussi, renchérit le vieil homme en gloussant. Mais tu ne sentiras pas grand-chose.

— D'accord, d'accord, répondit Jackie qui avait de toute façon pratiquement terminé de manger. On m'a conduite dans une salle et je me suis assise à une table avec ce type qui s'appelle Minho. Celui qui a surgi de la rivière et qui a assommé cette femme, là, Letti. Je croyais qu'il était de mèche avec ceux qui nous ont capturés mais on dirait bien qu'il a des envies de rébellion. Il m'a dit que deux de ses amis et lui allaient…

Une pensée soudaine, terrifiante, lui noua la gorge. Et si leurs geôliers étaient en train de les écouter ? Il y avait de grandes chances que ce soit le cas.

— Jackie ? fit Dominic en lui touchant l'épaule. Qu'est-ce qu'il y a ?

Elle tâcha de corriger le tir.

— Je n'ai pas très bien compris ce qu'il disait. Il avait surtout plein de questions à me poser, sur vous, sur l'endroit d'où on venait, ce genre de choses.

Elle leur adressa un regard d'avertissement et se tapota discrètement l'oreille. Elle se serait flanqué des claques. « Idiote, tu aurais dû la fermer ! »

Quelqu'un vint frapper à la porte, plusieurs petits coups en succession rapide qui firent s'emballer son pouls. « C'était couru d'avance, pensa-t-elle. J'en ai trop dit, et maintenant ils vont venir me prendre et me balancer dans les airs. »

Mais quand la porte s'ouvrit, ce fut Minho qui apparut. Il lui adressa un bref hochement de tête pour la rassurer. Elle en fut tellement soulagée qu'elle faillit tourner de l'œil.

— Jackie, la prévint-il. C'est pour très bientôt. Accrochez-vous, ça va secouer.

Sans attendre de réponse, il ressortit et ferma la porte derrière lui.

5

Isaac

Il n'avait pas cessé de fixer la clé depuis qu'Orange la lui avait glissée discrètement dans la main. Une part de lui avait peur qu'elle disparaisse comme par magie s'il la lâchait des yeux un seul instant.

— Quand est-on censés se détacher ? demanda Trish. Et à quoi faut-il s'attendre ?

— Isaac ? ajouta Sadina en voyant qu'il ne répondait pas, trop fasciné par son nouveau talisman.

— Je… aucune idée. Orange m'a juste dit de me tenir prêt, et qu'on saurait quand ce serait le moment.

— Qu'on saurait quoi ? demanda Trish.

— Je ne sais pas. (Cela le fit rire, d'une manière légèrement hystérique.) Mais ils doivent craindre pas mal de secousses parce qu'elle m'a prévenu qu'on ferait mieux de rester attachés jusqu'à ce que… ce soit le bon moment.

— Eh bien, range-la dans ta poche, suggéra Sadina en indiquant son pantalon comme s'il ne savait pas ce qu'était une poche. Il ne faudrait pas que tu la perdes.

— Tu penses ?

— Plus que toi, ça c'est sûr. (Elle poussa un gros soupir, comme elle le faisait généralement chaque fois qu'elle était sur le point de faire une déclaration sérieuse.) Je t'aime, Isaac, tu sais ? On t'aime toutes les deux, Trish et moi. Je te promets qu'on va trouver un moyen de s'en sortir, tous ensemble.

Il trouva la force de répondre :

— Je vous aime aussi, les filles. Ça devient un peu sentimental, non ?

— Ça ne l'est jamais assez, rétorqua Trish.

Isaac finit par glisser la clé dans sa poche. Elle était lourde et imposante. On aurait dit la clé d'un vieux château.

— C'est dingue quand on pense à ce qu'on faisait il y a deux mois à peine, souffla-t-il. Quand on vivait tranquillement sur notre île sans avoir à réfléchir à ce qui risquait de nous tuer à chaque moment de la journée.

— C'était un peu barbant si tu veux mon avis, observa Sadina.

Trish fit la moue.

— J'aimais bien, personnellement.

— Ouais, moi auss…

Une grande secousse fit trembler l'appareil et projeta Isaac au bout de ses chaînes, l'envoyant se cogner contre la cloison. Sadina poussa un cri de frayeur ; Trish rugit quelque chose qui se perdit dans une nouvelle secousse, accompagnée d'un fracas métallique épouvantable. Hébété, Isaac chercha à tâtons la rambarde de son lit. Ses doigts venaient à peine de se refermer sur l'acier froid que la pièce s'inclina, tressauta, puis bascula carrément. Retenu de nouveau par ses chaînes, il sentit ses bracelets s'enfoncer douloureusement dans ses poignets et ses chevilles.

Puis l'appareil commença à tomber, et Isaac se mit à flotter au-dessus de son lit comme si la gravité venait d'être annulée.

— Accrochez-vous ! hurla Sadina.

6
Minho

Du bruit. Du mouvement. Et rien d'autre.

Minho venait tout juste de quitter la cellule de confinement, de prévenir Jackie et ses amis de s'accrocher, de rassembler son courage pour déclencher une nouvelle charge explosive et prendre d'assaut le cockpit du berg, quand il fut projeté à travers le couloir comme si la gauche et la droite étaient devenues le haut et le bas. Il s'écrasa contre une cloison qui se trouvait devant lui quelques instants plus tôt, et non dessous. Il replia les jambes et roula comme on le lui avait appris, puis s'accrocha à une rambarde et raidit les bras, attendant de voir si l'appareil allait se redresser.

Mais ce ne fut pas le cas. Le berg était parti en vrille et tournoya au moins trois fois sur lui-même avant que Minho cesse de compter, trop occupé à lutter contre la nausée. On entendait partout des crissements de métal tordu, des fracas de verre brisé, des cris – un vacarme insupportable. Il se serait volontiers bouché les oreilles, mais ballotté dans tous les sens comme il l'était, avec tous ces changements de direction et de gravité, il préféra utiliser ses mains pour se cramponner de son mieux.

« Que s'est-il passé ? Qu'est-ce qui a mal tourné ? »

L'appareil se redressa un instant, avant de rapidement plonger ; le rugissement des moteurs couvrait tous les autres bruits. Il posa les pieds sur le sol, désormais incliné à quarante-cinq degrés. Le berg trembla violemment, à deux doigts de se désagréger. Les secousses devinrent si fortes que Minho lâcha la rambarde et partit en glissade dans le couloir. Il se cogna contre une porte qui s'ouvrit sous l'impact.

Il se trouvait au seuil d'une pièce plongée dans un chaos total ; il se retint au montant de la porte avant de basculer à l'intérieur. Un vent tourbillonnant l'enveloppa. Toutes sortes de cartons, d'équipements et de débris volaient dans les airs, comme brassés par une tornade. Un trou béant s'était ouvert dans le fuselage du berg, et de l'autre côté Minho vit avec horreur le monde extérieur, l'horizon incliné et des oiseaux qui s'égaillaient tandis que l'appareil filait vers le sol.

Les bords du trou, tranchants, déchiquetés, étaient recourbés vers l'intérieur tels des pétales, comme si un boulet de canon avait perforé la cloison et la charpente. Quelque chose avait crevé le fuselage *de l'extérieur.*

Le regard de Minho se porta machinalement vers le fond de la pièce, du côté opposé au trou.

Un corps sanguinolent était à moitié incarcéré dans la cloison – à croire qu'il avait fusionné avec le métal. Le malheureux portait une combinaison d'artillerie comme la sienne. Il avait le crâne fracassé, les membres désarticulés, et il y avait du sang partout. Plusieurs charges de sa combinaison avaient explosé ; on voyait encore les fils de leurs dispositifs de guidage défaillants voler au vent avec quelques lambeaux de tissu.

Vu son état, le corps était difficilement identifiable. Pourtant, son nez avait quelque chose de familier. Et on voyait bien que la personne était très maigre.

Minho, les mains crispées douloureusement sur le montant de la porte, les jambes tremblantes à force de rester debout sur un sol en pente raide, ne pouvait que regarder.

« Ce ne serait pas… ? »

Si. C'était lui. Sans l'ombre d'un doute.

Son ami l'Avorton.

7

Jackie

L'île avait été secouée par un séisme quand elle n'était encore qu'une petite fille. Elle se trouvait dans l'armoire, à jouer avec les figurines en bois que lui avait sculptées son grand-père. Elle aimait bien se cacher là parce que personne ne venait l'y déranger, ni se moquer d'elle et des histoires qu'elle s'inventait. Quand la terre s'était mise à trembler, elle avait été secouée dans tous les sens tandis que ses figurines volaient de partout. Ce moment terrifiant lui avait paru interminable ; elle avait eu la sensation qu'un dieu s'était emparé de l'armoire et l'avait balancée au-dessus de l'océan.

C'était exactement ce qu'elle ressentait à présent, et ce vieux souvenir lui revint en mémoire quand Miyoko, Dominic et elle se retrouvèrent à se cogner les uns contre les autres comme les figurines de son enfance.

Sans l'avertissement de Minho, ils seraient peut-être déjà morts. Fort heureusement il y avait assez de prises, de rambardes et de poignées autour d'eux pour s'y cramponner et éviter d'être projetés d'un bout à l'autre de la pièce au risque de se casser quelque chose. Mais ils avaient beau s'accrocher de toutes leurs forces, ils furent tout de même drôlement secoués quand le berg se mit à enchaîner les tonneaux à trois ou quatre reprises. Jackie sentit ses jambes et son torse se cogner contre ceux de Dominic et Myoko, heurter tour à tour le plafond puis le sol. Elle eut besoin de toute son énergie pour maintenir sa prise sur sa tête de lit.

Des cris et des hurlements retentirent dans la pièce, au milieu des crissements de métal tordu, des grondements hachés des moteurs, et des chocs sourds des corps qui se cognaient ici et là. La lumière s'était éteinte presque immédiatement, si bien que Jackie n'y voyait pas grand-chose, ce qui ne faisait qu'accentuer sa terreur. Les doigts crispés sur la barre d'acier qui représentait son salut, elle pria pour qu'ils s'en sortent. D'une manière ou d'une autre.

« Sortez-moi de là, implora-t-elle en s'adressant à l'univers. Sortez-moi de là et je nous ramènerai à la maison. »

L'appareil bascula vivement. Quelqu'un atterrit sur elle et se cramponna à ses jambes. Dans la pénombre, elle reconnut la silhouette de Papy Poêle-à-frire.

— Ça va ? lui cria-t-elle.

— Hein ? Non !

— Ne lâchez surtout pas !

Il s'accrocha encore plus fort, plaquant les deux jambes de Jackie l'une contre l'autre.

Le berg cessa de tournoyer, mais désormais il piquait vers le sol, à un angle de quarante-cinq degrés au moins. Le grondement de la résistance de l'air – et des moteurs qui tentaient de la contrebalancer – noyait tout le reste. Jackie et les autres s'accrochèrent comme ils le purent, tassés les uns contre les autres, ce qui les aidait un peu. L'appareil continuait à piquer du nez, ébranlé toutes les deux ou trois secondes par une nouvelle secousse, juste assez forte pour que Jackie ait la nausée.

— On va s'en sortir ! lui cria Papy Poêle-à-frire, ses mots presque noyés dans cette avalanche sonore. Ces saletés d'engins sont coriaces ! Tant qu'on ne…

Boum. Chacun d'eux fit un bond d'un mètre avant de retomber rudement ; ils venaient de traverser un trou d'air. Le plancher s'inclina de quelques degrés supplémentaires. Jackie grimaça ; elle avait pris un coup de coude ou de genou dans les côtes. Elle gémit, avec la sensation que plusieurs de ses organes avaient éclaté.

— Qu'est-ce que vous avez dit ? cria-t-elle à Papy Poêle-à-frire pour couvrir le vacarme.

— Que veux-tu que j'en sache ! lui répondit-il sur le même ton.

Jackie aimait vraiment bien ce vieux bonhomme.

Elle lâcha un hurlement pour essayer de libérer son désespoir, crier sa volonté de survivre.

Le berg heurta violemment quelque chose en émettant un bruit de collision entre du métal et du bois. Il y eut comme un concert de branches et de troncs brisés, dont les débris griffaient le fuselage. Jackie et les autres, secoués de toutes parts, crièrent en se cramponnant de leur mieux. Leur chute ralentit quelque peu à mesure que le berg fauchait de plus en plus d'arbres – c'étaient forcément des arbres, on les entendait crépiter comme des pétards. Jackie eut l'impression que toutes ses dents s'étaient déchaussées et s'entrechoquaient dans sa bouche ; que son cerveau avait été réduit en pulpe sous l'impact du crash.

Ils ralentirent encore et encore. Secoués, ballotté, projetés dans tous les sens.

L'appareil rencontra un dernier obstacle ; Jackie lâcha prise, vola à travers la pièce et s'écrasa contre le mur du fond avant de glisser au sol et d'atterrir sur quelqu'un d'autre. Ils étaient enfin à l'arrêt, et le vacarme apocalyptique avait cessé. Jackie grogna, percluse de douleurs, et roula au bas de la personne sur laquelle elle était tombée. Un panneau du plafond s'était décroché et laissait entrer un rayon de soleil au-dessus d'eux. La pièce était jonchée de corps, mais de corps qui remuaient.

— Merci.

C'était une petite voix pathétique, qui venait d'en dessous. Jackie baissa les yeux et vit Dominic étendu à plat, qui la regardait.

— Je me suis pris tes fesses en pleine figure, grommela-t-il avec une grimace de douleur.

Et puis, au milieu de cette folie, ils se mirent à rire, tous les deux.

8

Isaac

Le calme était enfin revenu. Un calme miraculeux, presque suspect.

Isaac était roulé en boule, tassé dans le coin où son lit rejoignait la cloison. Tous ses muscles étaient endoloris à force d'avoir tenu cette position – ses chaînes aux chevilles s'étaient détachées pendant le crash. Ses poignets restaient enchaînés, par contre, et ses bracelets lui rentraient dans les chairs. Il tenta de se redresser, de décrisper ses membres mais ils refusaient de bouger, figés par le choc, comme s'il était déjà atteint de rigidité cadavérique.

— Isaac, chuchota une voix. Isaac !

Il n'aurait pas su dire s'il s'agissait de Trish ou de Sadina car il leur tournait le dos, roulé en position fœtale.

— Hé, Isaac ! (C'était Trish.) Tu as toujours ta clé ?

Le fait qu'il n'ait pas encore entendu Sadina lui donna un coup de fouet, comme si on avait injecté un peu d'huile dans ses rouages, et il se retourna vers ses amies.

Elles étaient vivantes toutes les deux. Vivantes, et les yeux grands ouverts. Enfin, Sadina n'en ouvrait qu'un – l'autre était poché, d'une belle couleur violacée.

— Ça va, vous deux ? leur demanda-t-il, partagé entre le soulagement et l'inquiétude. Tu as pris un méchant coup…

— Ouais, je me suis cognée contre la rambarde de mon lit. Ça fait un mal de chien.

— Je n'en reviens pas qu'on soit toujours en vie, murmura-t-il.

C'était peut-être idiot mais cela traduisait bien sa pensée. Les cinq ou dix dernières minutes, il s'était convaincu que tout était fini, fichu, terminé. Qu'il n'y aurait pas de retour triomphal sur leur île. Plus de visites à la Forge. Qu'il ne pourrait jamais se vanter d'avoir construit sa propre yourte et traversé l'océan.

— Moi non plus, avoua Trish. Allez, sors cette fichue clé et détache-nous, tu veux bien ?

— D'accord, d'accord.

Malgré les douleurs que lui causait chaque mouvement, il sortit la clé de sa poche et entreprit de se détacher avant de délivrer Sadina et Trish. L'appareil était légèrement incliné, mais pas suffisamment pour les empêcher de se tenir debout. Il remit la clé dans sa poche puis se massa les poignets, ravi d'avoir échappé à ses chaînes. Et à la mort.

— Venez, suggéra Trish. Allons chercher les autres.

Ils marchèrent un peu comme des vieux au début, mais très vite, la circulation se rétablit dans leurs membres et leurs muscles s'assouplirent. La porte de leur cellule était tordue, pliée, à moitié arrachée. Trish lui donna une bonne poussée, et ils parvinrent à sortir dans le couloir. De la fumée flottait dans l'air, des étincelles crépitaient un peu partout.

Isaac se mit à tousser.

— Comment va-t-on retrouver qui que ce soit là-dedans ?

Quelqu'un lui saisit le bras par-derrière.

Poussant un cri de frayeur, il fit volte-face et se retrouva nez à nez avec la gardienne aux cheveux orange. Elle était bien amochée – en sang, la combinaison déchirée en plusieurs endroits. On aurait dit qu'elle avait dévalé une montagne avant d'être traînée sur des rochers.

— L'Avorton s'est planté, dit-elle. Il s'est salement planté.

— Que s'est-il passé ? demanda Sadina.

Orange secoua la tête.

— Pas le temps, il faut qu'on sorte de ce piège à rats. Avant qu'il explose ou que la fumée nous asphyxie.

— Et les autres ? protesta Trish. Nos amis ?

Orange secoua de nouveau la tête.

— Désolée. Sincèrement. Mais je ne sais pas s'ils s'en sont sortis. Venez !

Elle tira Isaac vers elle, si fort qu'il faillit perdre l'équilibre. Il se rattrapa et hocha la tête pour lui signifier qu'il la suivait.

— Et ma mère ! s'écria Sadina. Où est ma mère ?

Orange s'arrêta pour lui crier :

— Boucle-la ! La plupart de vos amis se trouvaient à bord de l'autre berg, alors je ne sais pas. Peut-être qu'ils vont bien. Mais il faut qu'on sorte de cet appareil, sinon tout ça n'aura plus d'importance, tu saisis ?

Sadina acquiesça du bout des lèvres, pâle et tremblante.

Ils suivirent Orange à travers l'épave.

9

Minho

« Roxy. Où est Roxy ? Il faut absolument que je la retrouve. »

Il jeta un coup d'œil par le trou béant dans le fuselage, stupéfait de voir que l'un des autres bergs s'était écrasé aussi, à environ deux cents mètres, laissant derrière lui une traînée d'arbres abattus. L'Avorton, qui n'était plus qu'un corps sanguinolent, s'était trouvé à bord de cet appareil ; il était désormais encastré derrière lui dans la cloison, comme une décoration macabre.

« Qu'est-ce qui a bien pu se passer pour causer le crash de ces deux appareils ? » Minho connaissait déjà la réponse. « Argh. » Son imbécile d'ami avait fait n'importe quoi avec sa combinaison d'artillerie. Il avait probablement sous-estimé sa puissance et la sensibilité des mécanismes de guidage. Il tâcha de se représenter la scène – le corps de l'Avorton explosant comme un missile, catapulté à travers le fuselage des deux bergs, provoquant leur chute. La combinaison avait dû éjecter d'autres explosifs au cours de ce bref trajet fatal pour occasionner autant de dégâts. À moins que les deux appareils ne soient entrés en collision.

— Minho !

Il pivota, et vit Jackie debout sur le pas de la porte à laquelle il s'était cramponné désespérément quelques minutes plus tôt. Échevelée, le souffle court, elle était accompagnée de plusieurs de ses amis.

— Quand je t'ai dit de t'accrocher, dit-il, je n'imaginais pas qu'il nous arriverait *ça*. On a de la chance d'être encore en vie.

— Pas tous, murmura-t-elle.

Il acquiesça, un peu honteux de n'avoir pensé qu'à Roxy.

— Je sais. Combien de tes amis s'en sont sortis ? Des nouvelles de l'autre appareil ?

Jackie s'avança dans la pièce, suivie d'un vieil homme à la peau noire et aux cheveux blancs, d'une femme entre deux âges et de deux adolescentes. Il connaissait leurs noms depuis qu'il avait interrogé Jackie : Papy Poêle-à-frire, Mme Cowan, Miyoko et Dominic. Roxy se trouvait à bord de l'autre berg, et il s'efforçait de ne pas y songer pour l'instant. Il frémit, terrifié à l'idée qu'elle n'avait peut-être pas survécu.

— Tu n'es pas blessé ? demanda Jackie en courant le rejoindre.

— Non, non. Ça va. Mais il faut qu'on s'occupe de l'autre berg. On a tous des amis à bord, et je le vois d'ici. Il a l'air encore plus amoché que le nôtre mais avec de la chance, il y aura des survivants là-bas aussi. Allons-y.

Ils remontèrent deux couloirs et trouvèrent une brèche beaucoup plus importante dans la coque, qui leur permit de ramper dehors pour déboucher au milieu des arbres abattus. Une forte odeur de fumée et de brûlé flottait dans l'air.

À peine Minho eut-il posé un pied hors de l'épave qu'il vit un corps coincé sous un morceau de fuselage. C'était un Afflicteur, au visage recouvert d'un masque. Peut-être Barrus. Il ne semblait pas respirer et il était couvert de sang. Mort, donc. Minho n'éprouva aucun remords.

Puis, pour la deuxième fois depuis le crash, quelqu'un cria son nom :

— Minho !

Il leva les yeux et vit Roxy s'approcher prudemment entre les troncs couchés. Les vêtements déchirés, entaillée en plusieurs endroits et couverte de terre, elle parvenait malgré tout à sourire. Il n'avait jamais connu l'amour d'une mère, mais en cet instant il l'éprouva si puissamment qu'il tomba à genoux et se mit à pleurer comme un enfant pour la première fois de sa vie.

À travers ses larmes, il aperçut les autres.

Chapitre 15

Un autre type de fondus

1

Isaac

— Attendez.

Isaac s'arrêta, obéissant à l'injonction d'Orange. Ils se tenaient à quelques pas d'une grande fissure dans le berg qui laissait filtrer une lumière sinistre. Penchée au bord du trou, Orange avait jeté un coup d'œil à l'extérieur et levé la main pour les dissuader d'approcher. Elle se retourna vers eux et se plaqua contre la cloison, roulant des yeux affolés.

— Qu'y a-t-il ? s'inquiéta Sadina.

— Des… (Pour la première fois, leur gardienne en combinaison d'artillerie avait l'air d'une petite fille terrorisée.) Des fondus. Il y a des fondus. Juste derrière cette femme, là, Roxy. Ils sont en train d'enjamber les troncs pour rejoindre l'autre berg.

Même si elle leur donnait tous ces détails posément, on percevait dans sa voix une tonalité aiguë, tremblotante.

— Ils devaient se trouver à bord de cet appareil, continua-t-elle. Je n'en savais rien. Personne ne m'avait prévenue ! Je ne savais même pas qu'on avait des fondus !

Elle était en train de perdre ses nerfs, manifestement.

Trish l'empoigna par les épaules.

— Calme-toi. Tu es mieux placée que nous pour savoir quoi faire.

Sadina s'approcha du trou pour regarder par elle-même. Isaac avait l'impression d'avoir les pieds boulonnés au plancher.

Son amie revint vers eux, son œil encore plus gonflé qu'auparavant.

— Ils sont enchaînés les uns aux autres. J'en compte au moins cinquante, peut-être soixante ! La moitié marchent en titubant, les autres se font traîner derrière.

— Et Roxy est dehors ? demanda Isaac.

— Oui, mais elle a de l'avance sur eux. Je ne sais même pas s'ils l'ont remarquée. En tout cas, elle va aussi vite qu'elle peut.

Isaac tourna son attention vers Orange, qui avait fermé les yeux et respirait profondément.

— D'accord, je suis désolée, s'excusa-t-elle. J'ai eu une petite attaque de panique, c'est tout. On va y arriver. Il faut juste espérer qu'il y ait encore des gens en vie dans l'autre berg, et les trouver. Ils sont peut-être blessés, ou peut-être qu'ils ont des fondus à bord, eux aussi. Remarquez, ils transportaient un mécanopode alors je ne sais pas s'il restait suffisamment de place pour ça.

— Bon, dit Sadina. Ne traînons pas. Ma mère est là-bas.

Elle parvint à garder la maîtrise de sa voix, malgré la possibilité terrifiante que sa mère soit morte. Ou… pire.

— On a un avantage, fit remarquer Isaac. Comme ils sont enchaînés et qu'ils se marchent les uns sur les autres, il suffit de les contourner.

Il avait peine à croire qu'il se tenait là, à prononcer ces mots. Il avait la sensation de flotter au-dessus des autres, de les contempler comme de parfaits inconnus.

— Très bien, allons-y, décida Orange. (Elle tapota les poches pleines de sa combinaison.) Ils ont plutôt intérêt à nous laisser tranquilles.

Elle se faufila hors de l'appareil, et une fois de plus, Isaac et ses amis la suivirent.

2

Jackie

— Ils sont de retour, lâcha Papy Poêle-à-frire. Ces salopards sont de retour, comme quand j'étais gamin !

Jackie se tenait contre lui, la tête sous son épaule, pour l'aider à tenir debout – le crash, sans parler de la fatigue de ces dernières semaines, avait durement éprouvé le vieil homme. La scène qui se déroulait devant eux, et qu'ils observaient à travers la déchirure dans le fuselage du berg, avait tout du cauchemar en gestation. Roxy – la mère ou la grand-mère de Minho, peu importait – avait presque franchi la distance qui séparait les deux appareils. Minho avait couru la rejoindre et l'aidait maintenant à enjamber les derniers troncs.

Mais derrière eux… Derrière eux, c'était l'horreur.

Une meute de fondus, vraisemblablement les mêmes qu'ils avaient déjà vus au pont. Enchaînés comme des esclaves, qui s'avançaient cahin-caha en trébuchant les uns sur les autres. Des fondus… Combien d'histoires avait-elle entendues à propos de ces abominations du passé ? La seule chose qui lui permettait de maîtriser sa peur, c'était la lenteur de leur progression. Entravés par leurs chaînes, ils étaient forcés de se déplacer tous ensemble.

Minho et Roxy regagnèrent l'épave. Mme Cowan demanda aussitôt des nouvelles de sa fille tandis que Miyoko et Dominic, juste derrière, réclamaient eux aussi des nouvelles de leurs amis. Où était Sadina ? Et Trish ? Et Isaac ?

— Je ne sais pas, désolée, s'excusa Roxy. Ils étaient à bord de mon appareil mais je ne les ai pas revus après le crash. Je suis désolée. J'ai dû m'enfuir devant… (Elle jeta un coup d'œil par-dessus son épaule, tremblant dans les bras de Minho.) Devant eux.

— Il faut aller voir sur place, tout de suite ! s'écria Mme Cowan qui commençait à perdre son sang-froid.

— Attendez une seconde, dit Jackie.

Une idée lui était venue. Après s'être assurée que Papy Poêle-à-frire allait bien, elle examina rapidement le fuselage et repéra un chemin jusqu'au sommet. Avec une agilité dont elle ne se serait pas crue capable, elle escalada l'épave en se servant de toutes les prises qu'elle put trouver. Parvenue tout en haut, à plus de vingt mètres du sol, elle se redressa et scruta les environs.

— Je les vois ! cria-t-elle aux autres. Ils sont quatre !

Le groupe de fondus s'étirait en ligne titubante sur une cinquantaine de mètres, considérablement ralentis par leurs chaînes. Les quatre personnes repérées par Jackie, beaucoup plus rapides, sautaient par-dessus les troncs pour contourner les infectés.

Isaac. Sadina. Trish. Et une fille aux cheveux orange.

— Ils vont bien ! cria Jackie. Ils font le tour !

Puis elle remarqua autre chose. Sept ou huit personnes s'approchaient des fondus par le côté opposé. Elles étaient sorties d'une trappe de l'autre berg. Jackie ne les avait jamais vues auparavant, et malgré la distance, leur allure lui parut très étrange. Elle fut gagnée par un mauvais pressentiment.

Les nouveaux venus étaient grands, imposants, vêtus des mêmes habits dépareillés que les autres fondus, mais à une grosse différence près : les leurs n'étaient pas déchirés, sales ou tachés de sang. Ils marchaient d'un pas régulier, presque mécanique. Le crâne rasé, le visage dépourvu d'expression, le regard fixé sur la rangée de fondus, ils tenaient quelque chose entre leurs mains. De son perchoir, Jackie, malgré son excellente vue, n'arrivait pas à voir précisément de quoi il s'agissait.

Elle les contempla un moment sans rien dire, à court de mots.

— Qu'y a-t-il ? lui cria Mme Cowan d'en bas.

Jackie reporta son attention vers la gauche où Sadina, Isaac, Trish et la quatrième personne progressaient rapidement. Ils étaient en train de dépasser les fondus. Elle les pointa du doigt.

— Là ! Vous les voyez ?

Mme Cowan les vit. Les autres aussi. Plusieurs d'entre eux s'élancèrent à la rencontre de leurs amis pour les aider.

Jackie inspira profondément, soulagée et rassurée à la fois. Ils pourraient distancer ces fondus ainsi que les nouveaux arrivants. Ils avaient une chance, désormais, bien meilleure qu'au moment de leur capture par cette machine épouvantable – cette machine qui reposait en cet instant dans les entrailles de l'appareil sur lequel elle se tenait. Elle était sur le point de redescendre quand elle remarqua un changement chez les nouveaux venus de l'autre berg.

Ils s'étaient mis à marcher d'un pas plus vif, plus déterminé. Ils étaient huit, en fin de compte, et ils se déployèrent tout au long de la rangée de fondus en bondissant avec souplesse au-dessus des troncs et des branches cassées. Le premier d'entre eux parvint tout au bout de la file tandis que ses compagnons se dispersaient vers la gauche. Jackie s'accroupit, plissant les paupières pour tâcher de voir ce qu'il fabriquait.

Il s'approcha des premiers fondus sans manifester la moindre crainte. Ils se calmèrent en sa présence, et s'inclinèrent avec déférence ; certains même s'agenouillèrent. Puis tous levèrent les mains à l'unisson, comme pour recevoir une sorte de sacrement religieux, alors que quelques instants plus tôt ils ressemblaient encore à des animaux, dépenaillés, totalement dépourvus de raison ou de mesure. L'inconnu se pencha sur le premier d'entre eux avec ce qu'il tenait à la main.

Des clés, apparemment.

Le regain d'optimisme qu'avait ressenti Jackie s'évanouit aussitôt, et l'air qui lui avait paru si léger, si revigorant, devint soudain irrespirable. Elle se leva et cria à pleins poumons :

— Ils sont en train de les détacher ! Ils sont en train de libérer les fondus !

Oubliant toute prudence, elle descendit précipitamment de l'épave.

3

Minho

Cela paraissait impossible, de passer aussi vite d'une émotion à une autre. Voir Roxy l'avait empli de soulagement, et d'une joie comme il n'en avait encore jamais connu dans sa vie. C'était comme si son corps débordait subitement de soleil, de sucre et de musique. Puis il avait aperçu les fondus derrière elle.

Toutes ces émotions positives s'étaient immédiatement dissipées.

Pour être remplacées par les automatismes de l'entraînement.

Il était l'Orphelin. L'Orphelin du nom de Minho.

Tout s'était brouillé autour de lui. Il avait piqué un sprint à travers le champ de troncs, ses pieds touchant à peine le sol. Il avait rejoint Roxy, constaté son aptitude surnaturelle à garder le sourire en dépit de la meute d'infectés lancée à ses trousses, et décidé qu'il n'aurait pas de repos tant qu'elle ne serait pas sécurité.

Sans gaspiller sa salive, il vint poser son épaule au creux de son ventre et la hissa aussi facilement qu'un sac de sable – geste qu'il avait souvent effectué à la forteresse, et plus récemment avec le garçon du nom de Kit. Elle lâcha une sorte de gloussement amusé, comme on pouvait s'y attendre de sa part, quand bien même ils nageaient en plein chaos. Il jeta un bref regard à la rangée de fondus, dont une moitié était vautrée sur les troncs, traînée par les autres. Quelle vision pathétique que ces pauvres créatures sanguinolentes et à demi nues, la bave aux lèvres, qui avaient été saines d'esprit autrefois. Minho aurait pu embrasser les chaînes graisseuses qui les ralentissaient.

Il retourna vers le berg, loin de ces abominations qui représentaient le mal absolu pour la Nation Restante. La Braise, qui serait un jour éradiquée par le Remède sacré, loué soit Son nom. Tout en sautant d'un tronc à l'autre, il eut le temps de se dire que son peuple n'avait pas que de mauvaises intentions. Qui ne voudrait pas se débarrasser de ces créatures titubantes et répugnantes ? Mais qui était l'ennemi : le virus, ou ceux qui cherchaient à détruire le monde pour s'en débarrasser ?

Quelle importance, après tout ? Il avait fait son choix et ne reviendrait pas dessus.

— Attends, laisse-moi te donner un coup de main.

Papy Poêle-à-frire l'aida à déposer Roxy en douceur une fois qu'il eut regagné le berg. Elle ne semblait pas blessée et le serra dans ses bras avec effusion. Il lui rendit son étreinte, puis se détacha d'elle.

— Il faut qu'on retourne à l'intérieur, dit-il à Roxy et au vieillard. On pourra toujours se barricader dans le mécanopode. Je ne sais pas s'il marche encore, mais il n'est pas endommagé.

Papy Poêle-à-frire hocha la tête, s'appuyant d'une main sur l'épaule de Roxy.

— Ça, c'est un plan, fiston. Ces fichus fondus s'approchent un peu trop à mon goût, et j'en ai marre de courir. J'ai les jambes ramollies comme des vieilles carottes.

Minho remarqua Jackie en train de descendre du berg – elle sauta sur le dernier mètre, atterrit en trébuchant puis courut les rejoindre.

— Ils les détachent, souffla-t-elle en haletant. Ces gars-là sont en train de détacher les fondus !

Avant qu'il puisse digérer l'information, d'autres survivants apparurent soudain tous ensemble, comme s'ils revenaient d'un pique-nique. Il ne les connaissait pas tous par leur nom mais Jackie lui avait fourni suffisamment de détails sur eux pour qu'il reconnaisse ses amis, dont quelques-uns venaient de l'autre berg. Puis il aperçut Orange, visiblement secouée mais à peu près indemne. Elle lui adressa un sourire triste et un hochement de tête, indiquant qu'elle était déjà au courant pour l'Avorton.

— Il faut *filer*, insista Jackie, interrompant le cours de ses pensées. La moitié des fondus sont déjà libérés. Ils arrivent.

Minho n'oublierait jamais le calme avec lequel elle avait dit cela.

Onze personnes se tenaient là, chacune affichant un curieux mélange de soulagement et de terreur. Et toutes le regardaient, *lui*.

Papy Poêle-à-frire, dégageant la sagesse naturelle et l'assurance que lui conférait son grand âge, posa la main sur l'épaule de Minho et se tourna vers les autres.

— Ce p'tit gars a un plan.

4

Isaac

— On peut se fier à lui, chuchota Mme Cowan à Sadina et aux autres. Jackie a confiance en lui, et il nous a prévenus juste avant le crash.

Orange dut les entendre, car elle s'avança pour confirmer :

— Je confierais ma vie les yeux fermés à ce joli tas de muscles. Faisons ce qu'il dit.

Isaac ne savait absolument rien de ce Minho, mais il espérait qu'il se montrerait à la hauteur de son nom légendaire. Il avait à peu près le même âge qu'Isaac, peut-être quelques années de plus, et il était indubitablement beaucoup plus fort. Il portait la même combinaison bardée d'armement qu'Orange. Ils étaient amis, de toute évidence, et dans le même camp qu'eux pour autant qu'Isaac puisse en juger.

— Suivez-moi, dit Minho.

Il courut jusqu'à l'épave du berg et les fit rentrer dedans un à un par la déchirure du fuselage. Des étincelles crépitaient encore au sommet de la brèche, plusieurs mètres au-dessus du sol. Cet engin était différent de celui à bord duquel Isaac, Trish et Sadina avaient volé. Deux fois plus grand, avec une structure globulaire au milieu – le hangar de la machine monstrueuse qui les avait ramassés sur le pont. Isaac n'avait aucune idée de pourquoi ni comment certains d'entre eux s'étaient retrouvés dans l'autre berg derrière la file des fondus. Tout s'était déroulé si vite.

Isaac était en queue de peloton, avec Dominic. Devant eux, Mme Cowan entra dans le berg après Trish et Sadina.

Dominic posa une main sur le fuselage et jeta un coup d'œil par-dessus son épaule. Isaac suivit son regard. La plupart des fondus étaient libérés de leurs chaînes, et même s'ils avaient encore de grosses difficultés à progresser au milieu des arbres abattus, ils s'approchaient dangereusement. Ils n'étaient plus qu'à une trentaine de mètres.

— J'espère que ce gars sait ce qu'il fait, dit Dominic. Parce que ceux-là ont l'air affamés, et j'ai l'impression qu'ils grignoteraient bien quelques insulaires.

— On n'a pas trop le choix, tu sais ? marmonna Isaac.

Dominic se faufila à l'intérieur, suivi d'Isaac.

5

Jackie

Le berg avait paru immense de l'extérieur, beaucoup plus imposant que le plus grand bâtiment qu'ils avaient sur leur île. Et de loin. Pourtant, à l'intérieur, on s'y sentait particulièrement à l'étroit. Des couloirs exigus menaient à d'autres passages encore plus petits, à des pièces et des espaces de rangement aussi minuscules que la cellule dans laquelle on les avait bouclés pendant le vol. Elle avait cru sur le moment qu'on les avait entassés les uns sur les autres par cruauté, mais elle se rendait compte à présent que tout l'appareil était ainsi. Cela lui rappelait la maison de poupées que sa mère lui avait fabriquée quand elle était petite.

Jackie et les autres se faufilèrent dans les méandres de l'appareil plongé dans la pénombre, avec pour seul éclairage quelques étincelles ici et là et la lueur rouge des veilleuses d'urgence, dont la moitié étaient cassées. Papy Poêle-à-frire marchait juste devant elle, d'un pas ragaillardi – il avait retrouvé un second souffle. Miyoko la suivait, et lui touchait l'épaule de temps à autre pour la réconforter.

« Elle sait, pensa Jackie. Elle sait ce que je ressens. »

Carson et Lacey étaient morts. Jackie ignorait qui l'avait confirmé mais Mme Cowan le lui avait dit dehors. Même chose pour Wilhelm et Alvarez. Au milieu du chaos, des fondus et du danger, le moment était mal choisi pour pleurer leurs amis, et personne n'avait la moindre envie d'en parler. Mais le chagrin nouait la gorge de Jackie, au point qu'elle avait du mal à respirer.

Carson. Lacey. Morts.

Sa mère lui avait dit un jour que le plus vieux cliché qu'on trouvait dans les livres, c'était qu'il fallait prendre la vie comme elle venait. Mettre un pied devant l'autre, et avancer. Sa mère avait ajouté qu'aucun cliché n'avait jamais été plus vrai.

Jackie mit un pied devant l'autre.

— Il est là ! cria Minho d'une voix qui résonna dans le couloir. Et il est intact !

Jackie ne savait pas de quoi il parlait, mais ça sonnait comme une bonne nouvelle.

Elle continua d'avancer.

6

Minho

Le mécanopode paraissait en parfait état, ce qui ne le surprit pas. Le berg lui-même était conçu comme une enveloppe, un cocon pour protéger cet engin inestimable. Même s'il ne connaissait pas grand-chose à ces machines, il ne faisait aucun doute qu'elles avaient constitué un projet important pour les Afflicteurs et l'ensemble de la Nation Restante, un projet qui s'était étendu sur plusieurs décennies.

Une trappe ronde en acier massif se découpait devant lui, fermée par un volant. Minho l'empoigna à deux mains, bientôt imité par Orange. Ils tirèrent tous les deux en gémissant sous l'effort. Minho finit même par s'y suspendre de tout son poids. Le volant céda avec un couinement, et pivota brusquement. La trappe s'ouvrit d'un coup et Minho s'étala au sol. Au lieu de l'aider, Orange s'engouffra par l'ouverture et disparut à l'intérieur du mécanopode.

Roxy se pencha et attrapa Minho par les aisselles. Elle le gênait plus qu'autre chose, mais il réussit néanmoins à se relever.

— Merci, murmura-t-il.

C'était plutôt cool d'avoir une maman.

Ils pénétrèrent dans la machine, imités par le reste de leurs amis. Ils retrouvèrent Orange sur une passerelle qui longeait toute la circonférence du mécanopode – le poste de commande se trouvait au fond de l'engin, avec des dizaines de hublots pour voir le sol quand il était en mouvement.

Minho rejoignit Orange et comprit pourquoi elle s'était arrêtée.

Un Afflicteur et une acolyte étaient installés au poste de commande, et commençaient tout juste à lancer les moteurs. Deux Orphelins qu'il ne connaissait pas, vêtus des lianes et des vêtements de grosse toile de l'errance, se tenaient à proximité, armés de fusils que Minho ne connaissait que trop bien. Ces deux fusils étaient pointés sur eux – un sur Orange, l'autre sur lui.

« Mince », pensa-t-il. Il avait espéré qu'ils seraient tous morts dans le crash.

7

Isaac

Il se pressait avec les autres à l'entrée du mécanopode, devant la trappe qui ne pouvait laisser entrer qu'une personne à la fois. La moitié d'entre eux se trouvaient déjà à l'intérieur, et Mme Cowan venait de passer la tête dans le trou quand elle recula brusquement pour se tourner vers le reste du groupe.

— Il y a des gens à l'intérieur, chuchota-t-elle.

Isaac comprit tout de suite de qui elle voulait parler. Des gens qui pilotaient les appareils, ceux qui les avaient enlevés dans les airs. Elle se retourna vers la trappe, leur jeta un dernier regard inquiet puis entra malgré tout. Trish et Sadina la suivirent. Puis Miyoko.

Dominic hésita devant la trappe. Après avoir jeté un coup d'œil par-dessus son épaule, Jackie se tourna vers Isaac pour lui souffler :

— Ils ont des fusils, j'ai l'impression. Et ils veulent qu'on les rejoigne à l'intérieur.

Isaac eut le sentiment d'avoir rétréci de cinq centimètres et d'avoir perdu quinze kilos. Dominic passa la porte, et Jackie s'avança pour le suivre.

Soudain, Isaac entendit du bruit derrière lui. Alors qu'il se retournait pour voir d'où cela venait, une main le saisit par l'épaule tandis qu'une autre lui enfonçait un chiffon dans la bouche. Des pas retentirent dans le couloir, on le repoussa brusquement sur le côté, quelqu'un le dépassa en courant. La personne se jeta sur Jackie, la plaqua au sol et la bâillonna elle aussi avant de l'empoigner par les chevilles. Isaac eut à peine le temps de comprendre ce qui se passait qu'il fut violemment tiré en arrière, soulevé du sol et emporté loin de la trappe.

Puis on le traîna dans le couloir, la gorge nouée par la terreur, à côté de Jackie qui subissait le même sort.

8

Minho

Il entendit des chuchotements derrière lui mais choisit de se concentrer sur un seul problème à la fois, à savoir les deux Orphelins qui les braquaient avec leurs fusils, Orange et lui. La prêtresse du Remède qui continuait d'actionner ses interrupteurs et ses manettes sans faire attention à eux, aussi. Et enfin, sur l'Afflicteur Glane, son maître depuis de si nombreuses années, qui s'était levé de son siège pour faire face à l'élève qui l'avait rendu si fier. Minho ignorait qu'il faisait partie de l'expédition.

— Orphelin, dit Glane, on dirait que ton errance a emprunté des chemins détournés. Je crois que tes quarante jours se sont achevés sans retour triomphal à la Nation Restante. Mais tout est bien, comme on dit. L'Afflicteur Barrus soutient que tu peux continuer à nous être utile. Je suppose qu'il t'a servi son discours pragmatique, n'est-ce pas ?

— Je ne savais pas que vous étiez venu avec lui, dit Minho.

— Moi si.

L'Afflicteur n'ajouta rien d'autre, laissant l'absurdité de sa réponse flotter dans l'air rance.

— Je… j'en suis heureux.

— Vraiment ? Es-tu vraiment dans notre camp, Orphelin ? J'ai envie d'y croire, même si chacune de tes actions me fait penser le contraire.

Orange se tenait juste à côté de Minho, et pourtant Glane ne lui avait pas encore accordé un seul regard. Roxy et les autres se pressaient derrière lui en silence ; il n'y avait plus de chuchotements. Orange toucha discrètement le pied de Minho avec le bout de sa chaussure. Message reçu.

— Parle, Orphelin.

La voix de Glane rappela à Minho pourquoi il avait continué à marcher vers l'ouest malgré la faim et l'épuisement. Roxy l'avait secouru, sauvant aussi bien son corps que son esprit. Désormais, pour lui rendre la pareille, il allait devoir déplacer sa main gauche de dix centimètres.

— Maintenant ! dit Minho.

Ce n'était sans doute pas la réponse qu'attendait son maître.

Le doigt de Minho parcourut cinq centimètres avant le coup de feu tiré par l'Orphelin sur sa gauche. Les cinq derniers furent franchis avant même qu'il perçoive la détonation. La balle ricocha sur la rambarde de la passerelle à l'instant où il déclenchait l'allumage de son booster de ceinture. Orange activa son propre booster. Leurs deux corps décollèrent de la passerelle en parfaite synchronisation, et au prix d'une habile manipulation du système de guidage de leur combinaison, accomplirent un demi-salto en plein vol. Après quoi, avec la précision héritée d'un entraînement implacable, ils retombèrent à pieds joints dans la figure des deux Orphelins armés.

Minho et Orange activèrent une rétro-explosion au moment de l'impact pour éviter de se cogner trop brutalement contre le mécanopode. Minho s'écroula sur le dos, souffle coupé. Pendant qu'il s'efforçait de se remplir les poumons, la prêtresse bondit de son siège et se jeta sur lui. Une lame courbe était apparue dans sa main. Affaibli par l'effort qu'il venait de fournir, il leva un bras en une tentative pathétique de bloquer le coup.

Mais alors qu'elle plongeait sur lui, un objet allongé surgit dans son champ de vision par la gauche et vint s'écraser en plein sur le visage de la prêtresse. Du sang gicla ; son assaillante hurla de douleur, lâcha son couteau et s'écroula au sol où elle s'immobilisa. Minho, pantelant, se redressa sur un coude pour essayer de comprendre ce qui venait de se passer.

Roxy se dressait au-dessus de lui, étreignant le fusil de l'Orphelin qu'il avait assommé. La crosse couverte de sang s'était carrément ébréchée sous le choc. Minho n'avait pas la force de prononcer un mot mais leurs regards se croisèrent avec la puissance d'un éclair.

— On ne touche pas à mon garçon, déclara-t-elle.

9

Jackie

Elle se cogna la tête sur le sol à deux reprises tandis que l'homme la tirait sans ménagement dans le couloir. Il finit par la lâcher à côté d'Isaac, qui gisait sur le dos, les traits crispés dans une expression de terreur pure. À la lueur sinistre des veilleuses d'urgence, Jackie put détailler ceux qui les avaient entraînés de force loin de leurs amis.

Il s'agissait de deux des inconnus mystérieux qu'elle avait aperçus en haut du berg – ceux qui avaient défait les chaînes de la meute de fondus. Plantés au-dessus d'eux, ils les toisaient avec des yeux hallucinés ; des yeux auxquels il manquait un petit quelque chose d'indéfinissable pour sembler tout à fait humains. Chauves tous les deux, ils portaient des vêtements androgynes de couleur gris sale. L'un d'eux se pencha pour arracher les chiffons qu'ils avaient dans la bouche.

— Qui êtes-vous ? demanda Isaac.

Jackie fut soulagée de voir qu'il avait suffisamment récupéré pour parler.

— Et qu'est-ce que vous voulez ? ajouta-t-elle.

Celui de gauche répondit, dévoilant des chicots pourris. Sa voix était étonnamment normale, ni grave ni aiguë. Pas si effrayante que cela.

— On est des intermédiaires, petite. On ne veut pas d'ennuis. C'est la fille qui nous intéresse. Donnez-la-nous et on ne vous fera pas de mal. Promis, juré sur la Braise. Elle non plus, d'ailleurs, on ne lui fera pas de mal. Elle n'a rien à craindre.

— Pourquoi tout le monde s'intéresse-t-il autant à Sadina ? murmura Jackie, à moitié pour elle-même.

— Vous êtes des fondus ? demanda Isaac. Je ne savais pas que les fondus pouvaient parler.

Cette fois ce fut celui de droite qui répondit, d'une voix un peu plus grave.

— N'emploie pas ce mot, mon gars. Ce n'est pas gentil. On a un variant différent de toute manière. Vous, par contre, il paraît que vous êtes immunisés ? C'est moche. Vous n'avez vraiment pas de chance.

— Alors, vous acceptez de nous donner la fille ? insista celui de gauche.

Jackie ne put en supporter davantage. C'était au-dessus de ses forces.

— Isaac, dit-elle, sans se soucier d'être entendue par leurs ravisseurs car cela ne ferait aucune différence. Il va falloir qu'on agisse ensemble.

— Je sais, répondit-il avec un mélange de résignation et de bravoure.

Jackie ferma le poing droit et le balança vers le haut, frappant le visage penché au-dessus d'elle. Elle n'avait jamais cogné personne de toute sa vie mais bénéficia de l'effet de surprise – la tête de son adversaire partit si fort sur le côté qu'elle rebondit contre la cloison. Jackie en profita pour l'empoigner par le tee-shirt, le tirer au sol pendant qu'il était étourdi, et rouler à califourchon sur lui. Après quoi, serrant les deux mains en un poing géant, elle les abattit à deux reprises sur son nez. L'homme poussa un hurlement de douleur. Elle le frappa encore, habitée par une telle rage qu'elle se sentait capable de continuer ainsi longtemps.

À sa gauche, Isaac était en train de se faire étrangler.

10

Isaac

Il lui était déjà arrivé de ne pas réussir à respirer. Simplement, il ne parvenait plus à s'en souvenir tandis que le demi-fondu au crâne chauve lui serrait la gorge des deux mains. Jackie était en train de remporter son combat ; elle flanquait une dérouillée magistrale à celui qu'elle avait choisi d'attaquer, et Isaac était aux premières loges pour profiter du spectacle malgré ses yeux qui lui sortaient presque des orbites.

Il tenta de frapper les bras de son assaillant, de le frapper au torse, de ruer avec ses jambes, de se tortiller dans tous les sens. En vain. Il tâtonna autour de lui, à la recherche de quelque chose susceptible de l'aider. Il sentait sa vie s'échapper, s'éteindre ; toutefois, l'expression hideuse de son adversaire à quelques centimètres à peine de son visage exacerbait sa volonté farouche de s'en sortir.

Sa poche. Il se souvint de sa poche.

Il posa la main dessus et sentit l'objet dur glissé à l'intérieur. Au bord de l'asphyxie, sans émettre aucun bruit car il n'avait plus d'air dans les poumons, il enfonça la main dans sa poche, sortit l'objet qui s'y trouvait et l'empoigna fermement. C'était la clé qu'Orange lui avait donnée pour les délivrer de leurs chaînes.

Sa vision se brouillait, des points lumineux dansaient devant ses yeux. Il ne distinguait plus que vaguement la tête de son agresseur. Une douleur cuisante, terrible, insupportable lui étreignait la gorge. Ses poumons palpitaient, ses yeux étaient à deux doigts d'éclater sous la pression.

Puisant dans ses dernières forces, il arma son bras et abattit la clé contre le cou de son adversaire. La tête dentelée, aussi solide que n'importe quel objet jamais sorti de la Forge de Capitaine Flammèches, trouva l'endroit idéal et s'enfonça dans les chairs en libérant une véritable fontaine de sang. Le demi-fondu lâcha la gorge d'Isaac pour plaquer sa main sur la plaie, mais il n'y avait plus rien à faire. Alors même qu'Isaac s'offrait la plus savoureuse goulée d'air de toute sa vie, l'autre s'écroula au sol et se vida de son sang.

Isaac roula sur le côté et regarda Jackie, toujours à califourchon sur son adversaire. Elle avait les poings rougis de sang et le visage en sueur.

— Je n'en reviens pas qu'on ait fait ça, dit-elle, haletante. C'est complètement...

Isaac entendit toutes sortes de bruits inquiétants. Des craquements, des gémissements, des gloussements, des cris, des propos incohérents.

« Les fondus ! » pensa-t-il aussitôt.

L'adrénaline ayant quitté son corps, il se sentait un peu faible. Mais il vit des ombres s'avancer dans le couloir. Des ombres à forme humaine, qui se rapprochaient en titubant.

— Amène-toi ! lui dit Jackie. Vite !

S'aidant mutuellement, accrochés l'un à l'autre comme à une bouée de sauvetage, ils se relevèrent péniblement et repartirent par où ils étaient venus. Quand ils parvinrent à la trappe ouverte, Dominic venait juste d'en sortir.

— Ah, vous êtes là. Grouillez-vous un peu !

Ils s'engouffrèrent dans le ventre de la bête et refermèrent la trappe derrière eux.

11

Minho

Les fondus, particulièrement virulents après avoir été libérés de leurs chaînes, encerclèrent le mécanopode. Minho les entendait tambouriner contre la coque. Il les voyait à travers les hublots dans le sol du poste de commande. Leurs ongles crissaient sur le métal. Tout cela convainquit l'Afflicteur Glane d'aider Minho à faire démarrer la machine géante. Naturellement, il n'avait pas tellement le choix maintenant que Roxy et Miyoko avaient ramassé les fusils des Orphelins. Malheureusement, il n'y connaissait pas grand-chose ; c'était la prêtresse la véritable experte, et elle n'avait toujours pas repris connaissance après le coup magistral que lui avait infligé Roxy.

Jackie et Isaac venaient de les rejoindre. En sueur, crasseux, sanguinolents, traumatisés, ils ressemblaient à des fondus. De toute évidence on avait tenté de les enlever et ils avaient dû se battre pour s'échapper. Minho dut admettre, pour sa plus grande honte, qu'il ne s'était même pas rendu compte de leur absence. D'autres problèmes avaient accaparé son attention.

Au départ, il avait simplement espéré se barricader avec son groupe dans la machine, tenir grâce aux provisions stockées à l'intérieur, et peut-être activer les armes disponibles s'il restait assez de batterie. Mais le mécanopode était intact, en parfait état de marche. D'après le peu qu'il connaissait de ces machines, Minho estima qu'ils devraient être en mesure de s'arracher à l'épave du berg et de s'enfuir loin des fondus.

Alors qu'il s'activait sur les commandes avec l'Afflicteur Glane, Jackie vint le trouver.

— Que s'est-il passé ? lui demanda-t-il.

Elle devait sûrement être impressionnée par sa faculté à demeurer impassible, à refouler toute émotion – l'un des nombreux talents qu'il avait acquis en tant qu'Orphelin de la Nation Restante. Roxy était vraiment la seule faille dans sa cuirasse.

— Minho, il n'y a pas que des fondus là-dehors, déclara-t-elle d'une voix étonnamment ferme. Il y a aussi... d'autres cinglés, qui leur ressemblent mais qui... Je ne sais pas, ils avaient l'air plus lucides. Ils nous ont parlé, ils ont failli nous tuer. Peut-être qu'ils n'en étaient qu'aux premiers stades de la maladie.

Isaac, qui venait de les rejoindre, paraissait encore plus mal en point que Jackie.

— Ils ont dit qu'ils étaient des... intermédiaires. Ils faisaient aussi peur que ceux-là.

Il indiqua l'un des hublots, contre lequel un fondu se cognait la tête avec insistance. Boum, boum, boum. Une fissure était même apparue dans le verre.

— Vous les avez tués ? voulut savoir Minho.

Jackie hésita avant de répondre.

— Oui, Minho, on les a tués.

— Tant mieux.

Les moteurs démarrèrent en rugissant ; des rouages s'enclenchèrent en grinçant et cliquetant ; le mécanopode entier se mit à trembler bruyamment. Les commandes étaient simples à comprendre, finalement. La plupart étaient même étiquetées.

— Minho ! s'exclama Jackie.

Il s'arracha à la contemplation du tableau de bord le temps de lever la tête vers elle – elle paraissait furieuse contre lui, mais il ne comprenait pas pourquoi.

— Quoi ?

— Tu as l'air de t'amuser comme un fou avec cet engin, mais je suis en train de te dire qu'il y avait quelque chose de pas normal chez ces types qui ont essayé de nous enlever.

Il hocha la tête avec patience, même s'il aurait préféré qu'elle le laisse tranquille.

— La Braise a toutes sortes de variants, Jackie. Je n'en sais pas autant que je le voudrais à ce sujet. Il nous reste beaucoup de choses à découvrir. Et ça viendra. Mais pour l'instant, on doit sortir de ce berg et filer d'ici.

— Tu crois qu'on peut y arriver ? s'inquiéta Isaac. Tu crois qu'on aura le temps ?

Le vacarme causé par les dizaines de fondus – et pire, le spectacle qu'ils offraient par les hublots – tandis qu'ils s'efforçaient de pénétrer dans la machine mettait manifestement tout le monde à cran.

— Mais oui, répondit Minho. Il y a intérêt.

Il se pencha de nouveau sur les commandes, certain de réussir à se débrouiller. Il sourit en pensant à quel point Roxy adorait conduire sa camionnette, alors qu'elle était une conductrice exécrable et qu'elle avait toujours refusé de lui laisser le volant. Il était sur le point de prendre sa revanche. Il croisa son regard lumineux et se demanda si elle avait la même idée ridicule que lui.

— Accrochez-vous ! cria-t-il.

Le mécanopode s'ébranla brusquement, d'un côté, puis de l'autre. On entendit des chocs, des bruits de casse, des gémissements de métal tordu et de tôle froissée. À l'extérieur, des fondus s'écroulèrent, certains furent écrasés. Autour de Minho, ses passagers se cramponnaient comme ils pouvaient pendant que les roues crantées et les appendices monstrueux de la machine déchiquetaient le fuselage du berg.

Le mécanopode émergea de l'épave tel un démon surgi de l'enfer.

Chapitre 16

L'AVENIR DU FUTUR

Isaac

Sains et saufs.

Isaac et ses amis étaient sains et saufs – ou du moins, autant qu'on pouvait l'être en ce bas monde. En tout cas pour l'instant. Cela faisait longtemps qu'ils n'avaient pas pu se dire ça.

Après leur avoir permis de s'enfuir du lieu du crash, le mécanopode avait roulé et cahoté à travers des forêts, une rivière, des rochers et toutes sortes de terrains avant de finir par se poser dans un coin perdu entre deux montagnes boisées. Ils avaient des placards entiers remplis de provisions, un cours d'eau à proximité, ainsi que des armes pour chasser en cas de besoin. Plus important, Minho n'avait pas hésité à menacer le dénommé Glane et son acolyte en promettant de les abattre si d'autres bergs se montraient. Après cela, les prisonniers leur avaient indiqué où trouver un dispositif qu'ils appelaient un transmetteur, et comment le désactiver.

Le soleil s'était couché, même si les nuits étaient plus courtes dans ces contrées du nord. Isaac et ses amis s'installèrent autour d'un feu de camp. Le bois crépitait, crachait des étincelles, et les flammes repoussaient la fraîcheur de la nuit.

Il n'y avait pas un souffle de vent ; la fumée s'élevait tout droit vers le croissant de lune. La vision du feu et l'odeur du bois brûlé réveillèrent chez Isaac la nostalgie de la Forge.

— Sacrée semaine, hein ? dit Dominic. (Il hésita un instant.) Sacrée semaine.

Isaac devina qu'il avait failli faire une blague et s'en était finalement abstenu, après s'être rappelé qu'ils avaient perdu plusieurs de leurs compagnons. Carson. Lacey. Wilhelm. Alvarez. Sans oublier Letti et Timon, dont ils avaient perdu la trace et qui étaient probablement morts eux aussi. Six personnes, sans doute toutes mortes. Mais peut-être pas. Peut-être pas.

Un peu honteux, Isaac se réjouit que ceux qui avaient survécu soient aussi ceux qu'il appréciait le plus, et qui étaient assis là avec lui. Sadina et son œil au beurre noir. Trish, Miyoko, Dominic, Jackie la Tueuse de fondus. Mme Cowan et Papy Poêle-à-frire. Isaac avait perdu sa famille dans une tempête épouvantable ; il l'avait vue disparaître dans les vagues. Mais tous ces gens réunis autour de lui rendaient la chose un peu plus supportable. Même Minho, Roxy et Orange commençaient à trouver leur place dans le cercle de ses proches.

— Et maintenant, que fait-on ? demanda Sadina, lovée dans les bras de Trish. On est venus ici à cause de Kletter, sauf qu'elle n'est plus là pour nous dire où aller.

Miyoko attisait le feu avec une branche.

— Je crois qu'on devrait retourner à Los Angeles et trouver cette Villa dont elle parlait. On y était presque.

— Pas question ! protesta Dominic. On devrait rentrer chez nous, oui ! Oublier l'ancien monde. Il est pourri.

— Carrément, approuva Jackie. J'aimerais bien rentrer, moi aussi. Peut-être qu'on pourrait se dénicher un berg pour nous épargner le bateau.

Isaac se souvint qu'elle avait vomi pendant toute la traversée.

— Qu'en pensez-vous, madame Cowan ? demanda Trish.

La femme qui avait été présidente du Congrès sur leur île se contenta de hausser les épaules.

— Rien du tout. Je n'ai aucune idée de ce qu'il faudrait faire. Mais je suis contente qu'on soit ensemble.

Isaac n'avait pas d'opinion bien arrêtée – pas encore, en tout cas – mais il savait qui en avait une.

— À moins qu'on ne veuille retourner à pied jusqu'à l'océan, dit-il, on fera ce qu'aura décidé Minho. C'est lui le capitaine de cette fichue machine. Et en ce qui le concerne, il a l'intention de rejoindre la ville de la Tête de Dieu.

Papy Poêle-à-frire prit la parole pour la première fois de la soirée.

— Ce n'est pas là que tous les autres bergs de ce pays voulaient se rendre ? Pour lancer une attaque ou je ne sais quoi ?

— Je crois bien que si, confirma Isaac.

Le vieil homme soupira, perdu dans la contemplation du feu.

— Vous avez tous entendu mes histoires un million de fois. Je ne vais pas vous embêter avec ça ce soir. Mais disons que je me suis suffisamment battu comme ça en Alaska. Je crois que je vais rester ici, et manger des plantes et des lapins jusqu'à ce que mon cœur me lâche.

— Arrêtez un peu, railla Jackie. Vous nous enterrerez tous.

Papy Poêle-à-frire s'esclaffa, comme il le faisait souvent.

— J'aimerais bien ! La première chose que je fais tous les matins en me réveillant, c'est de prendre mon pouls pour m'assurer que je suis toujours vivant.

Jackie s'esclaffa elle aussi, imitée par la plupart des autres. Isaac sourit, mais il n'était pas tout à fait d'humeur à rire, pas encore. Il ne parvenait pas à chasser de son esprit la Forge avec ses foyers, ses bouts de métal rougis, sa vapeur et ses odeurs de cuir et de brûlé. Il y avait une forme d'ironie là-dedans. Il avait sué sang et eau à la Forge l'année où il avait perdu sa famille, pour oublier cette tragédie ne serait-ce qu'un moment. Mais à présent le fait de se rappeler cet endroit, son endroit préféré, lui faisait repenser à sa mère, son père, sa sœur. Et à ce jour funeste.

Papy Poêle-à-frire s'éclaircit la voix et se rapprocha du feu.

— Oh, et puis zut. Vous voulez une histoire ? Rien ne nous oblige à prendre une décision ce soir, après tout.

Sa proposition fut accueillie par un concert de « oui » enthousiastes. Sans se faire prier davantage, il évoqua des noms que tous connaissaient par cœur.

— Ce petit vaurien de Chuck était toujours en train de faire des blagues, et un soir, il a réussi à entraîner Thomas avec lui. Ils ont attendu que Gally soit aux toilettes, et…

Papy Poêle-à-frire se mit à dérouler son récit. Isaac l'écoutait d'une oreille distraite, le regard fixé sur le feu, perdu dans ses souvenirs. La fumée s'élevait en colonne, les flammes dansaient en dégageant une chaleur agréable, et la nuit ne paraissait plus si sombre.

ÉPILOGUE

Deux boîtes

Alexandra

Elle était assise dans la cuisine de sa résidence, ses deux biens les plus précieux sous les yeux. Mannus et ses pèlerins l'avaient servie conformément à toutes ses espérances. Au début elle avait jugé imprudent de se trouver là, où elle habitait depuis des années, avec ce qu'elle avait entre les mains. Puis elle s'était souvenue qu'elle n'avait rien à craindre. Rien du tout. Même Mikhail n'oserait rien tenter contre elle désormais.

Elle fit glisser vers elle la première boîte et souleva le couvercle. Elle se leva pour mieux voir et se pencha sur son contenu. Les yeux de Nicholas, paupières tranchées de manière à ce qu'ils ne puissent plus jamais se fermer, lui retournèrent son regard. Elle lui sourit, s'attendant à moitié à ce que la tête du mort lui rende la politesse. Il n'en fut rien.

Après avoir refermé le couvercle, elle se rassit, écarta la première boîte et la remplaça par la deuxième. Même si on l'appelait le Cercueil, elle ressemblait davantage à une mallette, suffisamment petite pour être glissée sous un lit ou rangée sur une étagère. Elle était faite en cuir rouge épais avec des coutures blanches, fermée par six serrures à combinaison. Pour l'ouvrir, il fallait donc six codes différents, que seules trois personnes au monde connaissaient. Enfin, elles n'étaient plus que deux maintenant.

Avec une émotion proche de l'hystérie qu'avaient affichée les pèlerins lorsqu'elle les avait introduits dans les ruines du Labyrinthe, elle composa méticuleusement, presque religieusement, chaque code afin de déverrouiller les serrures. Puis elle les ouvrit une à une, savourant les déclics successifs du métal sur le cuir.

Elle souleva le couvercle avec soin, en le repoussant le plus loin possible en arrière.

L'intérieur était presque entièrement occupé par une sorte de mousse grise dont la fonction consistait à protéger son inestimable contenu. Cinq emplacements arrondis étaient découpés dans la mousse pour recueillir autant de flacons métalliques – scellés au moyen d'une technologie qu'Alexandra ne comprenait pas encore. Cinq flacons susceptibles de faire évoluer l'Évolution elle-même, et de changer le monde à tout jamais.

Elle en sortit un de son logement pour examiner sa surface parfaitement lisse, arrondie aux deux extrémités. On n'y voyait aucune fente, aucune ouverture, pas même une étiquette. Rien que du métal brillant de couleur argentée. Le contenu de ce flacon cylindrique déciderait de l'avenir de la Braise et de ses multiples variants. Et c'était elle qui guiderait cet avenir. Alexandra Romanov, Déesse de son peuple. Non, ce titre ne convenait plus. *Dieu*, voilà tout. Elle remit précautionneusement la bouteille en place.

Elle contempla son trésor avec une joie indescriptible.

Les flacons renfermaient les échantillons de sang d'une personne ayant vécu deux générations plus tôt, dont le nom était connu dans le monde entier et qu'on avait souvent mentionnée au cours des soixante-dix et quelques années qui avaient suivi sa mort tragique. Ce nom suscitait la crainte chez certains, l'espoir chez beaucoup d'autres. Pour Alexandra, il évoquait la somme de toutes ses raisons de vivre. Car elle connaissait un secret ignoré de pratiquement tout le monde.

Le garçon appelé Newt n'avait pas été immunisé contre la Braise.

Oh non. Pas immunisé du tout, au contraire de la plupart de ses camarades dans le Labyrinthe.

Mais il était le remède.

Eh oui. Ce garçon-là. Celui qu'on avait appelé Newt, ou Sujet A4, ou la Glue. Le frère de Sonya.

Le Remède.

Fin du livre I

Ouvrage composé par
PCA, 44400 Rezé

Imprimé en France par
CPI Brodard & Taupin
en août 2021
N° d'impression : 3044220
S31664/01

MIXTE
Papier issu de
sources responsables
FSC® C003309

L'éditeur de cet ouvrage s'engage dans une démarche de certification FSC® qui contribue à la préservation des forêts pour les générations futures.

Pour en savoir plus :
www.editis.com/engagement-rse/

www.pocketjeunesse.fr
PKJ • POCKET JEUNESSE

92, avenue de France - 75013 PARIS